KB102709

말의 트렌드

텐션과 사랑이 넘치는

요즘 말 탐구서

맘의 트렌드

정유라 지음

INFLUENTIAL
인플루엔셜

여러분의 단어장은
업데이트되고 있나요?

언어에도
주가가 있다

새로운 언어를 공부하기 시작할 때면 나는 자연스럽게 '단어
장'부터 만든다. 그리고 그것을 항상 지니고 다니며 낯선 단어
와 친숙해지려고 노력한다. 새로 배운 단어와 그 뜻을 단어장
에 적어두고 몇 번을 반복해서 보며 암기하는데, 운이 좋으면
단번에 익히지만 어떤 때는 단어의 발음과 뜻이 좀처럼 연결되
지 않아 애먹기도 한다. 이렇듯 친숙한 단어와 낯선 단어 들을
모두 내 세계로 끌어와 내 언어로 익힐 때, 어휘력은 곧 나의 언
어 수준이 된다.

　　일상에서 주로 모국어를 사용한다면 더 이상 새로운 단
어장을 만들지 않아도 된다. 모국어의 세계에서는 단어장 없이
도 쉽게 새로운 단어를 내 언어로 받아들일 수 있다. 예를 들어
'최애'라는 단어의 뜻은 굳이 외지 않아도 냉큼 꺼내 쓸 수 있듯
이 말이다. 이때 중요한 것은 '새로운 언어' 자체가 아니라 그 언
어를 쓰는 적절한 맥락과 뉘앙스다.

새로운 외국어를 배우고 있지 않은 내게는 더 이상 단어장이 필요 없지만, 업무상의 이유로 단어장을 주기적으로 업데이트한다. 이때 나는 단어장에 새로운 어휘와 뜻이 아닌, '카카오 택시'를 교통의 언어에 추가하고 동의어로 '카택'을 적는다. '스터디 카페'를 장소의 언어에 추가하면서 동의어로 '스카'를 적는다. 새로운 고유명사나 신조어를 발견하면 그 언어를 나만의 단어장 속 분류 체계에 맞춰 추가하는 것이다. 이런 작업을 하는 이유는 나의 업이 소셜 빅데이터 중에서도 '언어'를 재료로 분석하는 일이기 때문이다.

주식시장에 주가가 있듯, 온라인상에서 사용하는 언어에도 주가가 있다. 우리가 실생활에서 떠드는 모든 말을 수집할 수는 없지만 온라인상의 텍스트는 어느 정도 수집이 가능하고 컴퓨터를 사용하면 분석 또한 가능하다. 그래서 어떤 단어는 갑자기 많이 쓰이고, 어떤 단어는 여름마다 많이 쓰이고, 어떤 표현은 서서히 언급량이 감소하는 것 등을 확인할 수 있다.

언어의 주가를 관찰하고 분석하며, 이를 통해 새로운 의미를 발굴하는 것이 내 일이다. 나는 '소셜 빅데이터'라는 거창한 말에 담긴, 엄청난 무게의 언어에 붙은 언급량과 증감률을 따져보면서 그 의미를 고민한다. 왜 '습관'이라는 말의 언급량이 증가하는지, 왜 사람들은 더 이상 '혈액형'을 언급하지 않는지 등을 말이다. 그리고 그 이유에 함축된 사회적 의미를 밝혀

내는 것이다.

　　어떤 언어는 특정 브랜드나 특정 세대, 혹은 지역과 관계 있을 수도 있다. 빅데이터 분석이란 이렇게 발화의 대상, 담론의 주제에 따라 달라지는 언어들을 관찰해 그 생태계를 파악하는 일이다. 고객이 누구인지, 고객이 요청한 주제가 무엇인지에 따라 관찰 각도와 범위가 달라지지만 언어를, 그중에서도 '온라인상에서 발화되는 언어'를 고민하는 일을 한다는 것은 고객이 누구든 달라지지 않는 사실이다.

　　"왜 이런 말을 하지?" 일을 하면서 가장 많이 되뇌는 질문이다. 단어장에 새로운 키워드를 추가하면서, 어떤 언어를 전보다 더 많이 언급하는 현상을 바라보면서, 관찰 대상의 연관어로 전혀 색다른 언어가 언급되는 것을 확인하면서 스스로에게 던지는 질문이다. 이 질문에 대한 답을 매일같이 고민하다 보니 한 가지 분명한 사실을 깨달았다. 문어체도 구어체도 아닌 '디지털어체'가 우리의 언어 문화의 중심이 되었다는 것. 글말, 입말이 아닌 키보드와 스마트폰의 자판을 터치해서 탄생하는 '손말'이 존재하며, 그것이 우리 사회에 의미 있는 변화를 일으키고 있다.

　　디지털 언어의 주가를 살펴보는 일은 트렌드 분석, 정책 수립, 지자체 홍보, 기업 이미지 분석, 신상품 기획, 타깃 고객 분석 등등 사회 전반의 영역에 활용할 수 있으며, 관련 의사결정에도 큰 도움을 준다. 막연히 넘길 수 있던 새로운 단어를 곱씹으며, "왜 이런 말을 하지?" 하고 묻는 일에 우리가 궁금해하던 많은 질문의 답이 숨어 있다.

디지털 언어란
무엇인가

'디지털 언어란 무엇인가'에 대한 사회적 합의는 아직 이루어지지 않았지만, 이 책에서 다루는 디지털 언어와 기존 언어의 차이점은 각기 다른 '발생지'와 '창조자'에 있다. 디지털 언어란 온라인 공간에서 발생하여 그곳에서 가장 먼저 사용되다가 우리 사회 전반으로 넘어온 언어를 뜻한다. 디지털어체와 디지털 언어는 온라인 공간에서 주로 통용되지만 손끝에서 시작해 온라인에 퍼진 말들은 다양한 사람의 입과 여러 매체를 통해 확산된다. 결국 '디지털'이라는 수식은 사라지고 이 시대의 '언어'로서 남는 것이다.

디지털 언어의 창조자는 소수의 권력자가 아니라 다수의 대중이다. 소수의 권력자에게 쥐어졌던 '명명의 권한'이 다수의 대중에게 넘어간 세계에서 디지털 언어가 창조된다. 펜과 논리로 지어진 체계가 아니라 공감과 재치로 만들어진, 다소 무질서한 소통의 도구는 그 체계 없음을 강점 삼아 더 많은 사람의 정서와 감수성을 대변한다.

이 언어에는 과학적 진리나 오랜 시간에 걸쳐 전해진 종교적·신화적 레퍼런스가 담겨 있지 않을지는 몰라도, 당대를 가장 또렷하게 드러내는 생활의 감정이 녹아 있다. 그래서 때때로 거칠고 기존의 언어에 비해 비약적인 논리로 들릴 수 있지만, 다수의 공감으로 만들어진 '새로운 시대, 새로운 세대, 새로운 공간의 언어'는 생각보다 민주적이고 평등하며, 무엇보다 생생하다. 그래서 이 책은 큰 범위에서는 디지털 언어를 다루지만, 결국 이야기하고자 하는 것은 우리 시대의 '새로운 언어'다.

언어는 바뀐 시대를 나타내는 가장 선명한 표식이며, 디지털 언어는 세계를 실시간으로 흡수하고 새로운 언어를 생성하여 빠르게 확산시킨다. 가장 최신과 첨단의 세계가 언어에 반영되는 것이다. 어떤 국어학자도, 모국어 정책도 그토록 빠르게 여러 사람의 의견을 모아 새로운 단어를 만들어내고 유행시킬 수는 없다. 오직 '온라인'이라는 새로운 공간만이 그 역할을 할 수 있다. 그렇기 때문에 새로운 언어에 대한 부적응은, 우리가 사는 '지금 이 세계'의 일부 혹은 전부를 이해하지 못함을 의미한다. 그게 우리가 새로운 언어를 익혀야 할 필요이자 당위다.

언어에도 유통기한이 있다

모국어를 구사하는 데 아무런 문제가 없음에도 불구하고 새로운 언어를 익혀야 하는 이유는 무엇일까? 이 책은 그 이유에 대해 세 가지 관점에서 답하고자 한다.

첫째, 우리 언어의 문법이 바뀌었다. 평생 써오던 모국어인데도 지하철 옆자리 사람들이 나누는 대화를 하나도 못 알아듣는 경우가 있다. 일상생활뿐만 아니라 언어를 사용하는 장도 변화했다. 댓글, 메신저, 게시글, 트윗 등 다양한 영역에서 언어를 사용하고, 새로운 매체에 최적화된 언어가 다시 생겨난다.

밈과 짤, 줄임말, 해시태그 등 새로운 언어를 이해하지 못하는 사람들은 쉽게 비난한다. 과격하다고, 가볍다고, 소통을 저해한다고 말이다. 고민 없이 비난하기는 너무나 쉽다. 일단 무언가를 비난의 대상으로 설정하면 '이해'하지 않아도 되기 때문이다. 괴상한 신조어, 한글을 파괴하는 줄임말, 소통을 단절시키는 인터넷 용어 '따위'로 치부해버리면 내가 그것을 이해하지 않아도 괜찮다는 믿음이 생긴다.

그렇지만 애석하게도 그 믿음은 명백한 오만이다. 작가이자 비평가인 수전 손택Susan Sontag은 《강조해야 할 것》에서 다음과 같이 말했다.

모든 세대가 아랫세대를 두려워하고 오해하며, 그들에게 생색을 낸다는 사실은 역사와 기억의 일치가 가져오는 하나의 기능이다.

시대는 늘 새로운 세대에 의해 재정의되고, 과거의 규범은 현재의 요구에 따라 수정되기 마련이다. 디지털 네이티브가 재정의한 새로운 언어는 이미 존재하는 문법을 계승하고 수정한 것이 아니라, 기성세대가 아직 침투하지 않은 새로운 영역에서 자신들만의 문법과 어휘를 스스로 창조한 것이다. 그렇기 때문에 새로운 세계와 시대에 적응하려면 지금 이곳의 어휘와 문법을 새로이 익혀야 한다.

신문의 언어, TV의 언어, 잡지의 언어, 논문의 언어, 유튜브의 언어가 모두 다르다. 내가 주로 사용하는 매체가 무엇이든, 이 시대 주요 매체에서 사용하는 어휘와 멀어져서는 안 된다. 세상에는 여전히 우리가 수호해야 할 문학성, 언어의 역사성과 품격이 존재한다. 그런 언어들은 우리의 삶을 풍요롭게 하고 인격을 고양시키는 자양분이다. 그러나 '소통'하는 언어, 즉 거리와 광장의 언어를 외면한 채 글자 속 세계에만 파묻힌다면 군중의 마음도 사회의 생생함도 제대로 읽어낼 수 없다.

이제 우리는 광장에 나가 날것의 언어를, 신나게 소통이 이루어지고 있는 모두의 언어를 바라봐야 한다. 인스타그램,

유튜브, 트위터, 틱톡 등 새로운 매체에서 쓰이는 표현과 어휘는 결국 우리 일상으로 침투하기 때문이다. 새로운 언어를 두려워하지도 비하하지도 말고 변화하는 시대에 맞춰 계속해서 그것을 배워야 한다. 새로운 언어와 기존의 언어는 서로를 자극하고 때로는 대립하며 결국은 서로가 더 섬세한 표현을 할 수 있도록 상호보완의 관계가 되어야 한다.

둘째, 우리 시대의 감수성이 변화했다. 특히 개인의 감수성이 사회에 미치는 영향력이 그 어느 때보다 크다. 개인의 감수성이 가장 잘 나타나는 영역은 언어이다. 과거에는 감수성을 효율과 능률을 저해하는 방해 요소로 여기곤 했고, 더러 예술가의 영역이라고 치부하기도 했다. 그러나 이제 감수성이 없는 사람은 아무리 능력이 좋고 효율적이어도 새로운 시대에 새로운 세대와 어울릴 수 없다.

인권 감수성, 성인지 감수성, 노동 감수성 등 다양한 영역의 감수성을 키우고 제대로 계발해야 한다는 사회적 목소리도 커지고 있다. 감수성이 떨어지거나 결여된 언어를 사용하여 사회적 물의를 일으키고 중직에서 물러나는 사례를 쉽게 찾아볼 수 있다.

언어에도 유통기한이 있다. 시대적 감수성과 맥락에 맞는 언어가 존재하는 것이다. 어떤 언어는 아무도 사용하지 않아 사장되고, 또 어떤 언어는 더 이상 시대에 걸맞지 않아 소멸

한다. 유통기한이 한참 지난 언어를 사용하다가는 체하기 쉽다. 나만 탈이 나면 병원에 가면 그만이지만, 내가 뱉은 말로 타인을 상처 입혔다가는 법정에 가야 할지도 모르는 시대가 되었다.

감수성의 시대에 '어휘력'을 키운다는 것은 단지 신조어 퀴즈에 나올 법한 새로운 단어를 배우는 일이 아니라, '할 말'과 '안 할 말'을 제대로 구별할 줄 아는 힘을 기르는 것이다. "이 말이 뭐가 문제지?", "왜 저런 말을 하지?"에 대한 답을 스스로 구해보자. 더 이상 무지로 인한 말실수로 타인에게 상처 주지 않기 위해서, 내 목소리에 망설임보다 자신감을 싣기 위해서는 이 시대의 언어를 공부해야 한다.

셋째, 세대 간의 소통을 가능하게 한다. 미디어에서는 모두 MZ세대라고 부르지만, 정작 MZ세대 역시 "나는 MZ가 뭔지 모르겠어"라고 말하곤 한다. 어떤 이들은 그 세대와의 소통을 불편해하고 더 나아가 거부하기까지 한다. 하지만 소통이 생존의 도구인 오늘날, '요즘 애들'에 대한 이해를 포기한 채 소통하지 않고 살아가기란 거의 불가능하다. 그들과 소통하려면 그들을 이해해야 하고, 그들의 언어를 배워야 한다. 디지털 언어 세계를 주도하는 다수는 MZ세대이기 때문이다.

이 책에서 이야기하는 MZ세대는 인구통계적 집단이 아니다. 요즘 애들, 즉 MZ세대라는 디지털 네이티브로서 조직을 위한 맹목적 희생을 거부하고 개개인의 개성과 자아의 존엄성을 존중하며, 다양한 사람들의 권리와 입장을 이해하기 위해 노력하는 사람들을 말한다. 협력심이나 공동체 의식이 부족한, '나만 아는' 이들이 아니라 개인을 존중하고 자신의 주관과 취향을 섬세하게 표현하는 사람들이다. '말의 트렌드'를 파악하는 것은 MZ세대의 언어만 익히는 게 아니라, 그들이 그런 말을 사용하게 된 이유까지 이해하는 일이다. 속도의 시대에는 속력을 높이고, 전염병의 시대에는 면역력을 키워야 하듯 소통의 시대에는 어휘력을 키워야 한다.

우리의 단어장도
업데이트가 필요하다

외국어가 아닌 모국어를 공부해야 한다는 말이 의아하게 들릴수도 있겠지만, 모국어 어휘력이야말로 새로운 시대의 명백한 자산이다. 말 한마디로 천 냥 빚을 갚는다는 오래된 속담이 시사하듯, 질한 말 한마디는 내 가치를 높이고 사회생활과 사생활에 모두 도움이 된다. 시대적 감수성에 뒤처지지 않은 언어, 독특하고 선명한 언어, 기발하고 재치 있는 언어를 사용할 줄 아는 힘의 가치는 그 어느 때보다 높다.

　　새로운 시대의 언어를 배우는 일은 우리의 어휘력 자산

을 키우는 동시에 무엇보다 더 바르게, 더 나다운 삶을 사는 기회를 선사한다. 매일 지니고 다니는 스마트폰도 수시로 업데이트를 하듯이 매 순간 사용하는 우리의 단어장도 업데이트를 해야 한다.

나는 수년간 온라인 공간에서 사람들이 나누는 대화와 수다, 독백과 이야기를 가장 가까이에서 면밀히 지켜봤다. 그 과정에서 발견한, 언어가 만들어내는 무늬, 표정, 의미 등을 독자 여러분에게 생생하게 전달하고자 한다.

1부에서는 변화하는 언어의 문법을 이해하기 위해 새로운 언어가 어떤 법칙으로 만들어지고 확장되는지를 살펴볼 것이다. 2부에서는 유통기한이 지나 더 이상 사용하면 안 되는 언어들, 신메뉴처럼 새롭게 등장한 개념이 언어화되는 사례 등에 대해 이야기할 것이다. 3부에서는 MZ세대가 자아 표현, 관계, 열광을 위해 사용하는 언어 습관을 그들의 가치관과 연결하여 이야기할 것이다. 마지막 4부에서는 새로운 시대의 언어 감수성을 키우기 위한 네 가지 실천 방법에 대해 함께 고민해보려 한다.

부주의함을 기질이라 생각하며 매일을 보내는 나 역시 무수한 실수를 하며 살아가고 있다. 별생각 없이 사용한 표현이 타인에게 상처를 줄 수 있음을 뒤늦게 깨닫고 자책하는 일도 많았고, 회의 시간에 후배들의 언어 사용에 감화받아 내 언어 습관을 되돌아보는 일도 잦았다.

언어에 대해서 내가 감히 어떤 글을 쓸 수 있는 이유는 내가 '온라인 언어'를 분석하는 일을 해왔기 때문이지 도덕적· 윤리적으로 우월한 사람이어서는 아닐 것이다. 그래서 이 책을 쓰는 내내 수시로 스스로를 검열했고, 또 한편으로는 자책하기도 했다. 글을 쓰며 내 부족한 면이 드러날 때마다 반성하는 시간을 가졌다. 많이 모자라고 부족하지만 조금이라도 더 나은 사람이 되기 위해 노력하는 자세와 태도로 집필한 책이기 때문에 더 많은 사람이 이 책에 공감할 수 있기를 바란다.

디지털 언어에 관해 이야기하지만, 이 책은 혐오 표현이나 국어 파괴를 옹호하는 입장이 절대 아님을 꼭 강조하고 싶다. 시대상을 반영한 디지털 언어들을 낯선 것으로 치부해 무조건 거부하고 외면하지는 말자는 제안이다. 새로운 언어가 뿜어내는 신선한 에너지를 흡수해서 실생활에서 순환시킨다면 우리의 언어 습관은 물론 감각도 더 밝아질 것이라고 믿기 때문이다. 늙는 것보다 낡은 것이 더 위험한 시대다.

이 책을 쓰면서 새로운 시대의 언어가 트렌드나 디지털과 같은 수식어에 가려져 있지만, 결국은 애정과 사랑의 언어임을 발견했고 그 사실에 매우 기뻤다. 거칠고 삭막하며 도무지 뜻을 알 수 없는 게 '요즘 말'이라지만, 모든 언어에는 그 말을 사용하는 사람들의 애정이 방울방울 담겨 있다. 사회를 향한, 내가 속한 집단을 향한, 내가 맺는 관계를 향한 애정이 담긴 새로운 언어들을 독자 여러분에게 기꺼이 소개하고 싶다.

차례

2부

아이폰보다 더 자주 업데이트되는 말의 지형도

유행하는 말에는
공통점이 있다

1부

'줄임말'로

가능한 짧게 말한다

01

줄임말의 누명

2000년대 중반, 한 잡지에 '남들에게는 말할 수 없는, 애인과 헤어진 진짜 이유'에 대한 칼럼이 실렸다. 지금까지도 그 칼럼을 잊을 수 없는 특별한 이유가 있다.

> 냉면을 먹으러 갔는데 여자친구가 비빔냉면을 '비냉'이라고 말해서 헤어졌어요. 없어 보인달까… 비빔냉면을 비냉으로까지 줄여 말하는 사람과 만날 수 없다고 생각했죠.

냉면에 대한 글쓴이의 각별한 사랑과 '말의 격식'에 대한 본인만의 독특한 고집이 느껴지는 신기한 대답이었다. 이따금 글쓴이의 근황이 궁금하다. 그는 이후 단 한 번도 아이스아메리카노를 **아아**라고 줄여 말하지 않았을까?

말을 줄이는 것은 특별한 일이 아니다. 문화체육관광부를 문체부로 부르듯 비빔냉면을 비냉으로, 아이스아메리카노를 아아로 부르는 것이다. 문체부나 안기부가 '없어 보이는' 표현이 아니듯, 줄임말에 '국어 파괴'라는 누명을 씌우는 건 줄임말 입장에서는 조금 억울한 일이다.

줄임말에 덧씌워진 또 한 가지 누명은 '소통의 단절'이다. 사람들은 흔히 줄임말 때문에 신구 세대가 쉽게 소통할 수 없다고 말한다. 청소년들의 말은 외계어 같아서 이해할 수 없다고도 한다. 기성세대의 관점에서 외계어처럼 느껴지는 그들의 말은 애초에 다른 세대와의 소통을 목적으로 쓰는 말이 아니다. **스불재(스스로 불러온 재앙)**의 뜻을 알아도 소통이 안 되는 두 집단은 영원히 소통할 수 없고, 청소년들에게 아주 기본적인 줄임말인 **싸강(사이버강의)**을 몰라도 말이 통할 사람들은 통한다. 소통에서 어휘보다 중요한 것은 태도이기 때문이다. '그런 걸 왜 줄여?'가 아니라 '그걸 왜 줄였을까?' 하고 궁금해하는 태도면 일단 소통할 자세는 준비된 것이다.

어떤 세대, 어떤 집단에든 그들끼리 자주 쓰는 줄임말이 존재한다. 별걸 다 줄인다는 의미의 **별다줄** 역시 줄일 만한 이유가 있어 줄인 말이다. 별게 아니다. 어떤 이들에게는 '별것'으로 보이겠지만, 그 말을 쓰는 집단에게는 그만큼 자주 쓰는 말이고 누구나 쉽게 인용할 수 있게끔 하는 단축키 같은 존재다. 누군가는 컨트롤+C가 없는 문서 작업을 상상할 수 없듯, 누군가는 버스 카드를 **삐카**라고 부르지 않는 생활을 고단하게 느낄 수 있다. 물론 '문자'로 소통하는 세대에게 텍스트 작성 시간을 단축하는 줄임말의 경제성은 중요하다. 그러나 줄임말을 통해 우리가 배워야 할 교훈은 경제성이 아닌 맥락의 논리다. 오직 축약을 통해서만 입장 가능한 세계가 있다.

그렇기 때문에 우리는 줄임말 자체가 아니라 그 말을 줄인 이유와 맥락에 주목해야 한다. 줄여 부른다고 모두 같은 줄임말은 아니다. 줄임말은 그 효용에 따라 일상화, 전형화, 암호화의 세 가지 종류로 나눌 수 있다.

일상화:
친구를 사귀다 vs 추가하다

된장찌개를 **된찌**라고 부르는 사람과 치즈케이크를 **치케**라고 부르는 사람이 있다. 그들은 그 메뉴를 좋아함이 분명하다. 아니, 적어도 자주 접할 것이다. 줄여 부르는 말은 자주 쓰는 말일 확률이 높다. 자주 사용하는 줄임말은 그 사람의 일상을 보여준다. 그 사회에서 가장 빈번하게 쓰이는 줄임말은 단지 '짧은 말'이 아니라 일상성의 상징이다. 이렇게 어떤 개인과 집단의 일상을 이루는 언어들을 살펴보면 그들의 일상 풍경을 좀 더 구체적으로 그려볼 수 있다.

특정 업계에서 일상적으로 쓰는 용어 중에는 줄임말이 많다. 그들에게는 자주 사용하다 보니 간편하게 줄여 말하는 일상 용어지만, 업계 밖에서 보면 그 용어는 해당 영역의 '전문 용어'다. 같은 나라에 살아도 저마다의 일상 영역은 조금씩 다른 것처럼 각각의 세계를 구성하는 언어도 다르다.

세탁기 판매가 직업인 사람과 꽃꽂이가 직업인 사람이 업무 중에 사용하는 언어는 전혀 다를 것이다. 직업, 관심사 등에 따라 우리는 각기 다른 언어의 숲에서 살아간다. 그 숲의 생태 조건이 각자의 언어 습관을 결정하고, 그중에서도 사용 빈도가 특히 높은 언어들은 줄임말이 된다. 바로 그 줄임말이 타인과 나를 구별 짓기도 한다.

무배(무료 배송), **무나**(무료 나눔), **택포**(택배비 포함), **착샷**(착용샷)과 같은 줄임말이 친숙하지 않다면 온라인 물물교환을 해보지 않은 사람일 것이다. 학원 스케줄 때문에 매일 편의점 도시락과 삼각김밥으로 저녁을 해결하는 고등학생에게 **편도**와 **삼김**은 일상적이고 친숙한 단어이므로 줄여 부르는 것이 전혀 어색하지 않다. 이렇듯 어떤 줄임말이 익숙하지 않다면 그것이 당신의 일상에 바짝 들어와 있지 않기 때문이다.

어떤 집단이 특정한 말을 줄여 쓰고 있다면 그들은 그 단어를 일상에서 자주 사용한다는 뜻이다. 한 집단이 사용하는 줄임말을 보면 그 집단의 일상성이 보인다. 앞서 강조했듯 줄임말은 그 세계에서 빈번하게 작동하는 단축키이기 때문이다.

온라인 관계의 일상화로 친구를 사귀는 게 아닌 추가하는 것으로 개념이 바뀌었다. 팔로우 추가 버튼을 누름으로써 친구가 되는 '온라인 관계법', 즉 '사귐'이 '추가'로 바뀐 이러한 인식의 변화는 **친추(친구 추가)**라는 단어에 고스란히 드러난다. '분위기 좋은 카페'의 줄임말인 **분좋카**는 카페 방문 목적의 변화를 상징적으로 드러낸다. 이제 사람들은 분위기 좋은 곳에 가기 위해 카페를 선택하고 그곳에서 인증샷을 남긴다.

영혼까지 끌어모은다는 표현의 줄임말인 **영끌**을 일상적으로 사용하게 된 것도, 텅텅 빈 통장이라는 **텅장**이라는 표현도, 마이너스 통장의 줄임말인 **마통**도 우리 사회의 과열되고 극단적인 소비 양식을 그대로 보여준다.

언어는 일상생활의 반영이다. 우리 일상의 변화를 보여주며, 일상에서 쓰이지 않는다면 사전 속에서 낡기 쉽다. 줄임말은 오늘날 우리가 가장 활발하게 사용하고 있는 개념과 용어의 상징이다. 오늘의 일상성이 줄임말의 생성과 변화에 촘촘히 스며 있다.

전형화:
이 시대의 새로운 사자성어

모두가 알고 있지만 가장 정확한 표현이 나타남으로써 '전형화'되는 표현이 있다. 이제는 거의 고전적인 레퍼런스가 되어 버린 **답정너(답은 정해져 있고 넌 대답만 하면 돼)**를 떠올려보자. 듣고 싶은 대답을 듣기 위해 상대방을 떠보는 사람이라는 이 말을 '해설'해야 한다면 사람마다 모두 다른 설명을 늘어놓을 것이고 받아들이는 사람 역시 딴생각을 하기 쉽다. 그러나 "걔 답정너야" 이 한마디면 부연 설명을 할 필요 없이 모든 상황이 깔끔하게 정리된다.

문자 그 자체에는 표정이 없다. 내게 'ㅋ'는 비웃음처럼, 'ㅎ'는 성의 없는 반응처럼 느껴지지만 글쓴이의 의도는 본인만 안다. 'ㅋ'를 꼭 세 개 이상 쓰는 내 의도는 사실 아무도 모를 것이다. 반면 줄임말은 그 자체로 표정과 인상까지 갖춘, 하나의 완성형 의미 체계이다. 줄임말을 쓰면 그 뜻을 곡해나 왜곡 없이 투명하게 전달할 수 있다.

이렇게 전형화 역할을 하는 줄임말을 우리는 상황 묘사와 인물 묘사에 빈번하게 사용한다. 상황 전형화의 예시는 **자만추, 스불재, 갑분싸** 같은 단어가 대표적이다. '자연스러운 만남을 추구한다'는 말은 어떻게 해석하느냐에 따라 그 맥락과 뉘앙스가 천지 차이다. 그러나 #**자만추**라고 쓰는 순간 그 의미를 아는 사람들은 단번에 이해하는 키워드가 된다. 장황한 설명 대신 상황의 핵심을 강조하며 간편하게 정리하는 줄임말도 있다. 예를 들어 "나 망했어ㅠㅠ 내가 괜히 이거 다 한다고 말해가지고ㅠㅠ"는 #**스불재**로 깔끔하게 정리된다.

인물을 전형화하는 줄임말은 시대성을 반영한 클리셰로 활용된다. **고답이**(고구마 답답이: **고구마 먹은 듯이 답답한 사람**), **금사빠**(**금방 사랑에 빠지는 사람**), **핵인싸**(**핵 인사이더: 무리에서 매우 잘 어울리는 사람**)라는 '유형'은 어느 날 갑자기 생긴 말이 아니다. 지금 우리 주변에서 쉽게 볼 수 있는 특징을 담은 말들이기에 모두가 쉽게 공감하며 성격 유형으로 굳어진 것이다.

물론 전형화의 오류 가능성은 언제나 존재한다. 하지만 우리가 집중해야 할 점은 그 시대에 자주 사용하는 '상황과 인물의 전형화 묘사'가 우리 사회의 전형적 인물상과 공감 가는 상황을 대변한다는 사실이다. 어떤 줄임말은 금세 사라지지만 어떤 줄임말은 오랫동안 살아남아 '대체 불가한' 단어를 만들어 낸다. 그리고 그것의 '지속 기간'이 그 줄임말이 지닌 의미의 보편성을 보장한다. 이런 관점에서 줄임말을 이해한다면 줄임말은 별걸 다 줄이는 말이 아니라, 사회의 전형성을 이해하고 사람들이 공감하는 지점을 발견할 수 있도록 돕는 흥미로운 도구가 될 것이다.

1부 유행하는 말에는 공통점이 있다

암호화:
그들만의 세계에 입장하는 암호

인물이든 작품이든 무엇을 격렬하게 좋아한 경험이 있다면 그 세계에는 그들만의 용어가 존재한다는 사실에 깊이 공감할 것이다. 인터넷 커뮤니티를 보다 보면 이런 공지글이 눈에 띈다. **글 올리기 전 닥눈삼이 필수.** 다소 철 지난 유행어이긴 하지만, '닥치고 눈팅만 3일' 하라는 뜻이다. 눈팅을 하다 보면 그 세계에서만 통용되는 줄임말과 약어 들이 눈에 들어온다. 처음에는 암호처럼 보이던 그 약어들이 차차 같은 세계를 좋아하는 사람들 간의 친밀감과 공감대를 형성하는 역할을 한다.

애정이 깊어질수록 해당 세계와 관련한 고유명사의 어휘력이 날로 상승하는 경험은 묘하게 뿌듯하다. 예를 들어 인상파 예술 작품을 좋아한다면 초기, 중기, 말기에 각각 해당하는 작가 이름을 줄줄 외고, 미니멀리즘 사조에 관심이 많다면 미술, 건축, 음악, 디자인 등 다양한 영역의 미니멀리즘 작가의 이름을 익히듯, 무언가를 좋아하는 일은 그와 관련한 고유명사의 어휘력을 확장하는 일이다. **덕질(어떤 분야나 인물을 열성적으로 좋아하여 그것에 몰입하는 일)**을 이제 막 시작한 사람이 **입덕(열성적으로 몰입하는 대상에 입문함)** 초창기에 가장 많이 하는 일은 새로운 단어, 특히 그 세계에서만 통용되는 줄임말을 익히는 것이다.

맥락 없이 보면 낯선 줄임말도 있다. **442 포메에서 공미 활용 추천 좀, 예당 중블 4열 팝니다** 같은 말들은 그 세계에 관심이 없는 사람에게는 마치 군사 암호처럼 생소하게 느껴질 것이다. 축구의 세계, 공연의 세계 등 각각의 영역과 분야에는 저마다의 약어가 있으며, 그 분야에 몰입한 사람들은 해당 세계의 약어들을 외국어처럼 학습하여 유창하고 능통하게 사용한다. '그들만의 세계'에 입장한다는 것은 그 세계의 암호 같은 줄임말을 능숙하게 꿰는 일이기도 하다. 그래서 줄임말은 그 자체로 다른 세계와의 분리를 위한 암호 역할을 한다.

꼭 좋아하는 영역에만 '암호'가 존재하는 것은 아니다. 어떤 세대는 자신들만의 언어를 만들어 다른 세대와의 분리를 시도한다. 10대들이 특히 그렇다. 이때 소통을 한답시고 이들의 언어를 그대로 따라 하는 것은 그다지 바람직한 방법이 아니다. 그들이 암호를 사용하는 이유는 다른 세대와는 나누고 싶지 않은 이야기가 존재한다는 뜻으로, 그 마음을 존중해주는 편이 옳기 때문이다.

어떤 줄임말은 알면 도움이 되고 어떤 줄임말은 평생 모르는 편이 나으며, 알아도 써먹지 말아야 할 줄임말도 있다. 10대들이 쓰는 줄임말을 '신조어 상식'이라며 무작정 외울 필요는 없다. 의미 있는 줄임말은 자연스레 사회 표면으로 떠올라 어떤 집단의 특징을 파악하는 데 도움을 줄 것이다. 하지만 어떤 줄임말은 그들의 세계에 남겨두어야 하며, 그것이 그 세대 또는 집단을 존중하는 방식이다. 그것이 암호의 목적이니 말이다.

이렇게 줄임말의 유형을 크게 세 가지로 나누어 살펴봤다. 무엇보다 줄임말의 가장 뚜렷한 효용은 우리가 살아가는 사회를 이해하기 위한 매뉴얼의 역할을 한다는 점이다. 이 매뉴얼을 어떤 방식으로 활용할지는 순전히 각자의 몫이다.

'왜 줄였을까?'를
먼저 생각하자

온라인 공간은 서로 다른 어휘 수준 및 문해력과 이해력을 가진 사람들이 모여 소통하는 공간이다. 그러다 보니 이전과는 다른 태도로 언어를 대할 필요가 있다. 온라인 공간에서는 언어의 문학성보다 사회성이 훨씬 더 강조된다. 언어의 미학성이나 순수성보다, 일상성과 대중성이 더 짙게 반영된다. 줄임말은 개인의 일상에서 비롯하여 다수의 합의를 거쳐 완성된 언어 현상이라고 할 수 있다.

애초에 버스 카드가 새로운 개념인데, **뻐카**라는 줄임말을 쓴다고 해서 국어의 지각변동이 일어나진 않는다. 무료 나눔이라는 새로운 행위가 **무나**로 불린다고 해서, 인스타그램 친구가 **인친**이 된다고 해서 세종대왕님이 화를 내시진 않을 것이다. 오히려 인친이라는 새로운 관계의 층위가 나타난 사실에 집중하는 편이 우리 사회의 소통을 활발하게 하는 데 훨씬 도움이 된다.

만약 줄임말로 말미암아 세대 간의 소통이 단절된다면, 줄임말이라는 현상 자체가 아니라 언어가 줄여지고 함축된 배경과 서사에 주목해야 한다. 무엇보다 줄임말은 '애정'의 정도를 반영한다. 박상륭 소설가는 몸과 마음을 합쳐 '뫔'이라 부른다. 뫔. 몸과 마음이라는 말보다 뫔으로 줄여 말하면 그 뜻이 훨씬 생생하게 느껴진다. 내게 중요한 것, 친숙한 것들을 합치고 줄여 부르는 행위는 애정에 기반한다. 자신에게 중요한 가치와 일상을 담은 언어는 '빈번하게 쓰니까' 줄여 말하고 싶고, 이렇게 바뀐 언어는 애정을 환기한다.

스타벅스를 **스벅**으로, 올리브영을 **올영**으로 부르는 것처럼 사람들의 일상 깊숙이 침투한 브랜드는 줄임말로 불린다. 어떤 브랜드에 애칭이 존재한다는 사실은 사람들이 그 브랜드를 그만큼 애정한다는 뜻이기도 하다. 결국 줄임말은 일상 언어의 애칭이라고 볼 수 있다.

애칭 언어를 많이 사용하는 사람은 사랑이 많은 사람일

것이다. 몇 글자를 줄여 부름으로써 대단히 긴 시간을 벌고자 하는 것이 아니라, 줄여 부를 만큼 자주 쓰는 언어에 사랑을 담는 사람일 것이다. 어떤 단어를 줄여 부르는 것만으로 새로운 사랑이 샘솟을 수 있다고 생각하면 아무 말이나 마구마구 줄이고 싶어진다. 어떤 말을 줄일 수 있을지 떠올리다 보니 내가 사랑하는 것들이 몽글몽글 떠오르고, 그 자체로 행복해진다.

그러니 앞으로는 말을 줄여 부르는 사람을 '없어 보인다'고 폄하하기보다 '왜 줄였을까?'를 먼저 생각해보면 좋겠다. 그리고 또 그런 이유로 헤어지는 커플은 더 이상 없기를 바라본다. 비빔냉면보다 비냉이 어쩐지 더 쫄깃하게 느껴지는 '줄임말의 마법'이 더 많은 사람에게 펼쳐지기를!

어떤 개인과 집단의
일상을 이루는
언어들을 살펴보면
그들의 일상 풍경을
좀 더 구체적으로
그려볼 수 있다.

자주 쓰는 '접사'가

시대의 가치관을 보여준다

02

때밀이계의 에르메스
'때르메스'의 문법

정준산업에서 출시한 '요술 때밀이 장갑'은 '삶의 질 수직 상승 템'으로 통하며 입소문이 난 제품이다. 피부에 스치기만 해도 각질이 우수수 쏟아지는 이 제품을 한 번도 안 쓴 사람은 있어도 한 번만 쓴 사람은 없다고들 한다. 요술 때밀이라는 다소 진부하지만 친숙한 이름의 이 제품이 바이럴을 타게 된 계기는 비단 마케팅 전략 때문만은 아니다. 요술 때밀이를 사용하고 격하게 감동한 사용자들이 온라인 홍보를 자원하며 **때밀이계의 에르메스, 때르메스! 정준산업 때르메스 꼭 사세요!** 하고 추천한 영업글이 동인이 되어 입소문이 가속화한 것이다.

　수많은 종류의 때밀이 장갑이 있지만, '에르메스'가 접미사로 붙은 때밀이 장갑은 듣는 순간 뇌리에 박힌다. 얼마나 대단하기에 에르메스라는 이름을 붙일 수 있을까? 호기심을 자극하는 그 이름을 거부하기란 쉽지 않다. 후기를 보면 "때르메스, 때푸치노라는 말을 만들어낸 열풍의 주인공. 구하기 힘들었는데 드디어 성공했습니다" 같은 식의 찬양글이 줄줄이 이어진다.

때르메스는 에르메스가 '최고급 브랜드'를 상징한다는 사회적 합의가 있기에 가능한 표현이다. 우리 사회에서 에르메스는 최상위 계층의 사람들이 사용하는 명품을 의미하는 고유명사로, 다양한 단어와 만나 최상급 퀄리티의 제품이나 서비스를 묘사하는 접미사로 활용되고 있다.

갑자기 툭 하고 튀어나온 신조어가 아니라, 제 몸집을 서서히 늘려 영역을 확장하는 신조어도 있다. **혼밥, 혼술, 혼영**과 같은 '혼자'의 변주들, **K-pop, K-art, K-방역, K-지하철, K-장녀**처럼 접두사 'K'를 붙여 새로운 애국주의와 문화적 특색을 나타내는 단어들이 그 대표적인 예다.

특히 몸집이 유난히 커지는 접두사나 접미사에 주목해야 한다. 혼밥으로 시작한 **혼-**이라는 표현이 세상에 존재하는 모든 행위와 결합하고 있다고 해도 과언이 아닐 정도로 몸집을 불려가고 있다. 혼밥이라는 말이 처음 등장했을 때는 개인주의가 극단화된 사회 현상이라는 분석이 지배적이었다. 집단주의 문화가 주류였기에 혼자서 무언가를 하는 사람들을 사회 부적응자로 간주한 것이다. 정상성의 기준이 '함께'에 있다 보니 혼자 하는 행위가 낯설게 느껴져 이 접두사에 대한 주목도가 높았다. 하지만 이제 혼밥은 언론사 사설에서조차 각주 없이 등장할 정도로 평범한 일상이며, 코로나19 시대에는 방역 지침으로 권장되기까지 했다.

어떤 시대에 활성화되는 접두사 혹은 접미사는 그 시대의 가치관을 보여준다. 언젠가 시간이 흘러 '혼자'가 기본값인 사회가 되면, '함께'를 의미하는 새로운 접사와 파생어가 등장할지도 모른다. 혼자 보는 게 기본인 넷플릭스를 여러 사람이 동시에 시청하는 소셜 서비스인 **넷플릭스 파티**가 등장한 것을 보면 아주 먼 미래의 일이 아닐지도 모른다.

'오타쿠オタク'라는 일본어에서 비롯했으나, 우리에게 너무 익숙해진 **덕**이란 말의 활용 범위도 광대하다. 이제 '덕'은 오타쿠의 준말이 아니라, '무언가에 열광하며 그것을 통해 행복을 느끼는 행위'를 뜻하는 새로운 용어라고 봐도 무방하다. **입덕**이나 **덕질**이 꼭 일부 세대에만 국한된 이야기도 아니다. 트로트 가수 송가인, 임영웅 팬덤의 엄청난 '화력'을 헤아려보면, '덕'이란 이제 세대를 막론하고 타오르는 공통적인 감정이자 '과잉 열광' 사회를 드러내는 표현이다.

이러한 신조어는 엄청나게 새로운 것들이 아니라 이미 우리 사회에 만연한, 오늘날의 가치관이 그대로 언어에 반영된 결과다. 지금 우리 사회가 어떤 현상과 영역에 민감하게 반응하고 있는지를 확인하고 싶다면, 사람들이 어떤 접두사나 접미사를 활발하게 사용하고 있는지를 관찰해보자. 어떤 행위에

'혼'을 붙여서 이야기하는지, 어떤 대상 앞에 자연스럽게 'K'가 붙는지, 어떤 '덕'의 언급량이 증가하는지를 살펴보는 것만으로도 이 시대의 핵심 이슈를 알아챌 수 있다.

모든 것은 '드립'에서 나온다

몇 년 전 배달의민족에서 진행한 치믈리에 선발대회가 화제를 모았다. 2018년 제2회 치믈리에 자격시험의 사전 모의고사 응시자는 58만 명으로 그해 대학수학능력시험 응시자보다 많았다.[1] 만약 '치킨 감별사' 같은 이름이었다면 이런 엄청난 반응이 있었을까? **치믈리에**라는 신선한 단어에 사람들은 열광했다. 이는 우리에게 친숙한 프랑스어 '소믈리에'와 한국인의 소울 푸드인 치킨이 만나 탄생한 단어다. 이전까지는 없던 단어지만 듣는 순간 어떤 의미인지 단번에 감이 오는 것이 핵심이다.

물론 치믈리에라는 말이 나오기 전에도 소믈리에라는 표현은 '문화 소믈리에'처럼 여러 방면에서 쓰였다. 그러나 소믈리에라는 단어를 수식어가 아닌 접미사로 활용하여 치믈리

---

1 이윤주, 〈치믈리에 자격시험이 남긴 것들〉, 《더피알타임스》, 2018.07.23.

에라는 새로운 단어를 창조하면서 원래 단어의 이국적인 뉘앙스를 '치킨'이라는 친숙한 음식으로 희석시켰고, '감별사'라는 의미는 강화했다. 이후 쎄한 사람을 감별하는 **쎄믈리에**, 맥주를 감별하는 **맥믈리에** 등 다양한 -**믈리에**가 등장했다.

주방장이 선별한 재료를 사용한 코스 요리를 뜻하는 '오마카세' 역시 다방면으로 확장 중인 언어다. 원래 오마카세는 한우 오마카세처럼 다소 고급스러운 음식에 사용된 말이었지만 더 이상 여기에만 머무르지 않는다. 가장 대표적인 예가 **이모카세**다. 신선한 제철 재료로 '오늘의 메뉴'를 운영하는 일반 식당의 주인이 '이모'일 경우 '이모카세 맛집'으로 불린다. 이모카세라는 닉네임을 얻은 오늘의 메뉴는 SNS에 올릴 만한 특별한 해시태그의 주인공이 된다. 바뀐 건 이름뿐인데 익숙한 문구의 진부함과 전형성을 탈피하고 트렌디한 식문화 용어를 가미해 유머러스함을 얻는다.

오마카세의 변주는 무궁무진하다. **엄마카세, 아빠카세, 홈마카세** 등등 일상에서 '특별한 요리'를 지칭할 때도 사용한다. 고상하게 말해 '변주'지만 사실 이런 파생어의 원천은 '드립'이다. 엄마카세라는 드립을 날렸을 때 많은 사람이 공감할 만큼 오마카세라는 단어가 대중화되었음을 시사하기도 한다. 사람들의 자연스러운 드립의 소재라는 것 자체가 그 단어의 트렌디함을 말해준다.

특별한 언어가
특별한 일상을 만든다

언어의 변주는 그 자체로 경험과 의미의 변화를 일으킨다는 점에서 흥미롭다. 유명 빵집들을 돌아다니는 방문이 **빵지순례**가되는 순간 이는 거룩하고 신성한 경험으로 격상한다. 좋아하는 메뉴들을 탐방하는 행위를 ○○**순례**라고 부를 때, 우리에게 이 행위는 단순한 나들이가 아니라 특별한 탐험이 된다.

'호텔에서의 하룻밤'과 **호캉스**는 행위의 본질은 같으나 의미는 완전히 다르다. 전자는 출장이나 여행, 장기 투숙 등 다양한 숙박 행위를 포괄한다. 그러나 호캉스는 '호텔에서 즐겁게 놀고 먹으며 쉬는 행위'를 의미한다. 같은 행위도 어떤 단어로 상황을 묘사하느냐에 따라 뉘앙스가 달라진다. 피곤한 몸을 이끌고 억지로 간 출장에서의 하룻밤을 '나 홀로 호캉스'로 여기며 누릴 수도 있고, 엄마가 차려준 생일상을 '엄마카세'라고 부르며 환호할 수도 있다.

이처럼 접두사와 접미사를 어떻게 활용하느냐에 따라서 익숙한 행위에 새로운 차원의 의미가 덧입혀진다. 기존 행위의 평범함이 새롭게 탄생한 언어의 특별함을 통해 승화된다. 엄마의 밥상을 특별하게 만들어주는 엄마카세, 소박한 목욕용품을 고급스럽게 만들어주는 때르메스처럼 특별한 언어는 우리에게 특별한 순간과 경험을 선사한다.

누군가가 내게 언어로 트렌드를 파악하는 가장 쉬운 방법이 무엇인지를 묻는다면, 가장 활발하게 사용되는 접두사와 접미사를 살펴보라고 답할 것이다. 유튜브 댓글에 유난히 많이 쓰이는 접두사가 있는지, 쿠팡 후기에 유난히 자주 달리는 접미사가 무엇인지 한번 자세히 들여다보자. 사람들의 어휘 주머니에 들어 있는, '드립의 원천'인 그 단어들은 우리 사회의 모습을 반영한다. 많은 사람의 공감을 받는 그 언어들이야말로 트렌드를 보여주는 훌륭한 재료들이다.

물론 활성화되는 모든 접두사와 접미사가 좋은 재료는 아니다. 그것에 폄하나 비하의 의도가 없어야 한다. 누구도 소외시키지 않고 어떤 계층도 비하하지 않는 접사가 있다면 많은 사람에게 건강한 공감을 받으며 확산할 가능성이 있다. 시대를 예리하게 꿰뚫어 보는 신선한 '언어 유망주'를 찾아보자. 그 과정에서 이 시대의 언어를 생생하게 감각하는 힘을 기를 수 있을 것이다.

상식을 파괴하는 신박한 언어 조합

'하이브리드 언어'

03

어디서 만나서
입을 모으시나요?

우리의 언어생활은 대체로 게을러서, 모두가 사용하는 관용적 표현의 한계를 잘 넘어서지 못한다. 미디어 속 전문가들은 언제나 '입을 모은다'고 하는데 도대체 사람들은 어디서 만나 입을 모으는 걸까? 실제로 혀를 내두르는 경찰을 한 번도 본 적은 없지만, 뉴스에서는 그들이 신종 범행 수법에 '혀를 내둘렀다'고 말한다. 관용적 표현은 습관의 굴레를 쉽게 벗어나지 못하고 돌림 노래처럼 반복적으로 사용된다.

꼭 언론인이나 문학가처럼 글쓰기를 업으로 삼는 사람들이 아니더라도 좀 더 섬세하게 묘사하고 실감 나게 표현하며, 공감을 자아내는 문장을 쓰고자 노력하는 이들이 있다. 그들이 만들어낸 새로운 표현이 참신하고 유용하다면 그 언어는 새로운 '관용어'가 되어 많은 사람의 어휘 사전에 추가된다.

새로운 표현을 만들어내고 받아들이는 것은 더 이상 국립국어원만의 역할도, 미디어의 권위도 아니다. 익명의 누리꾼의 예리한 표현, 촌철살인의 댓글 하나, 재치 있는 해시태그 한 줄이 다수의 개인에게 강력한 공감을 받고 사용량이 늘면 새로운 표현으로 인정받는다. 이렇게 다수의 마음을 흔드는 표현이라면 소수의 권위나 매체의 권력이 개입하지 않아도 자연스럽게 모두의 '습관'으로 배어든다.

새로운 맛집, 또 다른 퇴근

2018년, 새로운 맛집이 등장했다. 대한민국에 맛집 아닌 곳이 있을까 싶을 만큼 '맛집'의 언급량이 늘고 있을 때였다. 부산 맛집, 을지로 맛집, 학식 맛집, 마라 맛집… 지역과 메뉴를 아우르는 온갖 종류의 맛집으로 포화 상태에 이르렀다고 생각했을 때 매우 신선한 맛집이 나타난 것이다. 바로 **햇살 맛집**이다. 햇살 맛집은 익숙한 두 단어의 신선한 조합으로, 자연광이 풍부해 사진이 잘 나오는 장소를 뜻한다. 꼭 카페나 음식점일 필요는 없다. 우리 집 거실이 햇살 맛집이기도, 회사 옥상이 **야경 맛집**이기도 하다.

빅데이터 분석 기업 바이브컴퍼니의 플랫폼 '썸트렌드'에 따르면, 소셜 빅데이터상에서 2018년 이전까지 거의 언급량이 없던 햇살 맛집이란 키워드는 2019년에만 전년 대비 20

배 넘게 언급량이 증가했다. 이제 사람들은 장소를 넘어 무엇이든 '잘하는 곳'에 맛집이란 단어를 서슴없이 붙인다. 다방면으로 재주가 많은 이가 본업을 잘하면 **본업 맛집**, 드라마 주인공들의 케미chemistry가 좋으면 **케미 맛집**이라 부른다. 맛집의 속성이 강조되어 새로운 관용구 역할을 하는 것이다. 우리에게 친숙한 장소 명사가 형용사적 특성을 장착한 예다.

　　새로운 맛집처럼 새로운 퇴근도 생겨났다. 육아 퇴근, 즉 **육퇴**가 그것이다. 부모로서의 역할만큼이나 자신의 삶도 중요한 요즘 부모들은 육아를 퇴근이 필요한 업무로 인식한다. 물론 이전에도 부모들은 아이를 재우고 개인적인 시간을 가졌지만, 육퇴라는 언어를 통해 육아 시간과 개인 시간을 구분하는 매듭을 의식적으로 더 확실하게 짓는 것이다.

　　이런 언어에는 일상의 의무를 대하는 사람들의 태도와 의지가 반영되어 있다. 육아를 완전한 의무의 영역이자 끝없는 과정으로 받아들이기보다 온-오프on-off가 가능한 업무의 일부라고 생각한다면 끝도 답도 없는 듯한 육아에 쉼표를 마련할 수 있다. 물론 육아는 끝도 답도 없다. 그럼에도 육퇴의 후련함과 해방감을 맛본 사람이라면, 그 단어가 선사하는 안도감과 개운함에 감사를 느낄 것이다.

천재적 수식어 '얼굴 천재'

새로운 수식어는 인물이나 작품의 인지도를 높이는 역할도 한다. 신인 작가나 아이돌이 등장할 때 '대만의 하루키', '제2의 BTS'와 같은 수식어를 쓰는 것처럼, 직관적이고 강렬한 수식어는 그 대상을 다시 한번 돌아보게 만든다. 틀에 박힌 표현을 넘어선 색다른 조합의 수식어는 신선하고 강렬한 인상을 준다.

썸트렌드에 따르면, **얼굴 천재**라는 표현은 2015년까지 트위터에서 연간 언급량이 5,000건 정도밖에 되지 않은, 거의 사용하지 않는 언어였으나 2016년 19만 건, 2017년 62만 건으로 언급량이 폭발적으로 증가했다. 이제 이 표현은 압도적으로 우월한 외모를 수식하는 관용어로 자리 잡았다.

얼굴 천재라는 표현의 대중화를 이끈 사람은 아이돌 그룹 아스트로의 멤버이자 배우 차은우다. 조각 미남, 꽃미남 등이 즐비한 시대에 얼굴 천재로 이름을 알린 차은우는 그 신선한 수식어로 대중의 이목을 집중시켰다. 물론 누구든 그 표현에 바로 수긍할 만큼 '천재적인 얼굴'로 대중에게 인지 조화를 선사한 것은 분명한 사실이다.

하지만 아무리 잘생겼더라도 조각 미남, 꽃미남 같은 평범한 수식어가 따라붙었다면 그의 이름 세 글자를 단번에 기억하긴 어려웠을 것이다. '아, 그 얼굴 천재!' 하고 단박에 떠오르는, 자신만의 독보적인 수식어를 획득했기 때문에 그의 대중적 인지도도 함께 올라갔다. 이렇듯 의외의 언어 조합, 실감 나는 표현은 각인 효과를 통해 누군가를 잊지 못하게 만든다.

열 문장보다
효과적인 한 단어

육아 퇴근, 햇살 맛집, 얼굴 천재는 '하이브리드 언어'다. 우리 일상 속 다양한 영역의 속성들을 모아서 새롭게 조합하고 조립하여 완성된 언어다. 이 언어들은 블록과 같아서 자신의 기호와 상황에 맞추어 자유롭게 골라 쓸 수 있고, 누구나 자신만의 버전으로 재조립할 수도 있다.

하이브리드 언어에는 새로운 사회적 합의가 스며 있다. '육아는 퇴근이 필요한 과업'이라는 합의, '맛있는 음식점뿐만 아니라 무엇이든 자신만의 주특기를 발휘하는 곳이 맛집'이라는 합의가 언어로 발현된 것이다. 하이브리드 언어는 고정관념에서 벗어나 언어 세계를 확장한다. '천재'는 지식의 영역에서만 가능할까? '퇴근'은 회사에서만 가능할까? 얼굴 천재와 육아 퇴근이 그렇지 않다고 한다. 해묵은 언어를 시대에 맞게 재해석하면서 새로운 가능성을 보여준다.

일상생활에서 빈번하게 쓰고 있지만 사용하는 상황과 결이 완전히 다른 두 단어가 결합하면 시너지를 일으킨다. 밋밋한 단어에 반짝하고 불빛이 켜지는 순간, 사람들은 낯선 반향과 빠른 안심을 함께 느낀다. 이처럼 상식을 깨고 표현의 새로운 지평을 여는 언어 조합은 온라인 공간에서 더 자유롭게 전파된다.

공감과 응원을 바탕으로 세상에 새롭게 나타난 하이브리드 언어들을 눈여겨보자. 내가 주로 쓰는 일상적인 단어가 다른 영역의 어떤 단어와 만나면 파격적이면서 실감 나는 표현이 될 수 있을지를 고민해봐도 좋다. 하이브리드 언어의 힘은 세다. 차은우를 '국민 얼굴 천재'로 만들고, 채광이 좋은 숨겨진 명소를 '햇살 맛집 핫플레이스'로 바꾼다.

우리가 익숙함과 편리함에 기대어 그 이상의 표현을 찾지 않고 진부한 언어를 사용할 때, 다른 누군가는 신선하고 정확한 언어로 새로운 표현을 만들어낸다. 보이지 않는 차별을 뜻하는 **유리 천장**은 1978년 뉴욕에서 열린 '직장 여성 박람회'에서 AT&T의 인사과 직원 매릴린 로든Marilyn Loden이 처음 사용한 말이다. 여성이 처한 사회적 차별 상황을 이보다 더 쉽고 명쾌하게 설명한 언어는 그전까지 없었다. 참신한 하이브리드 언어는 단순한 유행을 넘어서 차별과 맞서 싸울 수 있는 무기가 되기도 한다. 그녀는《워싱턴 포스트》와의 인터뷰에서 언젠가 "유리 천장이 있던 시절이 있었다"라고 말할 수 있길 바란다고 했다.

잘 조합된 하이브리드 언어 하나는 열 문장의 수식과 묘사를 압도할 만큼 생생하다. 부모들의 후련하고 개운한 감정을 육퇴만큼 생생하게 묘사하는 단어는 아직 발견하지 못했다. 하지만 이런 것들은 오늘날의 전형성을 보여주는 좋은 단어일 뿐 '최종 단어'는 아니다. 주어진 현실을 이색적으로 묘사하는 새로운 언어가 나온다면 우리는 금세 육퇴라는 단어는 잊고 새로운 언어를 사용할 것이다. 그 언어는 지금까지 나오지 않은 새로운 언어 조합일 수도 있고, 어쩌면 그 자체로 육아에 대한 새로운 태도와 개념을 제시할 수도 있다. 그리고 그 새로운 언어를 만드는 주인공이 바로 우리가 될 수도 있다.

시너지를 내는 관계의 언어

'묶임말'

네카라쿠배,
계급이 사라진 시대의 계급 언어

계급제도의 야만성과 잔인성에 공감하면서도 우리는 계급이라는 개념에 때때로 자연스럽게 의존한다. 또한 여전히 우리 사회 곳곳에 계급성이 선명하게 자리 잡고 있음을 부인할 수 없다. 사회에서만이 아니다. 아주 사소한 분야에서도 계급의 기준을 객관적 수치로 구분하거나 증명할 수 있다면 '계급도'가 만들어진다.

　시계 계급도, 명품 가방 계급도, 자동차 계급도처럼 반쯤 유머가 섞인 이 계급도는 온라인상에서 화제성도 높다. "420만 원짜리 우리 집 가보 新 패딩 계급도"[2]는 뉴스에서 흔히 볼 수 있는 헤드라인이다. 사람들의 호기심을 자극하는 계급도는 온라인상에서 빠르게 공유되며 언론의 인용을 부추기고, 그러는

2　최혜승, 〈'420만 원짜리, 우리 집 가보' 新 패딩 계급도 봤더니〉, 《조선일보》, 2021.12.05.

동안 어느새 사회는 그 계급성을 인정하고 학습한다.

막연하게 느껴온 계급이 언어로 명명되면 더 선명해진다. '강남 3구' 이후 **마용성(마포구·용산구·성동구)**이라는 새로운 언어가 생기면서 부동산의 계급화가 좀 더 공고해졌듯, 계급의 언어가 한번 만들어지고 고착되면 더 많은 사람의 입에 쉽게 붙는다.

누군가는 이런 언어 사용을 잔인하다고 느낄 수 있다. 특정 계급을 공고화하기 때문이다. 그러나 개별 존재들을 한데 묶어낸 새로운 언어의 편리함과 화제성이 그러한 반감을 압도한다. 따라서 마용성처럼 언어의 첫 글자를 따서 묶는 '묶임말'은 쉽게 사라지지 않을 것이다.

급을 나누는 데 최적화된 묶임말은 종종 '비슷한 성질'의 것들을 묶어서 상징처럼 쓰인다. 명문대를 상징하는 '스카이', 보수 언론을 뜻하는 '조중동', 대표 미인을 의미하는 '태혜지'가 고전적 예다. 사람들은 계급을 설명하고 상징성을 드러내기 위해 계속해서 말을 묶고 또 묶는다. 스카이 다음엔 '서성한', 또 그 다음엔 '중경외시'가 나오고, 조중동에 맞서 '한경오'가 등장한다.

3대 명품을 일컫는 말인 **에루샤(에르메스·루이비통·샤넬)**는 명품의 대중화와 함께 새롭게 나타난 단어다. 에루샤는 백화점 명품 매장의 핵심이다. 우리나라에 에루샤가 모두 입점한

백화점은 2022년 기준으로 전국에 7개뿐인데, 이 브랜드들의 입점 여부가 백화점의 매출을 결정지을 만큼 중요해지자 에루샤라는 말이 자연스럽게 생겨났고, 언론과 업계에서 이 단어를 자주 사용하면서 3대 명품의 묶임말로 자연스럽게 자리 잡았다. "여의도 더현대에는 에루샤가 없죠?", "현본(현대백화점 본점)에는 에루샤가 다 있나요? 샤넬에 물건이 많은지 궁금해요"처럼 그 자체로 하나의 고유명사로 쓰인다.

네카라쿠배(네이버·카카오·라인·쿠팡·배달의민족)는 성공한 스타트업을 묶어 말하는 용어다. 최근에는 여기에 당근마켓과 토스가 추가되어 **네카라쿠배당토**로 불리기도 한다. 미국의 성공한 IT 기업을 뜻하는 **FAANG**(페이스북·아마존·애플·넷플릭스·구글)처럼 한국에는 네카라쿠배당토가 있다. 이는 특히 취업준비 사이트에서 자주 쓰는 용어다. "네카라쿠배 지원 준비하시는 분들 자소서 어떻게 쓰셨나요?", "코딩 셤 만점 받고 네카라쿠배 들어가고 싶어요", "네카라쿠배+당토 들어가는 개발자는 우리나라 개발자 중 상위 몇 퍼센트일까요?"처럼 쓰이며, 구직자들에게 'IT 명문 기업'을 뜻하는 표현으로 통용된다. IT 기업의 성장과 그에 대한 구직자의 선망이 고스란히 드러나는 단어이기도 하다.

개별로 존재하던 고유명사가 비슷한 권력을 가진 이름들과 결합하면 묵직한 계급을 만들어내고 그 힘과 의미가 더욱 선명해진다. 의미가 선명할수록 더 많은 사람에게 회자되고 쉽게 인용되는 법이다.

대표들을 한데 모으면
판이 더 커진다

어떤 세계를 대표하는 묶임말이 있다. '바로크 삼총사'라고 불리는 바흐, 헨델, 비발디를 통해 바로크 음악을, '빈의 3대 음악가'인 하이든, 모차르트, 베토벤으로 빈 고전파 음악의 큰 줄기를 파악할 수 있는 것처럼 어떤 장르와 영역을 대표하는 데 묶임말이 쓰인다. 이 묶임말을 아는 것만으로도 그 세계의 지형도를 단번에 파악할 수 있으며, 어떤 맥락에서는 상식으로 통용되기도 한다.

이는 고전 음악만이 아니다. K-pop에서도 역사적 순간을 대표하는 삼총사가 존재하는데, 이는 오늘날의 새로운 상식이라고 할 수 있다. **엑방원**은 2017~2019년도에 활발히 활동한 3세대 남자 아이돌인 엑소·방탄소년단·워너원의 묶임말이다. **엑방원셉(엑방원＋세븐틴)** 혹은 **엑방셉** 등으로 다소 논란이 빚어지기도 했고, 팬덤에 따라서 호명 순서에 예민할 수도 있지만, 소셜 미디어에서 언급량이 가장 많은 것은 '엑방원'이었다.[3] 4세대 남자 아이돌의 대표 주자는 **즈즈즈(더보이즈·스트레이 키즈·에이티즈)**다. 3세대 여자 아이돌은 **트레블(트와이스·레드벨벳·블랙핑크)**로 대표되고, 4세대 여자 아이돌은 **에스아(에스파·스테이시·아이브)**가 앞서 나가는 가운데 춘추 전국 시대를 겪는 중이다. 만화를 좋아하지 않아도 《원피스》가 얼마나 유명한 작품인지 모르는 사람은 드물 것이다. **원나블**은 원피스·나루토·블리치의 묶임말로 2000년대 3대 인기 만화를 뜻한다. "원피스와 나루토는 알겠는데 '블'은 뭐야?"라고 누군가가 묻는다면 주변의 한 친구가 눈물을 흘리며 "블리치야"라고 대답해줄 것이다.

　　패션에 관심이 있는 남성이라면 **솔타시**라는 용어가 친숙할 것이다. 하이엔드 남성복 브랜드인 솔리드옴므·타임옴므·시스템옴므의 첫 글자를 따서 만든 묶임말이다. 매 시즌 솔타시의 인기 아이템을 추천하는 글이 온라인상에 숱하게 올라오며, 백화점에서 솔타시 매장을 돌아보고 왔다는 글도 종종 보인다. 생산자의 관점이 아니라 순전히 소비자의 관점으로 묶인 이 세 브랜드는 #솔타시로 엮인 이후 서로 시너지를 낸다. 타임옴므만 입던 사람이 자연스레 솔리드옴므에도 관심을 갖고, 솔리드

3　바이브컴퍼니, 〈썸트렌드〉, 분석 기간 2017.01.01.~2022.07.31.

옴므만 알던 사람이 시스템옴므의 옷도 추천받는 식이다.

이런 종류의 묶임말은 계급의 논리에 갇히지 않는다. 그들이 속한 장르나 영역의 대표성과 그들 사이의 관계성을 바탕으로 묶인다. 그렇기 때문에 어떤 장르의 묶임말을 안다는 것은 그 세계에 빠르게 입문할 수 있는 열쇠를 획득한 것과 같다.

샤넬과 다이소가 만난다면?

나이키 하면 떠오르는 브랜드는? 자연스럽게 아디다스를 떠올리는 사람이 많을 것이다. 코카콜라 하면 펩시를 떠올리듯이 말이다. 실제로 소셜 미디어상에서도 나이키와 가장 많이 함께 언급되는 브랜드는 아디다스이고, 코카콜라와 함께 가장 많이 언급되는 브랜드는 펩시다. 이는 두 브랜드를 함께 놓고 고민하거나 비교할 상황이 많기 때문이다. 에르메스는 샤넬과, 한샘은 이케아와 함께 언급된다.[4]

어떤 브랜드는 너무 독보적이어서 경쟁 브랜드가 바로 떠오르지 않기도 한다. 테슬라 하면 어떤 브랜드가 떠오르는

---

4 바이브컴퍼니, 〈썸트렌드〉, 분석 기간 2020.01.01.~2022.07.31.

가? 파타고니아 하면 떠오르는 브랜드는? 이런 상황이라면, 독보적인 정체성을 지닌 브랜드들과 흥미로운 관계 맺음을 목표로 '묶을 구실'을 찾는 것도 신선한 마케팅 전략이 될 수 있다.

그것이 부정적 이슈가 아니라면, 어떤 고유명사와 함께 언급되는 것은 의미 있는 일이다. 만약 둘 사이에 직접적인 관계성이 없어 보이더라도, 사람들의 인식 속에 그것들의 상징성과 기호성이 각인되었다는 뜻이기 때문이다. 독자적 고유성도 물론 중요하지만, 관계 맺음을 통해 얻는 의미가 고유명사의 존재감에 기여할 수도 있다.

관계성이 뚜렷하더라도 사람들이 묶임말로 만들어서 쓸지는 다른 차원의 문제다. 오히려 희미한 관계성에 힘을 실어 새로운 언어로 묶으면 다른 차원의 상징을 만들어낼 수 있다. 태혜지나 솔타시처럼 서로 엮이고 묶이면서 시너지를 내는 관계들이 있으며, 그것이 묶임말로 재탄생할 때 만들어지는 각인 효과는 매우 강력하다.

우리에게 익숙한 대부분의 묶임말은 계급적 성격을 띤다. 그러나 새로운 시대에 우리가 관심을 가지고 묶어야 하는 대상은 급과 격을 뛰어넘어 새로운 의미를 창조해낼 수 있는 것들이어야 한다. 예를 들어 샤넬과 다이소가 묶일 수 있고, MZ세대 아이콘으로 떠오른 가수 이영지와 노벨 문학상 수상작가 아니 에르노가 묶일 수도 있다.

우리에게는 계급화를 부추기는 묶임말이 아니라, 새로운 가치와 의외의 궁합을 보여주는 신선한 묶임말이 필요하다. 새로운 시대의 상징성과 의외의 관계성을 보여주는 묶임말이 탄생하는 것은 그 자체로 해묵은 고정관념이 무너지고 새로운 시대를 대변하는 가치가 주목받는 현상을 의미한다. 서로 떨어져 있는 별들이 묶여 별자리를 이루는 것처럼, 각자의 위치에서 빛나는 말들이 연결되어 새로운 가치를 대표하는 묶임말이 되기를 바란다.

어떤 장르의
묶임말을 안다는 것은
그 세계에 빠르게
입문할 수 있는 열쇠를
획득한 것과 같다.

새로운 시대의 문해력

'밈해력'

05

단군신화도 피식대학도
모두 평등한 밈의 세계

2,000원 비싸짐이라는 댓글을 보고 도대체 무슨 말인가 싶어 그 뜻을 검색해봤다. '2,000원 비싸졌다'는 '뼈를 맞았다', 즉 뼈아픈 소리에 마음이 아프다는 뜻이다. 뼈아픈 소리를 하도 들어서 뼈가 사라졌다는 표현을 왜 '2,000원 비싸졌다'라고 할까? 일반 치킨보다 순살 치킨이 2,000원 비싸기 때문이다.

순살 치킨을 시켜본 적이 없는 사람이라면 도무지 이해할 수 없는 이런 이야기들이 '밈meme화'되고 있다. 이 밈의 독특한 지점은 '100일 동안 마늘과 쑥만 먹은 곰의 민족'이라는 단군신화 모티프처럼, '치킨 가격'이 전 국민적으로 통용되는 모티프가 되었음을 상징한다는 것이다.

프랑스 파리로 교환학생을 가기 전 출국을 앞두고 만난 한 교수님이 내게 아주 중요한 조언을 해주었다. "유럽으로 교환학생을 간다면 《성경》과 그리스 로마 신화를 꼭 읽게. 그 나라 말로 읽으면 더 좋고." 당시엔 그 말씀의 의미를 정확히 이해하지 못했지만, 낯선 서양 땅에서 매일 쌀 대신 빵을 먹으며 살아보니 점점 그 말의 울림이 느껴졌다.

박물관과 미술관의 작품에서부터 공휴일의 기원과 숙어의 의미까지, 서양 문화권 국가들에는 《성경》과 그리스 로마 신화를 모르면 이해하기 힘든 그들만의 서사적 원형이 존재한다. '모티프'를 공유하며 수없이 재창조되는 미술 작품, 신화적 상상력에 기반한 베스트셀러 소설, 다양한 성인聖人을 기리는 기념일 들을 마주할 때마다 그들이 공유하는, 두꺼운 서사의 지층에 놀라곤 했다. 신화와 《성경》의 이야기가 책 안에 머물러 있지 않고 새로운 시대의 문학과 철학, 사회학, 심지어 대중문화에까지 침투해 있었다. 교양과 상식과 유행이 각각 동떨어져 있는 세계가 아니라 서로를 참조하고 인용하며, 레퍼런스와 모티프를 통해 현재 진행형의 새로운 이야기로 재탄생하는 것이다.

모든 대륙, 국가, 도시에는 저마다의 서사적 토대가 있고 우리는 학교에서 그것을 학습한다. 교과서에서 배우는 역사, 문학, 예술은 국가적 서사의 근간이다. 단군신화, 원효대사 해골물, 김춘수의 〈꽃〉과 같은 한국적 담화의 단골 모티프와 현진건의 〈운수 좋은 날〉 속 김첨지, 이문열의 《우리들의 일그러진 영웅》 속 엄석대 같은 전형적인 인물의 클리셰는 스토리텔링에서 빠지지 않고 등장하는 주요 소재이다. 그리고 그 레퍼런스들이 우리가 살아가는 시대의 교양이기도 하다.

이런 서사의 토대는 성서나 신화, 고전소설처럼 오랜 시간 전해오면서 '문화적 코드'로 자리매김한다. 이런 문화적 코드의 창조와 변형에 가담할 수 있는 권한은 아주 오랫동안 소수의 권력층과 지식인층에게만 주어졌다. 온라인 공간의 '평등성과 확장성'의 토대 위에 세워진 오픈소스 생태계는 소수의 권력층에 고여 있던 웅덩이에 물길을 트는 역할을 했다. 이제는 문학가나 사상가가 아니어도 '코드의 신전'에 자유롭게 자신의 창작물을 전시할 수 있다. 눈을 희번덕대는 시바견 사진도 좋고, 금발을 곱게 빗어 넘긴 리어나도 디캐프리오가 칵테일 잔을 들고 있는 스틸컷이어도 괜찮다. 어떤 장면 어떤 텍스트여도 세계적인 문화 코드에 편입될 수 있다.

시청률 두 자릿수 시절의 〈무한도전〉, 〈개그콘서트〉 등의 TV 예능 프로그램, 즉 대중매체가 문화적 코드를 지배하던 때가 있었다. 하지만 이제는 두 자릿수 시청률의 예능 프로그램은 희귀하며, TV 이외에도 다양한 매체에서 새로운 이야기가 발굴되고 차용되고 변형되며, 무엇보다 반복되고 있다.

흔히 '짤'이라고 불리는 '온라인 밈'이 그 어느 때보다 활발히 생겨나는 시대다. 참조 대상과 편집자가 모두 양적으로 상당히 늘었다. 구독자 수가 1,000명 내외에 불과한 유튜브 채널이어도, 셀럽이 아닌 작은 트위터 계정이어도, 혹은 익명의 아이디가 쓴 댓글이어도 이슈가 된다면 얼마든지 밈이 될 수 있다. 이때 오리지널 콘텐츠의 창작자와 밈의 편집자 사이의 역할 구분은 선명하지 않다.

《성경》에서 대중매체로, 대중매체에서 무한 오픈소스로 대중화된 문화적 코드에 대한 우려와 근심의 목소리도 존재한다. 표현의 평면성과 사고의 단순성 역시 밈의 한계다. 그럼에도 불구하고 밈의 의의는 '근본 텍스트'의 주권을 확장하는 데 있다. 더 이상 문화적 코드의 권한을 소수가 지배하고 좌우하지 않는다. 벼룩시장에서 좋은 물건을 발견하듯 누구나 흥미로운 이야기를 찾아내고 편집하여 자신만의 맥락으로 재창조할 수 있다.

세상의 모든 것을 출처 삼아 재창조되는 밈은 그 출처의 깊이나 권위를 따지지 않는다. 과거의 문화적 코드가 오랜 시간 축적된 근본 텍스트를 기반으로 했다면, 이 시대의 문화적 코드는 다양한 출처들을 반기고 환영한다. 단군신화를 바탕으로 한 밈과 치킨 가격을 바탕으로 한 밈의 가치는 같다. 그 출처가 유튜브 채널인 〈피식대학〉 속 한 장면이어도, 어떤 게시글에 덩그러니 달린 댓글 하나여도 상관없는 것이다. 그 한 장면 혹은 한 문장이 줄 수 있는 메시지의 선명함과 영향력이 중요할 뿐 출처의 역사적, 문학적 가치는 큰 상관이 없다.

밈의 세계에서는 출처의 근본보다 참신함이 훨씬 더 중

요하다. 디오니소스 신화를 패러디한 개그맨 권혁수의 밈, 문학 작품에서 비롯한 엄석대 밈, 트위터의 레전드 밈 사이에는 출처에 따른 등급 차이가 존재하지 않는다. 오로지 그것이 얼마나 많이 인용되는지, 오래 살아남는지, 강력한 인상을 남기는지만이 중요할 뿐이다.

시대를 읽는 키,
지금은 밈해력의 시대

하버드 대학교의 영문학 교수인 마틴 푸크너Martin Puchner는 저서 《글이 만든 세계》에서 "문학은 스토리텔링이 글쓰기와 교차했을 때 비로소 탄생했다"라고 말했다. 이 시대의 콘텐츠는 스토리텔링이 밈과 교차했을 때 비로소 탄생한다. 잘나가는 콘텐츠의 생명력은 밈의 시의적절한 사용에 있는데, 스토리텔링의 맥락을 밈이 잘 살릴 수 있어야 한다. 유튜브 썸네일에 들어갈 유명한 밈 문구, 편집 효과나 자막으로 추가할 밈 등이 이야기의 맥락을 해치지 않으면서 콘텐츠에 활기를 불어넣었는지 여부가 '요즘 콘텐츠'의 성공 요건이다.

　　다양하고 생생한 밈을 아는 것은 이 시대의 새로운 어휘력이다. 커뮤니케이션의 주재료로 밈이 쓰인다는 사실은 밈이 언어의 역할을 수행한다는 증거이다. 밈을 제대로 읽을 줄 아는 것이 새로운 시대의 문해력이라면, 이 시대는 **밈해력**을 필요로 한다.

밈해력은 스토리텔링의 재료인 동시에 세대를 읽는 키이기도 하다. 세대별 전형성을 알고자 할 때 밈만큼 좋은 재료가 없다. 예전에 미국의 XYZ세대를 분석하는 프로젝트를 진행했을 때, 나는 그들을 단기간에 이해하기 위해 각 세대를 대표하는 밈을 수집했었다. 구글, 핀터레스트, 텀블러 등에서 셀 수 없이 많은 밈을 보고 반복되는 코드를 찾으면서 그 세대를 이해하는 첫걸음을 내디뎠다.

'To meme or not to meme that is the question.' 내게 가장 인상적인 밈이다. 아무리 밈 없이는 대화하지 못한다고 하는 Z세대라지만 밈이 죽느냐 사느냐에 버금가는 문제라니. 나 역시 무수히 많은 짤을 저장해놓고 그것을 적재적소에 뿌릴 때 느끼는 쾌감을 잘 알고 있다. 가장 정확한 순간에 던진 짤의 파급력과 영향력을 떠올려보면 'To meme or not to meme'에 역시 고개가 끄덕여진다.

참조하는 서사의 원형이 단편적으로 납작해지고 깊이가 사라진 가벼움의 시대. 휘발성 짤들이 소통의 주재료가 된 속도의 시대. 품위와 교양의 격이 무너진 통속의 시대. 문학성이 사라지고 서사의 근본이 흔들리는 건조한 시대…. 밈과 밈해력을 거부하는 아쉬움의 목소리가 공존하는 것은 당연하다.

밈은 새로운 시대의 이야기 언어다. 사람들은 이야기를 좋아한다. 이야기 중에서도 '내가 아는' 이야기를 더 좋아한다. 영화를 좋아하는 만큼 영화에 대해 이야기하기를 좋아하고, 스포츠를 좋아하는 만큼 스포츠에 대해 토론하기를 좋아한다. 내가 아는 이야기를 참조해 이야기하는 '밈의 대화'는 이야기를 사랑하는 우리의 본성을 더 선명히 드러내고 대화의 유희성을 극대화한다. 밈을 유심히 들여다보면 새로운 언어의 양식이 품고 있는 평등성과 참신성의 무늬를 발견할 수 있다.

흔히 오늘날을 '문해력의 시대'라고 말한다. 새로운 세대의 어휘력이 부족해지면서 발생하는 가장 큰 문제점으로 '문해력의 저하'를 꼽는다. 텍스트의 주제와 핵심을 명확하게 짚어내는 문해력의 결핍이 학습 능력을 떨어뜨리는 것은 물론 사람들 사이의 소통까지 방해하는 데 대해 우려하는 시각에는 물론 공감한다. 그러나 소통을 저해하는 우려의 대상이 젊은 세대에게만 국한되는 것은 다소 부당하다. 과연 우리는 이 시대의 새로운 언어인 밈을 이해하기 위해 얼마나 노력하고 있을까? 젊은 세대에게 문해력이 부족하다면 우리에게는 밈해력이 부족할지도 모른다. 새로운 세대가 탄생시킨 문화 콘텐츠를 받아들이기 위해 우리가 지녀야 하는 태도는 인내심과 호기심이다.

문해력은 텍스트를 이해하게 하지만 밈해력은 시대를

이해하게 한다. 기존 텍스트보다 훨씬 민주적이고 융합적인 밈은 과거 콘텐츠를 끊임없이 재해석하며 동시대성을 부여하기도 한다. 오래전 방영됐던 드라마 〈야인시대〉에서 어느 날 갑자기 '사딸러' 밈이 태어난 것처럼, 밈은 과거에서 이야깃거리를 발굴해 동시대적 감수성을 이식하는 융합형 콘텐츠다.

　　가장 생생하게 그리고 재치있게 이 시대를 새기는 밈에 마음을 열어보자. 밈해력이 높아지면 세계를 읽어내는 당신의 시야가 몇 배는 더 확장될 것이다.

밈을 제대로
읽을 줄 아는 것이
새로운 시대의 문해력이라면,
이 시대는
밈해력을 필요로 한다.

연결되고 확산하며

트렌드를 이끄는 '해시태그'

#황제님을위한메뉴판+부산

해마다 온라인 게시판에 〈인기 해시태그 모음〉이라는 제목의 글들이 보인다. 패션, 맛집, 여행, 데이트, 반려동물, 일상 등 카테고리별로 인기 해시태그를 정리한 글이다. 원한다면 내 글에도 이 해시태그를 복사해서 붙이기만 하면 된다. 이 해시태그를 다는 순간 '좋아요' 수가 확 늘어난다.

　음식 해시태그는 #맛스타그램, #먹스타그램, #먹부림, 반려동물 해시태그는 #집사스타그램, #댕댕이그램, #냥냥이그램 같은 것들이 있는데, 일상에서 사용하는 언어와는 그 양식도 형식도 다르다. 거의 모든 분야의 해시태그들이 자신만의 전형성을 형성하며 통용되고 있다. 개나리는 노랗고 황구는 누렇다고 말하는 게 자연스럽듯 어떤 상황에 어떤 해시태그를 쓰는 게 자연스러운지 우리는 무의식중에 인지하고 있다.

　해시태그에는 온라인 네트워크 시대의 특징이 강하게 담겨 있다. 연결과 노출을 기반으로 유머와 참신성을 담고 있으며, 반복과 인용을 통해 언어의 입지가 공고해지는 과정까지 보여준다. 해시태그 뒤에는 어떤 언어든 올 수 있다. 문장, 단어, 이모티콘, 초성, 숫자, 심지어 아무도 못 알아보는 단절된 언어도 가능하다. 어떤 단어에든 해시태그를 다는 순간 원래의 텍스트가 가진 맥락과 무게가 달라진다.

해시태그를 '잘 쓰는' 사람들은 두 가지 부류로 나뉜다. 한 부류가 보편적인 공감을 얻는 해시태그를 잘 만들어내는 사람들이라면, 다른 부류는 정말 재미있게 해시태그를 잘 활용하는 사람들이다.

시를 잘 쓰는 사람에게 문학적 소양이 존재하듯 해시태그를 잘 쓰는 것도 능력이다. 반전이 있거나 엉뚱하거나 그저 헛웃음이 나게 하는 등 재미있는 해시태그를 잘 만드는 사람들이 있다. 그런 사람들이 SNS 개인 계정을 운영하면 셀럽이 되고, 기업 계정을 운영하면 그곳이 '해시태그 맛집'이 된다. 해시태그를 잘 쓰는 능력 자체가 브랜딩 능력이 되는 시대이다.

검색을 잘하는 사람은 필요한 정보를 찾기 위해 어떤 해시태그를 써야 할지 잘 알고 있는 사람이다. 부산 맛집을 찾기 위해 **#부산맛집** 해시태그를 검색하면 연관 게시글만 수백만 개가 나온다. 집단 지성의 힘을 빌리고 싶다면 '아이돌 맛집' 해시태그를 활용해보자.

아이돌 팬덤이 자신이 좋아하는 아이돌을 위해 만든 맛집 리스트 전용 해시태그가 있다. **#황제님을위한메뉴판**은 가

수이자 배우 황민현을 위해 팬들이 직접 선별한 맛집을 정리한 해시태그다. 부산 맛집이 궁금하다면 **#황제님을위한메뉴판＋부산**을 검색해보자. #부산맛집 해시태그에 비하면 광고의 오염도 적다. 설사 오염이 되더라도 자정작용으로 자연스럽게 도태된다.

　　해시태그를 잘 만들거나 잘 검색하는 것은 분명 능력이다. 학습과 소통에 문해력과 어휘력이 필요한 것처럼 정확한 정보검색을 위해 해시태그 문해력과 어휘력이 필요하다. 어떤 분야를 알고자 할 때 그 분야와 관련해 가장 많은 사람이 사용하는 해시태그는 무엇이며, 초심자와 전문가가 사용하는 해시태그가 무엇인지를 아는 일은 중요하다. 한 분야의 주요 해시태그들은 그 분야에 대한 사람들의 관심과 태도를 반영한다.

#먹부림에서
#클린식단의 시대로

우리는 책을 사거나 맛집을 검색할 때도, 패션 브랜드 자라의 신상품 **착샷(착용샷)**을 보고 싶을 때도 모두 검색을 한다. 책은 인터넷 서점에서 리뷰를 검색하고, 맛집은 인스타그램에서 검색하고, 착샷은 유튜브에서 검색한다. 관심 가는 드라마가 생겨 볼까 말까 고민일 때는 트위터나 커뮤니티 리뷰를 참고한다. 이와 같은 검색 사회에서 어떤 정보에 도달하려면 내가 원하는 정보에 적합한 채널과 제대로 된 해시태그가 필요하다. 정확한 해시태그가 우리를 정확한 정보로 인도한다. 어떤 분야의 주요 해시태그를 잘 알고 있다는 사실은 그 분야와 관련된 최적의 정보에 가장 빨리 접근할 수 있음을 의미한다. 모든 분야의 해시태그를 다 알 수는 없지만, 시대상을 반영하고 트렌드를 이끌어가는 대표적 해시태그는 알아두길 추천한다. 예를 들어 의식주와 경험에 대한 가장 최신의 인기 해시태그를 아는 것만으로도 그 분야의 트렌드를 웬만큼 알 수 있다.

인스타그램이 등장하면서 가장 먼저 각광을 받은 것은 패션 관련 해시태그다. 셀피를 올릴 때 가장 어울리는 해시태그가 **#fashion**, **#dailylook**, **#OOTD**와 같은 착장 정보이기 때문이다. 패션 관련 해시태그가 어떻게 달라지는지, 함께 언급하는 해시태그는 어떤 것들이 있는지 등으로 트렌드의 변화를 파악할 수 있다. 코로나19 시대에 **#원마일룩**, **#재택근무패션**, **#등산패션**과 같은 해시태그가 부상했다면 그다음은 어떤 해시태그에 사람들이 공감하고 탑승할지 지켜보자.

음식 관련 해시태그에도 식문화가 반영된다. **#먹부림**, **#온더테이블**과 같이 언급량이 많은 해시태그에 음식에 대한 사람들의 태도가 묻어난다. 예쁜 플레이팅으로 **인스타그래머**

블한(instagramable: 인스타그램에 올릴 만한) 상차림에 집중한 #집밥스타그램과 같은 해시태그에서 나아가 최근에는 내 몸의 건강과 환경 보호에 대한 신념을 반영한, 개념 있는 식단을 공유하는 #클린식단, #건강식단, #키토식단과 같은 해시태그가 인기다. 무엇을 먹는지에서 어떻게 먹는지로, 그리고 어떤 관점으로 먹는지가 중요해진 시대상의 변화가 해시태그에 나타나는 것이다.

주거에 관한 해시태그의 변화는 인테리어 트렌드뿐만 아니라 소비에 대한 태도의 변화도 반영한다. 대한민국 가정의 벽지가 '올 화이트'로 바뀌기 시작한 인테리어 붐 초창기에는 '국민 아이템'으로 가성비 좋게 집을 바꾸는 것이 화두였다. #인테리어스타그램의 초기에는 #화이트인테리어, #북유럽인테리어와 같이 집이 주는 인상이 중요했다. 그러다가 어느 순간 #루이스폴센, #프리츠한센, #아르텍과 같은 북유럽 가구 브랜드 관련 해시태그가 확산하기 시작했다. 그 후에는 #홈카페인테리어, #서재인테리어처럼 집 안의 기능을 업그레이드하는 해시태그가 인기였다.

최근에는 집 안 소품 하나하나의 브랜드에 국한하는 것이 아닌 유니크한 아이템의 소비 과정을 드러내고 내 취향을 강조하는 #○○작가작품, #앙드레소르네, #한스웨그너 같은 디자이너 이름들이 해시태그로 사용된다. 가구 브랜드에서 가구 디자이너나 예술가의 이름으로 연관 해시태그가 변화한 것은 우리의 소비문화가 바뀌었음을 의미한다.

　　의식주 관련 해시태그가 소비문화를 반영한다면, 경험과 소유에 관한 해시태그는 여가와 놀이에 대한 사람들의 관심과 태도를 반영한다. #운동하는여자, #운동하는남자 같은 해시태그가 처음 대중화되었을 때는 운동을 취미로 삼는 사람이 증가했음을 나타냈다. 이제 운동을 하는 것 자체가 아니라 매일매일 하는 게 중요해졌고 그에 발맞춰 #오운완(오늘 운동 완료)이라는 해시태그가 등장했다. 성별을 가를 필요도 없이 그저 '운동을 완료한 그 자체'에 초점을 맞추는 #오운완은 우리가 업무 외 시간을 어떻게 가꾸는지를 보여주는, 오늘날의 여가 문화까지 반영한 해시태그다.

지금 뜨는 해시태그를
매일 10분씩 훑기

많은 사람이 어떤 해시태그를 쓰는지 아는 것도 중요하지만, 개개인이 어떤 생각을 갖고 나만의 해시태그를 만드는지도 눈여겨봐야 한다. '나만의 해시태그'는 두 가지 목적으로 요약할 수 있는데, 나만의 아카이브를 만들거나 온라인상의 챌린지를 만드는 것이다.

나만의 아카이브 관련 해시태그는 내 관심사로부터 시작한다. 요리에 관심이 많은 사람들은 #○○**레시피**, #○○**집밥**처럼 이름이나 닉네임을 내세워 자신의 활동을 추적 및 검색 가능한 하나의 기록으로 만든다. 나만의 해시태그지만 누구든 검색할 수 있으며, 그것이 축적되면 내 관심사의 역사를 보여줄 수 있다. 즉 나만의 오픈 포트폴리오를 만드는 것이다. #**라라의맛집_홍대**, #**라라의맛집_서면**처럼 해시태그 안에서 분류를 추가하는 것도 최신 트렌드다.

꼭 '출근룩', '맛집', '레시피'처럼 진부한 단어를 사용하지 않아도 된다. #라라베이킹이 아니라 #**제빵왕라라**, #**빵생빵사라라**처럼 자신만의 시그니처 네이밍을 쓰는 편이 더 새로울 수 있다. 하지만 레시피, 출근룩과 같이 누구든 쉽게 이해하고 사용하는 워딩은 직관적이고 검색이 쉽다는 나름의 장점이 있다. 수많은 팔로워를 지닌 마카롱 여사의 #**마요사레시피**, #**마요사동영상** 해시태그가 대표적인 예다. #마요사레시피를 검색하면 마카롱 여사가 직접 올린 레시피와 함께 그를 오마주하는 다양한 참여자들의 게시글도 나온다. 나만의 해시태그가 영향력을 얻어 모두의 언어로 확산된 사례이다.

해시태그 본연의 의미가 충실하게 드러나는 콘텐츠는 역시 **챌린지**다. 특히 틱톡을 통해 폭발적으로 확산된 ○○**챌린**

지는 누구나 참여할 수 있는 미션을 바탕으로 한다. 미션은 간단한 춤일 수도, 앱을 사용한 짤방일 수도, 정치적 선언일 수도, 브랜드 광고일 수도 있다. 챌린지에 담아내는 내용은 무궁무진하다. 그러나 재미나 의미가 없다면 성공하기 어렵다. 해시태그 챌린지가 흥행하려면 직관적이면서 누구나 쉽게 따라 할 수 있는 미션이어야 한다.

캠페인일 수도, 마케팅일 수도 있는 해시태그 챌린지의 가장 큰 매력은 '전파력'이다. 그것은 초등학생부터 정치인까지 모두 해봤다는 **#아무노래챌린지**처럼 그저 오락적인 목적일 수도 **#고기없는금요일**, **#제로웨이스트**처럼 선한 영향력을 전파하는 의도일 수도 있다. 2022년 유행한 **#무지출챌린지**처럼 인플레이션 상황을 반영하는 시의적인 챌린지도 있고, 소소하게 행복을 전달하는 챌린지도 있다. **#물1리터마시기**, **#하루한번하늘보기**와 같이 지극히 개인적이고 일상적인 다짐들이 해시태그라는 '연결'을 통해 공유됨으로써 그 자체로 의미 있는 파동을 일으키기도 한다.

메타언어로서 해시태그의 매력은 여기에 있다. 아주 개인적인 언어도 해시태그를 동반하는 순간 엄청난 가능성을 품은, 연결의 핵으로 부상한다. 나만의 일기장 속 한 문장이 많은 사람을 각성시키는 선언이 되기도 하고, 그저 꾸준히 해온 기록이 자신을 브랜딩하는 포트폴리오가 될 수도 있다.

시대상을 읽기 위해 활용하는 텍스트가 있다. 이전까진 공익광고 선전 문구, 상업광고 카피, 대중매체 유행어 등이 그 역할을 해왔다. 이제 그 역할은 해시태그에 넘어왔다. 이 시대의 생활 풍경을 읽기에 가장 좋은 재료는 단연 해시태그다. 어떤 언어가 해시태그로 활발하게 사용되는지, 의식주 분야에서 가장 최근의 해시태그는 무엇인지, 사람들이 즐겨 하는 경험이 어떤 해시태그로 표현되는지, 최근 유행하는 해시태그 챌린지는 무엇인지를 의식하고 눈여겨보자. 패션, 음식, 리빙 분야의 최신 잡지 몇 권을 읽는 것보다 지금 뜨는 의식주 해시태그를 하루에 10분씩 훑는 편이 '오늘을 살아가는 사람들'이 무엇을 보여주고자 하는지 훨씬 선명하게 관찰할 수 있는 방법이다.

클릭을 부르는

새로운 문법 '콘텐츠 제목'

07

제목이란
보이지 않는 색깔과 같다

어디서나 볼 수 있는 변기에 〈샘Fountain〉이라는 제목을 달아 예술품으로 출품해 현대미술계를 발칵 뒤집었던 마르셀 뒤샹 Marcel Duchamp은 "제목이란 보이지 않는 색깔과 같다"라고 말했다. 그는 작품의 제목은 예술가의 팔레트에 담긴 색깔이라고, 좋든 나쁘든 심지어 그 제목에 저항하는 작품에까지 파고드는 하나의 색깔이라고 주장했다. '무제'라는 제목조차도 콘텐츠에 영향을 끼친다. 모든 것이 콘텐츠화되는 이 시대에는 제목의 중요성이 더 커졌다. 때로는 콘텐츠 내용보다 제목이 흥행의 성패를 좌우하기도 한다.

마치 무한한 자유를 보장하는 것처럼 보이는 디지털 스페이스는 사실 규칙과 제약의 공간이다. 플랫폼 프로바이더가 설정한 생태계 조건에 맞춰 사용자의 활동이 제한될 수밖에 없는 탓이다. 구글링을 하려면 먼저 검색어를 입력해야 하고 유튜브 영상은 창작자가 설정한 썸네일과 제목으로 전시된다. 네이버 블로그는 꼭 제목을 입력해야 글이 업로드되며(입력하지 않으면 작성 시간이 제목이 된다), 트위터는 제목과 내용의 구분이 없고 한 트윗당 140자를 넘길 수 없다. 인스타그램에서는 이미지가 제목이자 콘텐츠이다.

수많은 콘텐츠가 더 높은 조회와 공유 수를 기록하기 위해 벌이는 각축전에서 플랫폼 알고리즘의 선택을 받아 추천 영역에 노출되려면 제목과 썸네일이 가장 중요하다는 사실은 아무리 강조해도 지나치지 않다. 특히 유튜브, 블로그처럼 제목이 필요한 플랫폼에서 제목은 콘텐츠의 흥행 여부를 좌우한다. 제목은 창작자와 관객을 이어주는 첫 번째 손짓인 것이다.

'나만의' 제목이 아니라
'나도' 그 제목을

어떤 제목을 써야 노출이 잘 되는지에 대한 완벽한 알고리즘을 알고 있는 사람은 플랫폼 관계자를 제외하곤 없겠지만, 가장 안전한 방법은 매력적인 제목이나 '대세 제목'을 사용하는 것이다. 물론 제목으로 후킹을 하는, 특히 인터넷 언론의 '낚시'는 익히 많은 사람이 당해본 방식이다. 이제 우리는 "충격, '이것'만 먹어도 15킬로그램이 빠져…"라는 기사를 보고 충격받지 않을 자신이 있다. 클릭해보지 않고도 '이것'이 별거 아님을 간파할 수 있는 해탈의 경지에 올랐기 때문이다. 그런 종류의 '낚시성 제목'은 전혀 새로운 수법이 아니다.

오늘날의 제목은 콘텐츠의 내용을 압축적이고 함축적으로 보여주면서 '공유 가능성'까지 염두에 두어야 한다. 이때 '나만' 아는 제목으로 개성을 드러내는 게 아니라 모두가 이해하고 공감할 수 있는 것을 '나도' 사용함으로써 광활한 노출의 알고리즘에 합류해야 한다. 인기 아이돌처럼 팔로워 수가 대한민국 인구보다 많은 계정이라면 썸네일로 파란 하늘 사진만 올려도 남달라 보일 수 있다. 그러나 많은 팔로워를 원하는 신생 크리에이터라면, 효자동을 넘어서 종로구만큼 또 서울시 인구만큼 팔로워를 늘리기 위해, 모두가 쓰는 그 콘텐츠 제목을 함께 쓰는 것이 리스크를 최소화하는 생존 전략이다.

공들여 만든 콘텐츠가 더 많은 사람에게 노출되기를 바라는 창작자라면 콘텐츠의 시의성에 민감하게 반응해야 한다. 지금 유행하는 테마가 무엇인지, 사람들이 주로 검색하는 키워드가 무엇인지 기민하게 관찰하고 고민하다 보면, 수요는 많은데 공급이 부족한 키워드와 콘텐츠가 무엇인지 보인다. 그 수요를 건드리는 제목을 누구보다 빠르게 사용하면 '콘텐츠계의 얼리버드'에 한 걸음 더 가까워질 수 있다.

물론 가장 좋은 방법은 참신한 기획과 함축적 제목으로

매력적인 콘텐츠를 만드는 것이다. 그렇지만 시류를 파악해 빠르게 탑승하는 것도 좋은 전략이다. 모든 미디어가 MZ세대라는 키워드를 강박적으로 사용하고 있듯이, 익숙하면서도 호기심을 자극하는 키워드를 넣은 제목은 분명한 매력을 지닌다.

콘텐츠 제목은 주제에 따라 다양하게 붙일 수 있지만 좋은 제목은 암묵적 '약속'을 전제로 한다. 제목을 들었을 때 예상되는 행위가 코드화되어 존재해야 한다는 뜻이다.

룸 투어, 온라인 집들이, 랜선 집들이는 우리 집 인테리어를 소개하는 대표 제목이다. **#랜선집들이** 자체가 하나의 콘텐츠 소재이자 훌륭한 제목이 된다. 이 제목을 붙였으면 콘텐츠에 집 소개와 더불어 집을 구성하는 가구와 소품에 대한 정보가 있어야 한다. 하울 영상이라면 구매한 제품의 가격과 특징을 알려줘야 한다. 엄청난 영상미로 콘텐츠의 새로운 지평을 열 수도 있지만, 여력이 되지 않는다면 이미 수많은 콘텐츠를 통해 암암리에 축적된 '콘텐츠의 코드'를 따르는 것이 안전한 선택이다. 콘텐츠 제목을 보고 클릭하는 사람들이 예상하고 기대하는 코드가 분명하기 때문이다.

또한 콘텐츠 제목은 장르에 따라 사람들의 기대를 반영한다. 예를 들어 먹방 콘텐츠의 인기 제목은 지금 유행하는 메뉴들로 가득하다. 헬스 콘텐츠 제목은 운동 부위, 운동 시간 및 기간에 따라 **#팔뚝7분루틴**, **#허벅지일주일운동**처럼 신체 부위

+기간의 조합이 많다. 패션 콘텐츠는 #가을철데일리룩, #자라하울, #패딩브랜드비교처럼 TPO와 브랜드를 사용한 제목이 많다. 일상 브이로거들은 #주말루틴, #택배언박싱, #가성비템추천처럼 일상에서 반복하는 소비와 라이프스타일을 보여주는 제목을 많이 사용한다.

　매력적인 제목은 친절하면서도 참신한 제목이다. 콘텐츠를 설명하기에 가장 정확하고 함축적인 단어를 발굴하는 것이 우선이다. 이때 발굴한 단어들에 대한 인지도가 높다면, 사람들은 그 제목을 보고 쉽게 클릭한다. 사람들이 콘텐츠 제목을 보고 내용을 상상하는 시간이 적을수록 좋다. 그 시간과 망설임이 길어지는 것은 좋지 않은 신호다. 예측 불가능한 제목을 보고 궁금해하고 기대하는 사람도 있겠지만, 다수의 클릭을 유도하고 싶다면 친절하고도 참신한 제목 그리고 어느 정도 유명한 표현을 제목으로 사용하는 것이 좋다.

　'평범한 주말'이라는 제목은 모호하고 막연하지만 '주말루틴'이라는 제목은 누군가의 라이프스타일을 더 압축적으로 들여다볼 수 있을 것 같은 기대감을 준다. '쇼핑 후기'라는 제목보다 '택배 언박싱'일 때 어떤 내용이 나올지 더 구체적으로 그려진다. 내 콘텐츠가 플랫폼에서 주목받기를 원한다면, 사람들이 어떤 키워드에 익숙한지를 살펴보고 낯설지도 오래되지도 않은, 시의적절한 콘텐츠 제목을 사용해보자.

최신 콘텐츠 제목에
민감해야 하는 이유

콘텐츠 제목에 특히 민감한 사람들은 브랜드 담당자들일 것이다. 우리 브랜드가 어떤 콘텐츠 제목과 가장 잘 어울리는지, 사람들이 우리 콘텐츠를 어떻게 받아들이고 이용하는지를 파악하는 것이 중요하기 때문이다. 브랜드마다 잘 어울리는 콘텐츠 제목이 존재하며, 시시각각 그 '찰떡 콘텐츠'가 변화한다.

유튜브에서 패션 브랜드 자라와 함께 가장 많이 언급되는 키워드는 **하울**이다. 자라의 옷을 여러 벌 사서 하나하나 소개하고 입어 보면서 자신만의 룩을 선보이는 콘텐츠다. 이상하게 내가 가면 입을 옷이 한 벌도 없어 보이는데, 남들은 **인생템**을 건지는 그곳에서 나보다 안목이 좋은 누군가가 옷을 골라주는 하울은 재미있으면서도 유용한 콘텐츠다.

구찌와 같은 명품 브랜드에는 주로 **언박싱** 키워드가 뒤따른다. 제품을 사는 순간부터 화려하고 고급스러운 박스에 들어 있는 제품을 조심스럽게 꺼내어 소개하는 것까지가 모두 콘텐츠이다. 여러 벌을 사서 입어보는 자라 하울과는 차이가 있다.

올리브영과 함께 언급되는 키워드는 **추천템**이다. 올리브영에서 판매하는 화장품을 종류별, 분기별, 피부 타입별로 추천하고 그 추천 사유를 밝히는 콘텐츠다. 노브랜드는 **가성비**

식단, 다이어트 식단과 연결된다. 노브랜드의 저렴한 제품들로 가성비 다이어트 식단을 만들어 공유하는 콘텐츠다.

소비자들은 각각의 브랜드를 활용하는 법을 알고 있고, 그 브랜드에 가장 알맞은 콘텐츠를 즐긴다. 자라나 올리브영처럼 접근성이 좋고 상품의 선택지가 많아 최적의 아이템을 골라내기 위해 매의 눈을 지닌 선구자의 도움이 필요한 브랜드도 있고, 구찌처럼 많은 사람이 선망하지만 구매 문턱은 높아 주로 대리 만족을 하는 브랜드도 있다.

우리 브랜드에 어울리는 제목은 '하울'일까, '추천템'일까, '언박싱'일까? 그것도 아니면 **왓츠 인 마이 백**What's in my bag일까? 사람들은 우리 브랜드와 함께 어떤 키워드를 가장 많이 이야기할까? 지금 많은 사랑을 받는 제목들을 꾸준히 관찰하면서 우리 브랜드에 찰떡처럼 잘 붙는 콘텐츠 제목이 무엇일지 고민해보자.

어떤 주제가 어떤 제목으로 콘텐츠화되는지를 살펴보는 일은 '콘텐츠 감각'을 키우는 데 도움이 될 뿐만 아니라 해당 업계를 동시대적으로 이해할 수 있게 도와준다. 영어 공부 콘텐츠는 어떤 제목으로 공유되고 있는지, 면접 준비 콘텐츠는 어떤 제목일 때 조회 수가 잘 나오는지, 먹방 콘텐츠의 가장 인기 있는 제목은 무엇인지 등등. 최신 콘텐츠 제목을 파악하는 일은 세상의 변화를 이해하는 공부가 된다.

공유를 이끄는
쉬운 제목의 힘

지금은 공유 가능한 리소스를 유연하게 편집하고 재사용하여 새로운 창작물을 탄생시키는 시대다. 저작권에 대한 윤리적 기준은 점점 더 엄격해지고 NFT의 등장으로 소유권에 대한 인식은 계속 변화하고 있지만, '자유로운 편집과 유연한 창작'은 대세를 이루는 시대의 흐름이다. 예술가 마우리치오 카텔란 Maurizio Cattelan은 테이프로 바나나를 벽에 붙이고 〈코미디언 Comedian〉이라는 제목을 달았다. 작가가 유명하다는 이유로 이런 말장난 같은 작품이 어마어마한 가격에 거래되는 작금의 미술 시장을 조롱하고 풍자한 일종의 퍼포먼스였고, 이 작품은 1억 4000만 원에 팔렸다(그가 공식적으로 판매한 것은 바나나가 아닌 바나나를 어떤 식으로 붙여야 하는지에 대한 설명이 담긴 인증서였지만 말이다).

이후 바나나를 테이프로 벽에 붙인 사진들이 온라인에서 우후죽순 공유되었고, 심지어 버거킹은 테이프로 감자튀김을 벽에 붙여 찍은 사진과 함께 "0.01유로"라는 글을 올리며 풍자 열풍에 동참했다. 아마 카텔란은 온라인상에서 퍼진 이 '바나나 챌린지' 열풍을 즐겼을 것이다. 그가 작품을 통해 전하고자 한 의미가 자유롭게 세상을 떠도는 것이 미술관에 전시된 바나나 하나보다 더 가치 있는 일이기 때문이다.

무언가를 내 것이라고 꽉 쥐고 있거나 나만 아는 곳에 꼭꼭 숨겨두는 것보다 자신만의 버전으로 편집하고 가공하여 공유하고 더 큰 파이를 만드는 일이 더 가치 있다고 여겨지는 시대다. 공유와 참여를 이끌어내는 콘텐츠 제목은 그래서 더 중요하다.

인기 있는 콘텐츠 제목은 익숙한 단어들의 조합으로 만들어져 쉽고 직관적이다. **랜선 집들이**, **올리브영 추천템**, **스타벅스 주문 꿀팁**과 같이 단번에 그 의미를 이해할 수 있는 제목들이 인기 있는 이유다. 쉬운 제목은 빠른 공유를 돕는다. 확장성이 있는 제목이란 평범하면서도 공유와 참여가 쉬운 제목이다. 심지어 어떤 콘텐츠는 제목에 '챌린지'를 붙여 확장성을 부추기기도 한다. **달고나 챌린지**, **웃음 참기 챌린지**, **1만 칼로리 챌린지** 등 목표가 직관적으로 보이는 제목은 그 자체로 사람들의 참여를 유도한다.

누구나 어떤 형태로든 콘텐츠를 만들고 공유하는 오늘날, 콘텐츠를 만드는 일의 처음과 끝은 제목이다. 이제 제목에 대한 고민은 '어떻게 내용을 충실히 전달할까?'에서, '어떻게 더 많은 사람과 연결할 수 있을까?'로 나아가야 한다.

아이폰보다 더 자주
업데이트되는 말의 지형도

2부

인증의 언어,

무엇을 보여줄 것인가?

01

인증의 세계에도
TPO가 있다

20세기와 21세기를 가르는 인류의 행위는 무엇일까? 20세기를 대표하는 인류의 행위가 자동차 '운전'이라면 21세기 기술의 발전과 함께 인류가 새로이 습득한 상징적 행위는 '인증'이다. 스마트폰은 인류의 많은 행위를 압축하고 간소화했다. 음악을 듣기 위해 CD 플레이어를 꺼내지 않아도 되고, 송금하기 위해 은행에 가지 않아도 된다. 너무 많은 행위가 소거됐으나한 가지는 과장스러울 만큼 비대해졌다. 바로 '인증'이라는 행위다. 스마트폰은 우리에게 인증이라는 행위를 학습시켰다. 20세기 인류가 특별한 날에만 하던 행위를 21세기 인류는 매일매시간 하고 있다.

인증은 기록된 실재로서 개인을 증명한다. 진실은 인증할 수 있지만, 인증이 곧 진실이라고 할 수는 없다. 기록된 실재에 개인을 얼마나 투사할지, 현실을 어떻게 편집해서 보여줄지는 철저히 개인의 선택에 달린 문제다. 어쩌면 온라인상에서

한 개인은 인증된 실재의 합으로 이루어진다고 볼 수 있다.

우리가 사회를 지각하는 많은 부분은 타인에 의해 인증된 실재라고 해도 무방하다. 한 번도 가본 적 없는 카페지만 이미 그곳의 포토 스팟을 꿰고 있고 먹어본 적 없는 메뉴지만 그 비주얼에 빠삭한 것은, 우리가 '타인의 인증'으로 대리 경험한 세계가 있기 때문이다.

인증에는 암묵적인 코드들이 존재한다. 음식 사진을 인증할 때는 스마트폰을 수직으로 들어 그림자가 지지 않도록 하고 테이블의 음식들을 뒤틀림 없이 납작하게 찍는다. 오늘의 착장을 인증하는 **OOTD**Outfit Of The Day는 거울 앞에서 셀카를 찍되 머리부터 발끝까지 전신을 보여주는 것이 정석이다. 매일 아침 일찍 일어났음을 인증하는 **미라클 모닝**은 타임 스탬프로 기상 시간과 아침에 보고 있는 책이나 동영상 강의의 이미지를 함께 기록한다. **와인스타그램**은 와인 라벨이 잘 보이게 사진을 찍으면서 그 옆에 꼭 잔을 둔다. 어떤 잔으로 마셨는지도 중요하기 때문이다. 이렇게 대표적인 해시태그를 검색해보면 보편적인 인증 코드가 분명 존재한다는 사실을 알 수 있다.

스킨케어 브랜드 이솝의 제품은 자연스럽게 주름진, 하얀 침대 시트 위에 두고 인증한다. 이 브랜드의 시그니처 제품 중 하나인 살굿빛 핸드크림은 제품에 함께 딸려온 리넨 파우치와 함께 청순한 자태로 침대 위에 놓여 있는데 #**내취향**, #**애정템**

이란 해시태그가 빠지지 않는다. 이솝의 제품을 인증한다는 것은 내 취향과 애정을 인증하는 것이기도 하다.

니치 향수 브랜드 르 라보의 경우, 바이레도나 딥티크, 프레데릭 말 같은 다른 브랜드의 향수병들이 놓여진 선반 위에서 함께 인증하곤 한다. 향수에 대한 깊은 조예를 드러내면서도 르 라보 제품을 적절히 섞어 보여주는 것이다. **#향기덕후, #향기부자**라는 해시태그도 빠질 수 없다. 르 라보 향수를 인증한다는 것은 향수에 대한 폭넓은 지식과 경험을 함께 표현하는 일이다.

인증의 주재료는 사진 같지만 사실은 언어의 역할이 더크다. 적절한 언어를 동반할 때 인증의 맥락이 더 또렷해지고 의도가 분명해진다. 인증을 할 때는 사진과 함께 대부분 목적에 맞는, 공인된 해시태그를 사용한다. 인증의 시작은 사진이지만 완성은 언어다. 사진을 100장 올려도 인증에 걸맞은 언어를 장착하지 않으면 그냥 사진과 별반 다르지 않다.

새롭게 추가되는 인증의 영역과 변화하는 인증의 코드를 관찰하는 일은 흥미롭다. 어떤 영역이 인증 언어를 획득한다는 것은 그 영역이 당대에 끼치는 영향력이 높아졌음을 시사한다. 새롭게 떠오르는 인증 대상은 무엇인지, OOTD의 인증 방식은 어떻게 변화하는지, 새로 생긴 핫플레이스에서는 어떤 인증샷을 남기는지, 화제가 된 신제품의 인증은 어떤 방식으로 이루어지고 어떤 언어를 동반하는지를 살펴보는 일은 사회의 관심사, 브랜드 메시지의 성공 여부, 소비자의 심리를 파악하기 위한 구체적인 행동 지침이다. 가장 적합한 장면과 언어가 만날 때 그 인증은 완전히 코드화된다. 인증의 코드를 이해하면 사회와 시장의 상황을 보다 입체적으로 파악할 수 있다.

잘된 인증에는
질문이 따라온다

내 주요 업무는 사람들이 남긴 인증을 확인하고 계량화하며, 그 인증에 담긴 뉘앙스를 객관적인 수치로 설명하는 것이다. 르 라보와 함께 언급되는 해시태그는 이솝의 그것과 어떻게 다른지, 특정 타깃이 어떤 브랜드를 어떤 언어로 인증하는지를 살펴보는 일들은 브랜드와 타깃을 이해하는 좋은 공부가 된다. 다양한 인증을 크게 분류하면 소유, 체험, 행위의 세 가지 영역으로 나눌 수 있다.

소유의 인증은 비용이 들고 취향과 안목에 대한 의존도가 높다. 소유의 인증 언어로 가장 활발히 사용되는 해시태그는 착장을 공유하는 #OOTD다. 거울 앞에서 찍은 사진에 착용한 옷과 잡화의 정보를 담은 해시태그를 추가한다. 이것은

	해시태그	핵심 능력	댓글 반응
소유 (내가 가진 것)	#OOTD #데일리룩 #오늘의집 #온더테이블 #왓츠인마이백	스타일링 남다른 취향	"그거 어디 건가요? 정보 좀요."
체험 (내가 간 곳)	#여행에미치다 #○○여행 #신상카페 #맛집투어 #전시회나들이	정보력 탐구력	"거기 어딘가요? 정보 좀요."
행위 (내가 하는 일)	#미라클모닝 #골프스타그램 #○○레시피 #○○의영감 #제로웨이스트	근면 성실 의지	"저도 이참에 해봐야겠어요."

가장 대중적인 해시태그이자 옷을 입는 누구나 시도할 수 있는 영역이다. 꼭 유명 브랜드의 옷이 아니어도 상관없다.

#온더테이블 해시태그는 또 다른 소비를 부른다. 새로운 그릇이 필요하고 그릇 위에 올릴 아름다운 음식이 필요하다. 인증의 영역은 **#오늘의집** 해시태그와 함께 주거의 영역으로 확장되었다. 신체에서 테이블로 그리고 집으로 인증의 영역을 확장한 일등 공신은 카메라 화소나 화각이 아니라 #온더테이블, #오늘의집 이 두 해시태그다. #온더테이블은 신선식품

플랫폼 마켓컬리가 주도한 해시태그고, #오늘의집은 인테리어 플랫폼 오늘의집이 주도한 해시태그다.

체험의 인증에는 시간과 비용이 들고 정보력도 필요하다. 새로 생긴 카페와 맛집, 힙스터만 가는 갤러리 전시 등을 누구보다 빨리 알아내는 것이 이 인증의 핵심이다. 이때 속도만큼 '희귀함'도 중요하다. 남들이 안 가는 곳, 남들이 모르는 곳을 먼저 찾아내는 사람은 자연스럽게 이 영역의 인플루언서가 된다. 게다가 사진을 잘 찍고 설명하는 글도 잘 쓴다면 '인플루언서력'은 더 상승한다. 신상 카페 투어, 맛집 투어, 가오픈 매장 투어 등을 테마로 하는 계정들은 발 빠른 인증을 통해 전문성을 인정받는다.

행위의 인증은 성실함과 의지력을 바탕으로 한다. 명목상 가장 저비용, 고의지를 요구한다. 책을 빌려 매일 아침 읽어도 좋고 명상을 해도 좋다. '매일 아침 일찍 일어나는 행위' 자체, 그 '매일'이 지닌 가치가 대단한 것이다. 일회성으로 끝나는 행위는 어쩌다 한 번 있는 우연이지만, 같은 행위를 반복해서 인증하다 보면 그것은 어느새 현재를 바꾼다. 그런 '변화'와 '성장'의 과정을 고스란히 담은 인증은 무척 귀한 기록이 된다.

꾸준한 운동으로 만든 복근, 꾸준한 필사로 향상한 문장력, 꾸준한 공부로 따낸 자격증이 이 과정 끝의 성과가 될 수 있지만 최종 성과는 아니다. 진정한 성과는 '꾸준함'이며,

'D+Day'와 같이 날짜를 쌓아 올린 게시글이 인증의 가치를 증명한다. 고가품이 필요한 것도, 남들이 모르는 희귀한 정보를 알아야 하는 것도 아니지만 근면함과 성실함은 좀처럼 갖추기 힘든 능력이기에 큰 가치가 있는 인증의 한 종류다.

어떤 영역이든 잘된 인증은 그 자체로 콘텐츠가 되는데, 그 성공 여부는 게시글에 달린 '정보 좀요'와 같은 '질문'으로 판단할 수 있다. 그리고 질문만큼이나 중요한 것은 결국 내가 인증한 것을 남도 인증하고 싶게 만드는 '매력'이다. 내가 하는 소비, 체험, 행위에 다른 사람들도 동참할 수 있게 이끄는 것이 인증의 힘이다.

남다른 코디나 인테리어를 전시할 줄 아는, 스타일링 능력이 있는 사람들은 질문 세례에 휩싸이다가 인플루언서가 되거나 관련 사업을 할 수도 있다. 사람들이 잘 모르는, 특이하면서도 아름다운 장소를 잘 찾아내는 사람들 역시 '정보 좀요' 하는 질문에 힘입어 인플루언서가 될 수 있다.

이렇게 꾸준한 행위에 자신만의 관점까지 녹일 줄 아는 사람들은 시간이 축적되면서 변화한 모습 혹은 가시적 성취를 보여줌으로써 사람들에게 '영감과 귀감의 원천'이 된다.

#인생샷이 바꾼
여행 풍경

사회학자 기 드보르Guy Debord는 《스펙타클의 사회》에서, 현대적 생산 조건이 지배하는 사회에서 모든 삶은 스펙타클의 거대한 축적물로 나타난다고 했다. 우리가 살아가는 이 시대는 '모든 삶이 인증의 거대한 축적물'인 셈이다. 인증의 언어는 우리 사회의 풍경과 문화를 바꾼다. **#햇살맛집**은 카페의 인테리어를 바꾸었고, **#포토존**은 호텔의 시그니처 포인트를 바꾸었다.

여행 사진을 인증하는 해시태그인 **#인생샷**은 우리의 여행 문화를 바꾸었다. 이전까지 여행 인증 사진이라면 주요 관광지 앞에서 한 컷, 맛있는 음식 한 컷 정도였다. 그러나 #인생샷이 등장한 이후의 여행 사진은 완전히 다르다.

#인생샷은 여행의 맥락과 여행 사진의 미장센을 완전히 바꾸었다. #인생샷의 핵심은 이색적이고 특별한 풍광이다. #동굴인생샷 성지인 태안 용난굴 앞에서 인생샷을 찍기 위해 차례대로 줄을 서고, 바닷가 앞에 그네가 있는 풀빌라 숙소에서 푸른 바다로 풍덩 빠질 듯한 인생샷을 '건진다'. 이미 유명 관광지들은 여행객의 새로운 니즈를 반영하여 멋진 풍경을 담을 수 있는 포토존을 마련하고 있다. #인생샷 명소를 찾아가는 것 자체가 여행의 목적인 사람들이 늘고 있다.

데일리룩의 유행으로 패션 시장에 **웨어러블**이라는 화두가 떠올랐고, 패션계의 흐름과 판도가 바뀌었다. 무엇보다 '셀럽'의 정의가 대중매체 종사자에서 뉴미디어의 영향력자인 개인으로 확장되었다. 이전까지 사람들이 선망한 패션은 파파라치에게 찍힌 셀럽의 사복 패션이거나 협찬으로 완성한 드라마 속 코디였다면, 이제는 선망의 대상이 영화배우나 팝 스타에게만 머무르지 않는다. 인플루언서가 '직접' 찍어 올린 데일리룩, 협찬과 개인 소장이 섞인 일상룩이 동경의 대상이다. 데일리룩이라는 언어의 탄생과 함께 새롭게 패션 영역이 창조된 것이다. 이렇듯 새로운 인증의 언어가 생겨야 새로운 패션의 트렌드도 발전한다.

인증은 모든 것을 미장센화하고 많은 것을 미화한다. 또한 소비를 부추기고 편집된 삶을 전시함으로써 상대적 박탈감을 조성한다는 데 이견을 달 사람은 없을 것이다. 그럼에도 인증의 장면을 살피고 그 언어를 관찰하는 일이 흥미로운 이유는 인증 영역의 확장성과 방향성 때문이다. 고가품의 소유나 자극적 경험만이 환영받을 것 같았던 인증의 시대에 새로운 인증의 영역이 생겨나고 있는 것이다. 지속적으로 꾸준한 행위를 기록하는 행위 언어의 발전은, 새로운 소비를 하지 않아도 내가 인증하는 행위와 그 과정이 내 철학을 바탕으로 한다면 그 자체로 의미 있는 기록임을 시사한다.

누구나 기록할 수 있고 전시할 수 있는 '인증 사회'에서 인증의 영역이 소유와 체험에서 행위 자체로 확장하고 있는 것은 주목할 만한 일이다. 인증은 내가 누구인지를 보여주는 선언의 방식이며 정체성의 표현이기도 한데, 그것이 값을 지불해야 하는 소유나 체험의 영역에서 나 자신의 철학을 통해 이루어지는 행위의 영역으로 확장했다는 것은 인증의 맥락이 더 고차원이 되었음을 의미한다.

물론 소유와 체험의 인증이 사그라들지는 않을 것이다. 자동차가 없던 시대로 돌아갈 수 없듯, 이제 인간은 더 이상 인증이 없던 시대로 돌아갈 수 없다. 아직 정착되진 않았지만 NFT의 소유를 전시하기 위한 해시태그도 유행할 것이고, #마이아트컬렉션, #마이테이블과 같은 예술 작품 소유에 대한 해시태그도 생길 것이라고 예측해본다. 이런 인증 사회를 피해갈 수 없다면 무엇을 인증하면 좋을지 그 대상과 방향성을 스스로에게 질문하는 자성의 시간이 더더욱 필요하다. 내가 축적한 인증들의 합이 고유한 아카이브가 되어 내 정체성을 나타내는 시대다.

인증은 더 이상 '자랑'이 아니다. '강조해야 할 것'이 무엇인지 보여주는 전시의 방식이다. 내 삶에서 강조하고 싶은 것이 무엇인지를 결정하여 전시하는 것이 이 시대의 인증이다. 내 일상을 돌이켜보며 렌즈를 들이대고 싶은 구간은 어디인지

고민해보자.

나는 소유, 체험, 행위 중 무엇을 인증하는 사람이 되고 싶은가? 나는 어떤 것을 인증하며 살아가고 싶은가? 요리하는 자아, 옷 잘 입는 자아, 예쁜 가방을 지닌 자아여도 좋고 매일 새벽 6시에 일어나 원서를 읽는 자아, 매일 30분씩 조깅하는 자아, 매일 모닝 페이지를 쓰는 자아여도 좋다. 내가 인증하는 것이 나를 보여주고, 이 사회에서 가장 많이 인증하는 것이 우리가 살아가는 세계를 보여준다는 사실을 기억하자.

훗정의 언어,

뭐라고 불러야 할까?

02

'저기'는 그렇게
'사장님'이 된다

우리나라처럼 **사장님**이 많은 나라가 있을까? 국가 차원에서 창업을 장려하기라도 하는 것처럼 보이지만, 사실은 호칭 언어의 빈약함에서 비롯한 현상이다. 어쩌다 회장님이 아니라 사장님이 되었는지는 모르겠지만 세상엔 다양한 사장님이 존재한다. 그런데 돌이켜보니 나는 아직까지 한 번도 사장님이란 호칭을 들어본 적이 없다. 나처럼 나이가 차지 않은 여자 사람을 부르는 호칭은 **저기**요다. '저기'는 자라서 '사장님'이 된다.

이건 그나마 예의를 갖춘 호칭이다. 아줌마와 아저씨, 이모와 삼촌같이 갑자기 혈연관계가 되어버리는 호칭이 불쑥 튀어나오기도 한다. 난감한 일이다. 처음 보는 사람을 부를 언어를 찾아 헤매다가 결국 호칭을 생략해버리거나, 공적으로 만난 관계에서도 호칭을 어떻게 불러야 할지 답답한 적이 많다.

남을 부르는 호칭도 애매하지만, 나를 규정하는 호칭 언어도 그리 간단하지는 않다. 이름만으로 자기 자신을 설명할 수 있는 사회는 드물다. 학년과 학급으로 불리는 학교, 직급으로 불리는 직장에서의 호칭 정체성은 그나마 단순하다. 소속이 사라진 곳에서의 호칭은 대개 외양에 따라 결정된다. 내 경우 아줌마와 언니, 아가씨와 처자를 오간다.

　　일상생활에서의 호칭에는 아무런 상상력이 존재하지 않는다. 상상력이 개입할 여지가 없다. 그러나 온라인에서는 다르다. 온라인상에서의 호칭은 나이나 성별과 별 상관이 없다. 그리고 어떻게 불릴지 스스로 설정할 수 있다. 무한한 상상력으로 자신을 아무렇게나 불러도 된다. 그 자유로움이 반갑고 편리하다.

'님' 한 글자만
더 붙였을 뿐인데

'프로'는 전문적이고 진지한 언어다. 프로의 세계는 돈이 오가는 책임의 영역이기 때문에 진지한 태도를 요구한다. 그러나 최근 진지함의 무게를 내려놓은 귀여운 프로들이 나타났다. 프로라는 말의 의미가 가벼워진 것이다. 시작은 **프로 불편러**였다. 사소한 일에 불편함을 느끼고 문제를 제기하는 사람들을 일컫는 말로, 처음에는 비하하는 의도로 쓰였다. 하지만 불합리하고 부조리한 문제를 당연시하지 않는다는, 나아가 **프로 불편러들이 세상을 바꾼다**는 인식이 확산되면서 이 말은 긍정적 뉘앙스를 얻었다.

그 후 '프로 ○○러'라는 언어는 사람들의 뇌리에 남아 다양한 형태로 발전하고 확산되었다. **프로 혼밥러, 프로 짝사랑러, 프로 칼퇴러**와 같이 자신의 특징을 묘사하기 위한 언어로 변형되었다. 주로 내가 누구인지, 무엇을 잘하고 즐겨 하는 사람인지를 표현하는 호칭으로 프로 ○○러라는 말을 사용한다. 이 표현은 '빵순이'나 '운동하는 남자'처럼 성별을 구분하지 않으며 자유롭고 유연하다. 프로의 전문성을 강조한다기보다 무언가를 잘하고 싶은 야심과 의지가 담긴 표현이라 훨씬 귀엽게 느껴진다.

이렇게 나를 부르는 언어가 귀여워진 만큼, 타인을 부르는 언어에도 변화가 일고 있다. 2014년 처음 선보인 플랫폼 아이디어스는 국내 최대 온라인 핸드메이드 제품 쇼핑몰이다. 핸드메이드라면 무엇이든 사고팔 수 있는데, 디퓨저에서 가구까지 무수한 '작품'이 입점해 있다. 이 플랫폼의 성공 요인 중 하나는 제품을 판매하는 사람의 호칭을 셀러나 판매자 대신 **작가님**으로 명명한 데 있다. 아이디어스가 정한 절차를 거치면 작가로 등록해서 자신이 만든 제품을 거래할 수 있다.

물건을 판매하는 사람을 단순한 업자로 대하지 않고 그

들의 정성과 창의성을 존중하는 의미로 작가님이라고 부르는 것은 핸드메이드의 본질에 대한 깊은 이해는 물론이고 창작자에 대한 배려가 담긴 처사이다. 제품을 만드는 창작자를 작가라고 부르는 태도도 아름답지만, **님**을 붙임으로써 그 언어의 격을 더 올려준다.

'님'은 호칭이 빈약한 한국어에서 몇 안 되는 높임의 호칭이다. 하지만 사람들은 종종 그 말을 잊는다. 학창 시절에는 '선생님'이라는 호칭을 붙이지 않고 그저 성함만을 부를 때면 반항아가 된 기분이 들어 심장이 두근거렸고, 무서운 선배 이름에 꼬박꼬박 '님'을 붙여서 선배님이라고 불렀는데, 어느 순간부턴가 타인의 이름을 아무렇지 않게 입에 올리는 게 익숙해졌다. 그 대상이 나와 상관없는 유명인일 수도, 나와 관계있는 지인일 수도 있지만 타인의 이름에 '님'을 붙여 부르는 것은 회사 등 소속 집단에서 호칭 문화로 규정하지 않는 이상 어색하게 느껴지는 것이 사실이다.

예의를 차릴 필요가 없는 온라인 공간에서는 더하다. 이름으로만 불리면 다행일 정도로 온갖 혐오 표현과 멸칭 언어가 난무한다. 그럼에도 불구하고 온라인상에서 발견한 새로운 희망은 누군가의 이름 뒤에 '님'을 붙이는 문화다. '○○ 배우님 정말 대단한 것 같아요', '○○ 가수님의 다음 앨범을 기다리고 있습니다'처럼 다양한 직업군에 '님'을 붙여 부른다. 타인을 함부로 부르지 않으려는 예의 바른 태도이다.

　온라인에서 싹트고 있는 새로운 호칭 문화는 디지털 언어가 스스로 자정작용을 하며 품격을 높일 수 있음을 의미한다. 혐오와 공격이 난무하는 저급한 언어 문화에 마냥 머물지 않고, 혐오 표현을 지양하고 더 나은 언어와 표현으로 말하려는 사람들의 의지를 엿볼 수 있는 것이다. 이는 그나마 시대를 낙관할 수 있는 고마운 증거다.

타인을 부르는
좋은 호칭이란

누군가를 불렀을 때 선명해지는 것은 그의 존재만이 아니다. 그를 부름으로써 내 존재도 선명해진다. 멸칭 언어를 아무렇지 않게 쓰는 사람은 자신의 낮은 품격을 더 선명하게 드러낼 뿐이다.

　사람들은 과거보다 훨씬 더 호칭에 민감하게 반응한다. 예능 프로그램에서도 거리의 시민들에게 인터뷰 요청 시 어떤 호칭을 사용하는지로 인터뷰어의 인성이 논란이 되고, 무례한 호칭을 사용한 이는 구설에 오르기도 한다. 어떤 태도로 상대를 대하는지가 호칭에 드러나기 때문이다. 방송인 유재석 씨는

〈유 퀴즈 온 더 블럭〉에서 수많은 시민을 인터뷰하면서 어머님, 할머니, 아저씨 같은 호칭을 사용하지 않았다. 상대의 이름을 묻고 꼭 '이름'으로 불렀다.

겉모습만으로 나이나 결혼 여부를 지레짐작한 호칭을 계속 사용할 수 있는 시대가 더는 아니다. 상대를 부르는 호칭으로 나의 인격이 검증되는 시대다. 물론 호칭의 언어는 모호하고 까다롭다. 상대를 어떻게 불러야 할지의 정답은 좀처럼 찾기가 힘들다. 그러나 모호하고 부정확한 사안일수록 정도를 쫓아야 한다. 상대에 대한 존중과 배려가 담긴 호칭을 계속해서 고민해야 한다.

타인에 대한 존중은 결국 나에 대한 존중으로 돌아온다. 그러니 앞으로 누군가를 부를 때는 한 번만 더 고민해보자. 내가 사용하는 호칭에 상대를 향한 존중이 담겼는지, 배려가 부족하지는 않은지를.

≡

상대를 부르는
호칭으로
나의 인격이
검증되는 시대다.

관계의 언어,

우리가 무슨 사이인데?

사촌보다 가까운 인친

"우리는 무슨 관계야?"라는 말은 연애 고민의 정점이자 꽃이다. 그 시기가 지나면 많은 것이 정리되고 정돈된다. 간질간질한 연애 상담의 클라이맥스는 '관계의 정의' 부분이다. 연애만이 아니다. 납작한 사이도 어떤 언어로 관계를 규정하느냐에 따라 그 깊이와 넓이가 돌연 달라진다.

관계를 정의하기란 얼마나 어려운가. 모든 관계를 규정하는 것은 결국 언어라고 해도 과언이 아니다. 감정은 모호하고 미묘하지만 언어는 명백하고 선명하다. 세상에 존재하는 관계의 형태는 색의 가능성만큼이나 다양한데, 반면 그에 대응하는 언어의 스펙트럼은 턱없이 부족하다. 그래서 지금 이 순간에도 새로운 관계의 언어가 신조어처럼 계속 생겨나고 있다.

인간이 어떤 대상과 새로운 관계를 맺으면 자연스럽게 새로운 관계 언어가 탄생한다. 온라인상에서 새로운 네트워크가 형성되자 새로운 언어가 생겨난 것처럼 말이다. **팔로워, 팔로잉, 맞팔, 구독자** 같은 언어는 새로운 인터페이스의 확산 과정에서 만들어진 관계 언어다. **인친, 트친, 블친, 랜선 조카**는 인스타그램, 트위터, 블로그 등에서 맺는 친구 관계가 실생활의 친구 관계와 구별되는 독특한 관계성을 지님을 의미한다.

　　기술과 인간의 관계가 변화함에 따라 그리고 인간과 동물의 관계가 변화함에 따라 새로운 관계 언어가 탄생하고 있다. SNS 플랫폼이 제공하는 인터페이스에 의존한 다양한 층위의 관계는 어쩌면 사촌보다 더 가까운 사이로 발전할 수도 있고, 심지어 가족보다 더 긴밀히 소통하며 깊이 의지할 수도 있다. 나를 팔로잉하는 누군가는 내 아이(강아지나 고양이더라도)에게 친척보다 더 애정을 주고 서로 활발히 소통하니 말이다.

　　호적 메이트라는 말이 생겼을 정도로 가족 간의 거리감은 점차 벌어지고 있지만, 다른 한편에서 **랜선 조카**와 **랜선 이모**가 증가하는 현상은 혈연 만능주의 문화에 균열이 일어나고 있음을 보여준다.

반려동물 다음은
반려기기

인간이 관계를 맺는 대상이 점점 다양해지고 그 관계의 차원이 고도화할수록 관계의 언어는 수정되고 진화한다. 만약 공식 석상에서 애완동물이란 말을 사용하려 한다면 재고해보길 바란다. 논란의 여지가 있기는 하지만, '애완'이라는 단어가 내포한 권력의 방향성 때문에 최근에는 애완동물 대신 **반려동물**을 사용하는 추세다. 이미 서울시에서도 공식적인 동물 복지 언어를 애완동물에서 반려동물로 수정하여 사용하고 있다.

'반려'라는 언어는 이제 동물을 넘어 다양한 대상과 인간의 관계를 설명할 때 사용한다. **반려식물, 반려기기, 반려소스** 등이 그 예다. 프로젝트를 하다가 반려기기라는 신조어를 처음 발견했을 때는 애착을 갖고 키우는 로봇 인형이나, 대화 상대가 되어주는 AI 스피커를 일컫는 말일 것이라고 생각했다. 하지만 뜻밖에도 전혀 상상도 못했던 '에어팟'이 바로 반려기기였다. 반려의 의미와 대상이 '평생 가는 사이'에서 '늘 내 곁에서 함께하는 친밀한 사이'로 변화하고, '인격을 지니거나 대화가 가능한 것'에서 서로 대화가 통하지 않더라도 내게 일상적인 도움을 주는 '기계'로 확장된 것이다.

스마트폰을 붙들고 있는 시간이 사랑하는 사람의 손을 잡고 있는 시간보다 긴 오늘날, 사람과 사람의 관계만큼 사람과 사물 간의 관계도 깊어졌다. 그 깊어진 관계는 반려기기라는 용어로 설명된다. 반려기기란 사람들이 기계를 사용하고 조작하는 데 머무르지 않고, 그 기계에 심적으로 의지하기 시작했음을 나타내는 표현이다. 내가 얼마나 가까이하고 친근하게 여기는지에 따라 에어팟뿐만 아니라 안마기나 에어컨도 반려 기기가 될 수 있다.

　　　인간과 동물의 관계에서는 권력의 역학이 반전되고 있다. 반려동물이라는 표현을 넘어 **냥집사, 멍집사**처럼 인간의 서열이 동물보다 아래에 있음을 뜻하는 언어가 널리 쓰인다. 도도한 성향인 고양이를 인간이 모시고 산다는 의미에서, 고양이를 키우는 사람들을 **집사**로 부르기 시작한 것이 다른 종의 반려동물을 키우는 사람들에게로 확산되었다. 이 호칭은 반려동물에 대한 극진한 사랑과 애정을 보여주는 표현이다.

연결의 시대는
관계의 언어를 타고 발전한다

3대 이모님은 가전제품 조사를 할 때면 빠지지 않고 등장하는 표현이다. 새로운 가전 제품을 기획하는 연구원이라면, 내가 개발하는 제품이 3대 이모님의 반열에 들 수 있도록 열심히 소비자의 니즈를 분석하고 있을 것이다. 3대 이모님은 건조기, 로봇 청소기, 식기세척기를 말한다. 가사 노동 시간은 단축하고 삶의 질은 수직 상승시키는 가전제품을 지칭하는 표현이지만, 곱씹어보면 어쩐지 씁쓸한 말이다. 가사 노동을 하는 사람을

'이모님'이라 부름으로써 가사를 여성이 전담한다는 편견을 강화하는 표현이기 때문이다.

여전히 제품 마케팅과 홍보에 이 표현이 많이 쓰이고 있으나, 그 말의 뉘앙스에 불편함을 느끼는 사람도 늘어나고 있다. 이 불편함은 '터무니없는 예민함'이 아니라, 잘못된 표현으로 어긋난 인식이 확산하지 않도록 수정하려는 노력이다. 이런 지적에 힘입어 3대 이모님 대신 성별과 무관한 '3대 필수품' 같은 표현으로 고쳐 부르자는 의견들이 나오고 있다. 우리는 이모님만 집안일을 하는 세상에 살고 싶지 않기 때문이다.

사람들 사이의 관계를 나타내는 언어는 그 시대의 인권 의식과 평등 의식을 가늠할 수 있는 척도이면서 사람과 사람이 어떻게 만나고 사귀는지를 보여주는 표식이다. 그 안에 수직적이거나 수평적인 권력과 애정의 방향, 친밀도와 거리감 등 오랜 세월 동안 우리 사회에서 만들어진 관습과 편견 같은 것들이 모두 담겨 있다.

썸은 이제 우리 일상에서 하나의 독립적인 단어이자 관계로 인정받고 있다. **구썸녀, 현썸남**처럼 관계에 시제를 포함한 언어로 발전했는데, 이는 썸이라는 관계가 이제 부부나 연인처럼 하나의 '애정 관계'로 사람들의 인정을 받았음을 나타낸다. 전남편, 전남친에 이어 구썸남이란 존재가 생긴 이상, 썸은 이제 애정 관계를 의미하는 공공연한 언어라고 할 수 있다.

최근 소개팅을 해본 사람이라면 **삼프터**란 단어가 익숙할 것이다. 소개팅 자리의 첫 만남, 애프터라 불리는 두 번째 만남, 이후 세 번째 만남을 삼프터라 한다. 이 삼프터는 인연을 이어 갈지 여기서 끝낼지를 결정짓는 중요한 단계다. 저마다의 소개 팅 경험을 떠올려본다면 이 신조어가 얼마나 창의적이면서도 유용한지 공감할 수 있을 것이다.

표준국어대사전에는 등록되지 않았지만 썸, 삼프터, 인 친 같은 단어는 누군가의 일상에서는 호적 메이트라고 부르는 가족보다 훨씬 영향력 있는 관계 언어로 작동하고 있을지도 모른다. 관계의 밀도를 결정하는 것은 물리적 근접성이 아닌 마음의 심도이기 때문이다.

이렇게 "어떤 사이야?"라는 질문에 대한 대답이 무궁무진해졌을 뿐 아니라 관계를 맺는 대상의 가능성도 무한해졌다. 유선의 시대를 지나 무선의 시대로, 메타버스와 NFT의 시대로 넘어온 오늘날, 우리가 맺는 관계에는 제약과 한계가 없다. 꼭 얼굴을 틀 필요도, 1년에 한 번은 만나야 할 필요도, 무엇보다 실명을 알 필.요도 없다. 심지어 인간끼리의 사이만 '관계'가 되 는 것도 아니다.

인간이 세계와 이루는 모든 접점은 관계가 될 수 있으며, 그 관계의 역학과 심도에 따라 언어가 다채롭게 발전한다. 이 는 우리가 타자와 무한히 연결되는 가능성을 의미한다.

연결의 시대는 관계의 언어를 통해 발전한다. 인간이 세상과 맺는 관계의 차원이 성숙하고 평등해지고 있음을 나타내는 단어가 많아진다는 것은, 우리가 세상을 대하는 방식이 변화하고 있다는 증거이기도 하다. 어쩌면 언어는 우리의 낡은 인식보다 앞서가면서 편견도 차별도 없는 새로운 관점을 제안하고 있는지도 모르겠다.

지금 머릿속에 떠오르는 누군가와 나의 '사이'를 주목해보자. 물론 사람이 아니어도 좋다. 그 사이를 표현할 수 있는 언어가 세상에 존재하는가? 만약 아직 세상에 없다면 스스로 만들어내는 것은 어떨까? 많은 사람이 나처럼 누군가 또는 무언가와 그런 사이를 맺고 있다면, 그 사이가 시대의 변화를 보여주는 중요한 단서가 될 수도 있다. 그 사이가 언어로 표현되고 썸이나 삼프터처럼 많은 사람의 공감을 받으면 세상에 더욱더 많은 관계가 존재하게 될 것이다.

학창 시절 만난 가장 친한 친구와 나는 서로를 **인동**이라고 부른다. 친구가 세상의 전부이던 그 시절, 절친이라는 말로는 부족해 다른 말을 찾다가 '인생의 동반자'를 줄여 인동으로 부르기로 한 약속을 지금까지 지키고 있다. 우리는 인동이 우리 사이를 가장 완벽하게 담아내는 표현임을 알기 때문에 그것을 버리지 않고 계속 쓴다. 이후 다른 몇 명의 친구들과도 이런 '사이'를 표현하는 언어를 만들었으나 인연이 오래 가지 않거나, 그 언어가 입에 붙지 않아 결국 관계의 언어를 잃기도 했다.

어떤 관계든 오래 지속되는 관계 언어에는 힘이 있다. 긍정적인 의미를 품은 관계 언어가 더 다양하게 만들어지기를 바란다. 랜선 이모처럼 무한한 사랑을 주는 사이여도 좋고, 반려기기처럼 내 삶에 꼭 붙어 있는 애착템이어도 좋다. 식집사처럼 반려식물을 키우는 기쁨이 가득 담긴 단어여도 좋다. '하모니는 관계이므로 모든 관계는 음악'이라고 철학자 김진영이 말했다. 우리가 맺는 관계가 음악이라면, 나와 상대를 이어주는 관계의 언어가 아름답기를 바랄 뿐이다. 관계의 언어가 아름답게 발전한 세계는 조화로운 음악이 울려 퍼지는 곳이리라. 각자 다른 음이 조화로 엮여 한 곡으로 완성되듯이, 새로운 관계 언어가 연주하는 곡은 전보다 더 감미로울 것이다.

지금 머릿속에 떠오르는
누군가와 나의 '사이'를
언어로 표현해보라.

심리학의 언어,

일상을 이해하는 마음의 말

마음의 신세계

빨래 건조기를 구매한 사람들 대부분은 "건조기는 진짜 신세계예요"라고 말한다. 산업 기술의 발전으로 인간의 노동을 아끼는 기계를 발명함으로써 육체노동 시간과 부담을 줄였고, 의학 기술의 발전으로 신체의 질병과 상해를 치료하고 예방할 수 있었다. 우리의 신체는 기술과 의술을 통해 '신세계'를 만나게 되었다. 그렇다면 우리의 마음과 정신에도 기술이 신세계를 선사할까? 나는 마음과 관련한 언어의 발전이 우리가 마음을 인식하고 인지하는 데 큰 역할을 한다고 생각한다.

마음의 언어는 정말 모순적이다. 언어는 마음을 표현하는 가장 손쉬운 재료이면서도 가장 불완전한 재료이기도 하다. 미술이나 음악처럼 언어 외의 다른 표현 방식에 재능이 있는 사람들은 그것을 통해 마음을 나타내기도 하지만, 그 마음이 타인에게 온전히 전해지기란 무척 어려운 일이다.

마음. 어쩜 모양도 발음도 예쁜 이 개념은 우리가 집보다 더 자주 들락거리는 공간이다. 어디에 있는지는 아무도 모르지만 모두에게 있음은 확실하다. 그런데 그 장소를 묘사하는 일은 늘 어렵다. '희노애락애오욕喜怒哀樂愛惡慾'이 그 풍경을 마치 사계절처럼 묘사해주긴 하지만, 어떤 슬픔인지, 얼마나 다채로운 기쁨인지 등을 표현하는 데는 한계가 있다.

어떤 마음은 누구나 알지만 이름표가 없어 표현되지 않기도 한다. 겨울의 첫 냄새를 맡았을 때 드는 쓸쓸한 감정에도 언어의 옷을 입힐 수 있을까? 고독이나 우울이 아닌 반쪽짜리 우수와 반쪽짜리 회한에 정확한 이름을 붙여주고 싶지만 번번이 실패한다.

우리 각자의 마음에 적절한 이름표가 있다면 더 정확히 소통할 수 있을 것이다. 그래서 마음의 언어는 지금보다 더 많은 이름표를 필요로 한다. 마음의 신세계를 맛보게 해줄 '구체적인' 언어들이 대중화되어야 하고, 해선 안 될 말들이 상식이 되어야 한다. 모호하고 막연한 감정과 정서를 인지하는 구체적 언어가 발견되고 그것이 대중화되면, 우리는 근원 모를 불편과 불안을 다룰 수 있는 무기를 갖게 되는 것이다.

육체노동이 줄어든 자리를 감정노동과 정신노동으로 메우고 있는 현대인들의 마음은 시들고 병들어 있다. 노동은 기계가 하고, 기계에 대한 불편 사항 접수는 인간이 받아야 하는 아이러니한 세계에서 **감정노동**이란 단어는 과도한 친절을 강요하는 불합리한 사회에 경종을 울린다.

최근 수년간 미디어 속 유명인들은 용기를 내어 그들이 겪고 있는 **공황장애, 우울장애, 섭식장애** 등에 대해 이야기했다. 이 용감한 고백의 진정한 힘은 그 말들을 '대중화'한 것이다. 그것이 나만의 문제가 아니며, 한 개인만의 불치병이 아님을 세상에 알렸다. 그들의 용기는 한 발 더 나아가 우리에게 그 언어들과 함께 살아갈 두 가지 태도를 알려주었다. 마음의 병을 감기처럼 편견 없이 바라볼 것이 그 첫 번째고, 혹시 원인 모를 불안과 고통의 시간을 보내고 있다면 자신이 어떤 상태인지 살펴보고 적절한 치료를 해야 한다는 것이 두 번째다.

원인 모를 불안 증상이 공황장애임을 알아채면 더 빠르게 적절한 치료가 가능하다. 폭식과 거식이 심리적 원인을 동반하는 섭식장애임을 알면 문제를 풀어갈 실마리를 찾을 수 있다. 혼란스러운 마음의 상태에 붙일 적절한 이름만 알아도 방황을 멈추고 좀 더 적절한 대응을 할 수 있다는 것이 '새로운 이름표'가 안내하는, 거창하진 않지만 안전한 신세계다.

건강은 신체만의 문제가 아니라 정신과 신체가 조화로운 상태라는 생각이 일반화되면서 정신 건강의 중요성에 공감하는 사람이 많아지고 있다. 정신 건강은 단지 긍정적이고 낙천적인 삶의 태도가 아니다. 사람의 기질과 성향마다 달리 나타나는 불안과 우울, 자기 효능감과 자율성, 독립성과 위험 회피 성향 등을 스스로 파악하고 그것들에 대응하는 경험과 근력의 문제다. 그리고 그 과정에서 자신의 감정에 부합하는 언어를 획득하고 그 언어로 소통하는 일은 우리가 살아가는 사회 전체의 정신 건강에도 도움이 된다.

마음과 관련한 단어를 적절하게 선택하는 일은 매우 중요하다. 막연한 과로가 **번아웃 증후군**으로, 타인에게 낙인을 찍고 색안경을 끼고 평가하는 것을 **낙인 효과**로, 어떤 일로 충격을 받아 그와 유사한 사건을 마주하면 정신적 고통이 심해지는 상태를 PTSD(**외상 후 스트레스 장애**)로 명명하면 같은 행동도 다른 맥락으로 이해할 수 있으며, 이를 통해 불합리하거나 부당한 처우를 고쳐나갈 수 있다.

언어 자체가 제도를 직접 바꿀 수는 없지만, 언어의 발명은 사회적 공론화를 촉발할 수 있다. 사회적 대화를 통해 감정 노동과 관련한 법안을 마련하거나 심리적 장애 상황에 대처하는 매뉴얼을 함께 만들어갈 수 있는 것이다.

'가스라이팅'이 연 탈출구

썸이라는 단어가 처음 등장했을 때 그 가벼움과 시대의 얄팍함을 탄식하는 사람이 넘쳐났고 나 역시 그중 한 명이었다. '썸이라는 단어를 쓰는 사람과 절대 만나지 않겠어.' 제법 결연하게 다짐했었다. 그러나 이제 우리는 썸이라는 말이 없던 시절로 돌아갈 수 없다. 우리는 썸이라는 관계이자 지대를 명확히 학습했다. 그것은 새롭게 등장한 가벼운 관계가 아니라 이미 존재했지만 언어화되지 않은, 모호한 관계가 언어로 정리되면서 인식되기 시작한 경우였다.

더 예쁜 언어가 썸을 대체하면 좋겠다는 생각이 들던 중에 **삼귀다**라는 말이 등장했다. 썸처럼 대중화된 언어는 아니지만 '사귀다'의 '사'를 숫자 '4'로 등치해서 사귀기 전 단계를 '삼(3)귀다'라고 표현한 것이다. 이 말이 얼마나 많이 쓰이는지는 잘 모르겠지만, 모두가 공감하는 애매한 관계를 정의하는 새로운 표현임은 분명하다.

가스라이팅이라는 단어 역시 그동안 모호했던 관계의 역학을 설명한다. 애정이라는 핑계의 정서적 학대, 사랑으로 눈속임한 협박이 가스라이팅이라는 언어를 통해 명백한 폭력으로 정리되었다. 오랫동안 언어폭력과 정서적 학대에 시달려 문제의 심각성을 인식하지 못했던 피해자들이 가스라이팅이란 개념과 어휘를 인지함으로써 자신이 처한 관계에서 탈출구를 찾을 수 있었다. '아무래도 네 말이 좀 심한 것 같아. 너는 나를 너무 함부로 대하는 것 같아'와 같이 에두르던 표현을 '너 이거 가스라이팅이야'라고 말하는 순간 명백한 폭력으로 정의되는 것이다.

가스라이팅처럼 소수의 사람만 알고 있던 심리학 용어가 대중에게 알려지는 것은 긍정적인 현상이다. 우리에게 해방감을 안겨주는 심리학 용어들은 더는 소수 지식층의 전유물이 아니다. 우연히 읽은 심리학 책에서 발견한 언어가 그동안 진단되지 않았던 내 감정을 명확히 설명한다면, 그 언어를 사람들에게도 공유해보자. 더 많은 사람이 그 언어에 공감할수록 우리 사회의 감정 어휘력은 향상될 테니 말이다. 감정을 표현하는 어휘력은 내 마음을 지키는 '힘'으로, 감정을 다스리는 안전장치가 되어줄 것이다.

어떤 말은
사용하지 말자는 다짐

수전 손택은 《은유로서의 질병》에서 "질병은 질병일 뿐 저주도 아니고 신의 심판도 아니니 별다른 의미를 부여하지 말라"고 했다. 심리학 용어가 대중화되면서 우려하는 바는 질병에 대한 섣부른 은유이다.

'정말 발암 캐릭터야', '나 완전 결정장애야', '나 진짜 공황 올 것 같아', '저 정도면 정병(정신병)임'. 이처럼 타인의 병명을 은유로서 사용하거나 장애라는 말을 무분별하게 사용하는 것은 타자에 대한 배려가 부족한 일종의 폭력 행위다. 상처의 치유를 위해 만들어진 언어를 폭력의 수단으로 사용하는 것보다 잔인한 일은 없다.

어떤 말을 사용하자는 선언보다 어떤 말은 사용하지 말자는 다짐이 더 중요하다. 우리 사회가 언어적으로 보다 성숙해지려면 타인의 고통을 비유로 사용해서는 안 된다. 누군가는 실제로 겪고 있는 질병이나 장애의 이름을 은유나 드립으로 함부로 사용해서는 안 된다. 그렇게 쓰라고 많은 사람이 용기를 낸 것은 절대 아니기 때문이다.

사회적 약자 혹은 환자를 지칭하는 단어는 어떤 경우에도 희화화하거나 함부로 사용해서는 안 된다. 언어 선진화의 가장 큰 장점은 재미와 자극을 위해 사용하던 부적절한 언어들을 지양하자는 담론이 대두된다는 점이다. 어설픈 은유로는 잠깐의 관심만 얻을 뿐 자신의 모든 것을 잃을 수도 있다.

젠더의 언어,

새로고침이 필요한 어휘들

언어에도
새로고침이 필요하다

육아용품을 사려고 당근마켓을 둘러보다가 '예민맘은 피해 가세요'라는 문구에 마음 상한 적이 있다. 마음이 상한 대목은 '예민'이 아니라 '맘'이다. 그 문구를 읽은 나는 우연히 엄마이고 여성이지만, 육아용품을 검색하는 모든 이가 여성일 거라고 상정하는 그 태도가 아쉬웠다.

판매 글을 올린 사람의 무신경함이 아쉽긴 하지만 마냥 탓할 수만은 없다. 나 역시 너무 자주 그런 언어를 쓰고, 그런 사고를 해왔기 때문이다. 여성을 타깃으로 하는 수많은 보고서에서 육아'맘'이라는 언어를 사용할 수밖에 없던 순간이 얼마나 많았는가.

가슴 한편에서는 육아맘 대신 **주양육자**라는 표현을 쓰고 싶은 욕망이 있었지만 그 마음을 억누른 건 내가 사회생활 앞에서 비겁했기 때문만은 아닌 것 같다. 시간을 되돌릴 수 있다면 뱃심을 길러 이렇게 주장하고 싶다. "이왕이면 고객 배려 차원에서 육아맘보다 주양육자가 더 좋은 어휘일 것입니다."

　100년 전, 아니 50년 전까지만 해도 사회 통념상 그리고 실제 수치상으로도 육아와 살림은 주로 여성의 책임이었다. 그러나 오늘날에는 그 어떤 교육과정에서도 육아와 살림이 여성의 전담 영역이라고 가르치지 않는다. 물론 가정에 따라 여성이 그것을 선택할 수 있지만 그 선택의 기회는 성별과 상관없이 공평하게 열려 있어야 한다.

　여성의 경제활동 참여율과 30~50대 맞벌이 부부의 비중이 50퍼센트를 웃도는 오늘날, 육아와 가사 노동은 더 이상 여성만의 업무가 아니다. 이러한 변화는 그동안 저평가되어 있던 가사 노동이 얼마나 고부가 가치가 있는 일인가 하는 재평가로 이어졌다. 그에 따라 '전업주부'라는 말의 부당함도 새로운 사회적 문제로 대두되었다. 육아는 **돌봄 노동**으로, 살림은 **가사 노동**이란 표현으로 대체되고 있다. 인터넷 페이지에 새로운 정보가 올라오면 새로고침 버튼을 눌러 업데이트를 하듯 바뀐 실정과 시선, 재평가한 현실을 반영하는 언어 역시 '새로고침'이 필요하다.

　시대의 변화에 따라 역할이 변화하듯, 성 역할을 고정하는 언어의 고착화를 벗어나기 위해 모든 성별이 동등한 업무를 수행할 수 있고 동등한 책임과 의무를 지녀야 한다는 변화를 반영하여 언어가 새로고침되고 있다.

서울시는 〈성평등 언어 사전〉을 발표하면서 갈등 없는 대화를 위한 '성평등 언어'를 제안한 바 있다. 저출산을 **저출생**으로, 유모차를 **유아차**로, 학부형을 **학부모**로, 수유실을 **아기쉼터**로, 맘스 스테이션을 **어린이 승하차장**으로, 집사람을 **배우자**로 바꾸는 것이 대표적인 예다. 특정 역할이 한 성별에 묶여 있거나, 성별로 역할을 제한하는 어휘들을 '평등한 언어'로 바꾸기를 권유하고 있다. 평등한 언어의 사용은 평등한 성 역할을 상식으로 만드는 데 기여할 수 있다. 그렇기 때문에 어떤 성별을 차별하는 언어는 지양해야 마땅하다.

불필요한 접두사는
이제 그만

완전히 새로운 단어를 만들지 않고 접두사만 바꾸어도 평등의 감각을 앞당길 수 있다. 서양이라고 하면 흔히 미국과 유럽을 떠올린다. 그러나 사실 우리나라를 기준으로 보면 미국은 동쪽에 더 가깝다. 미국을 서양이라고 하는 이유는 과거 송나라에서 부르던 명칭이 우리에게 전해진 탓이다. 이렇듯 한 지역의 명칭은 위치뿐만 아니라 주도권을 가진 나라의 명명에 따라 달라진다.

　얼마 전까지만 해도 여교수, 여사장, 여배우와 같이 '여'라는 접두사가 붙는 말이 많았다. 해당 직업의 주류 종사자가 남성이었기 때문이다. 비록 여전히 한국의 여성 임원 비율은 OECD 국가 평균과 비교하면 현저히 낮고, 노동시장에서 여성의 지위를 종합적으로 측정하는 '유리천장지수'는 OECD 29개국 중 한국이 최하위이지만, 언어까지 나서서 그 사실들을 공고화할 필요는 없다.

　'여성 임원 비율이 낮은 국가'라는 말과 '그 병원 원장이 여의사라며?'라는 말의 차이를 감지하지 못하는 사람은 없을 테니 이제 불필요한 접두사는 거두는 게 어떨까? 여배우라는 호칭은 이제 여진구 배우를 부를 때나 사용하자. 여사장은 여씨 사장을 부르는 호칭으로 생각하자. 이제 더는 배우와 여배우, 교수와 여교수, 작가와 여류작가를 구분할 이유가 없음에 공감할 것이다.

　요즘 사람들은 공식 석상이나 언론에서 불필요한 접두사를 사용하는 데 대해 그 어느 때보다 민감하게 반응한다. 선수를 여선수로, 간호사를 남간호사로 부를 특별한 이유가 없다면 접두사를 사용하지 않으면 그만이다. 동일한 업무를 하면 동일한 임금을 받고 동일한 호칭으로 불리는 것이 당연한데도 오랫동안 공고했던 인식 탓에 특정 성별을 특별 취급하는 언어를 사용하는 경우가 아직도 많다. 업무의 본질이 같다면 같은 수준의 역량이나 역할을 기대하고 요구해야 하며, 그 사람들을 부르는 언어도 물론 같아야 한다.

가해자 입장에서 만들어진 언어들 역시 새로고침이 진행 중이다. 몰래카메라, 리벤지 포르노 등은 가해자 관점의 언어다. 몰래카메라는 그저 '몰래' 찍은 촬영물이 아니다. 무단으로 타인을 촬영하는 행위는 **불법 촬영**으로, 리벤지 포르노는 **디지털 성범죄**나 **비동의 성적 영상** 같은 언어로 고쳐 부르자는 목소리가 커지고 있다. 잘못된 언어는 사람들이 범죄의 위험성을 잘못 감각하도록 한다.

이제 우리는 명명의 위치에 초점을 맞춰 익숙했던 언어들을 다시 살펴봐야 한다. 누구의 시선에서, 어떤 관점에서 만들어진 언어인지를 늘 한 번 더 생각하자. 그런 성찰과 숙고가 더 나은 언어 습관을 만든다.

더 나은 언어 습관을 갖는다는 것

바이러스 전염에는 민감하게 반응하는 우리가, 전염병만큼이나 유해한 '혐오'의 전염에는 무딜 때가 있다. 혐오는 쉽게 전염된다. 자기 편을 만들기 위한 목적으로, 자신의 밥그릇을 지키려는 두려움으로 종종 '혐오 프레임'을 장사하듯 사용할 때가 있기 때문이다.

이때 언어는 혐오의 가장 강력한 무기가 된다. 한남/한녀, 이대남/이대녀, 맘충처럼 적기만 해도 손끝이 따끔해지는 듯한 혐오의 언어는 무한 장전되는 총알처럼 계속해서 세상에 발사된다. 그렇게 발사된 혐오의 언어는 오물이 되어 증오로 가득한 사회 분위기를 만들 뿐만 아니라 그것을 뱉어낸 사람의 내면을 더럽힌다.

더 나은 언어 습관을 갖는다는 것은 마음속 증오를 더 나은 언어로 정화하려는 실천이자 노력이기도 하다. 누군가를 증오하는 언어를 자주 쓰는 사람의 마음에 남는 것은 미움이고, 그 찌꺼기를 해소하는 것은 결국 본인의 몫이다.

완전한 평등이란 실체 없는 유니콘처럼 이상적인 허상일지도 모르겠다. 애초에 무엇도 평등하지 않음이 세상의 진리라고 생각하면 힘이 빠진다. 그럼에도 불구하고 인간은 눈에 보이지 않는 이상적 허상을 언어로 만들어 추구하고 갈망하는 존재다. 사랑, 자유, 평등을 추구하기 위해 노력하는 것이 인간을 가장 인간답게 만드는 일이라고 나는 믿는다.

사랑의 가장 쉬운 방법은 **사랑해**라고 말하는 일이다. 평등의 가장 쉬운 방법은 평등의 언어를 사용하는 일이다. 인식, 법, 제도를 바꾸는 커다란 목표를 위해 가장 먼저 해야 할 일은 평등의 언어를 사용하는 것이다. 사랑한다는 말이 사랑의 시작이듯, 평등의 언어를 익히고 그 언어로 말하는 것만으로도 우리의 세상은 조금 더 평등해질 것이다.

차별의 언어,

세상의 이름표를 다시 쓰다

06

더 많이 가진 사람일수록
더 조금 안다

"넷플릭스 한글 자막에 지문 표시 좀 안 했으면 좋겠음. 몰입감 깸"이란 게시물에 댓글이 달렸다. "그건 널 위한 자막이 아니니 투정 부리지 마."

넷플릭스에서는 국내 콘텐츠도 한국어 자막을 설정하여 볼 수 있다. 이 자막은 **배리어 프리(barrier free: 사회적 약자에게 지장이 되는 물리적·심리적 장벽을 없애려는 운동)** 정책 때문인데, 넷플릭스는 2017년 미국 시각장애인협회로부터 상을 받았을 정도로 완성도 높은 오디오 화면 해설과 폐쇄 자막 서비스를 제공하고 있다.

'괴성이 들린다', '노크 소리가 들린다'와 같이 모든 음성 내용을 지문으로 보여주는 폐쇄 자막을 제공함으로써 청각장애인도 차별 없이 콘텐츠를 즐길 수 있도록 돕는다. 비청각장애인들에게는 몰입감을 깨는 방해물일 수도 있지만, 청각장애인들에게는 콘텐츠를 제대로 이해할 수 있도록 돕는 중요한 보조 수단이다.

"힘은 무지에서 올 수 있다는 명제는 그다지 명성을 얻지 못하고 있다. (…) 더 많이 가진 사람일수록 더 조금 안다"[5]는, 문화 비평가 리베카 솔닛Rebecca Solnit의 말로 넷플릭스의 폐쇄 자막 사례를 설명할 수 있다. 비청각장애인은 청각장애인의 세계를 완벽히 이해할 수 없다. 비청각장애인의 청력은 힘이고, 그 힘이 우리를 무지하게 만든다. 자신의 무지를 자각하지 못한 채 살아가는 것은 부끄러운 일이다. 경험해보지 못했기 때문에 눈치채지 못한, 우리가 지닌 여러 힘이 알게 모르게 우리를 특권의 영역에 서게 하고, 그 위치가 우리의 무지를 선명하게 드러낸다.

아직 낯설게 느껴질 수도 있지만 계속해서 **비청각장애인**이라고 표기하는 이유는 나 역시 여러 시행착오를 거치며 새로운 시선의 언어를 배웠기 때문이다. 청각장애가 없는 사람을 정상인이나 일반인이라는 말로 표현하면 장애를 비정상이나 비일반으로 인식할 수 있기 때문에 장애인의 반대 개념을 말할 때는 **비장애인**, 청각장애의 반대말은 **비청각장애**라고 말한다. 앞으로의 새로운 언어는 가능한 한 아무도 배척하지 않는 포용

---

5 리베카 솔닛 지음, 노지양 옮김, 《이것은 누구의 이야기인가》, 창비, 2021, 46~47쪽.

성을 목표로 해야 한다. 사용자 모두가 평등하다고 느끼는 언어가 만들어지길 바란다.

2021년 도쿄 올림픽 폐회식 중계에서 KBS 이재후 아나운서는 **이상으로 2021 도쿄 비장애인 올림픽 중계방송을 마치겠습니다**라고 맺음말을 했다. 이 말은 곧 온라인상에서 화제가 되었고, 나를 포함한 많은 사람에게 자신의 언어 습관을 돌아보는 계기를 선사했다. '비장애인'이라는 단어 덕분에 올림픽을 다른 차원으로 인식하게 된 것이다. 이재후 아나운서는 2018년 평창 동계올림픽 폐막식 방송에서도 같은 맺음말을 썼는데, 같은 말이어도 그 울림과 반향이 더 커진 것은 우리의 듣는 귀가 더 섬세해졌기 때문이다. 섬세한 단어 선택이 더 크게 메아리치는 때를 만난 것이다.

언어는 그 자체로 권력이고 명명은 그 자체로 권력 행위이다. 우리는 부지불식간에 이미 명명되고 분류된 사회적 언어들을 흡수하고 학습한다. 그 때문에 내가 하는 말이 어떤 차별적 시선의 결과인지도 모른 채 사용하기 쉽다. 말 속에 숨은 권력의 방향을 지각하기까지는 많은 시간이 걸린다.

"명명 행위는 사회 체계의 구조를 만드는 데 기여하며, 이는 그것이 널리 인정될수록, 즉 권위를 얻을수록 더욱 그러하다. 모든 사회적 행위자는 이 명명하는 권력, 세계의 이름을 붙임으로써 세계를 만드는 권력을 얻을 수 있는 데까지 얻고 싶어 한다"[6]는 사회학자 피에르 부르디외Pierre Bourdieu의 논리와 리베카 솔닛의 주장을 교차하면 다음과 같다.

지금까지 우리가 익숙하게 사용하던 언어는 많이 가진 사람들이 그들에게 유리한 시스템을 구축하려 명명한 것이다. 그런 시스템을 거부하고, 아무도 소외당하지 않고 상처받지 않는 사회로 나아가기를 바란다면, 이제 우리는 자신의 무지를 인정하고 새로운 언어를 도입하기 위해 노력해야 한다.

그 노력의 첫걸음은 다양한 처지의 사람들에게 귀를 기울이는 것이다. 세상에는 너무나 다양한 입장이 있고, 그 입장은 권력의 높낮이나 부의 정도에 따라 그리고 신체적 자율성의 차이에 따라 달라진다. 한 사람이 몇 겹의 삶을 다 살아볼 수 없으니 우리가 할 수 있는 일은 열린 자세로 다양한 의견을 들어보는 것이다. 언어는 모두가 함께 사용하는 생태계다. 그리고 그 생태계의 건전성과 건강성은 '다양성'에서 온다. 그러니 다양한 입장을 반영한 언어를 사용하는 일은 곧 우리 사회를 건강하게 만드는 실천이 된다.

다시 올림픽 이야기로 돌아오면, 올림픽은 '평등'을 논하기에 꽤 적절한 이벤트다. KBS는 2022년 베이징 동계올림픽

---

6 피에르 부르디외 지음, 김현경 옮김, 《언어와 상징권력》, 나남출판, 2020, 135쪽.

을 성평등 올림픽 중계의 원년으로 삼겠다면서 올림픽 방송단 전원에게 성평등 교육을 실시했다. 성평등 교육의 핵심은 역시 방송 언어 교육이었다. 선수에 대한 외모 평가 금지, 여성 선수를 '여자'로 분류하기, 누구의 딸·아들임을 부각하는 가족 관련 호칭에 주의하기 등을 학습했다.[7]

공영방송이 '이제라도' 이런 교육을 실시한 이유는 시청자, 즉 국민의 언어 수준과 의식 수준이 성숙했기 때문이다. 국민의 성인지 감수성이 높아졌고, 그 눈높이에 맞추기 위해 낡은 언어, 정제되지 않은 언어의 사용을 멈춰야 한다는 자성에서 비롯한 것이다. 선진적인 언론, 더 나은 언어 생태계를 만드는 것은 결국 국민의 수준이다. 불과 1년 전인 2021년 도쿄 올림픽 당시 금메달을 딴 양궁 여자 대표팀 선수를 '얼음공주', '태극낭자'로 표현한 방송사들이 거센 비난을 받은 사실을 잊어서는 안 된다.

익숙한 표현에 숨겨진 차별적 시선에 불편함을 느끼는 사람이 많아질수록, 성인지 감수성이 풍부한 사람이 많아질수록 지금 이 시대의 언어가 더 품격 있는 방향으로 진화할 수 있다. 많이 가진 사람이 많이 모르는 우를 범하지 않으려면 불편

---

7 이하나, 〈성차별 스포츠 중계는 그만⋯ KBS "성평등 올림픽 중계방송 보여주겠다" 선언〉, 《여성신문》, 2022.01.04.

을 느끼는 눈과 마음을 지녀야 하며, 수시로 '입장을 바꿔' 생각
해야 한다.

"내가 차별하지 않을 가능성은
거의 없다"

시대마다 규정하는 '정상'의 범위는 조금씩 달라진다. 앞으로
'정상성'의 의미는, 정상이라는 잣대 자체를 부수고 각자의 '다
름'을 긍정하는 것이 되리라고 생각한다. '정상이 존재하지 않
는 게 정상'인 시대를 열기 위해서는 새로운 언어가 필요하다.
언어는 사고를 재현하는 첫 번째 도구이기 때문이다.

언어는 그 방향성에 따라 편견을 부추기기도, 차이를 무
력화하기도 한다. 언어가 향하는 방향성이 정상과 비정상을 가
르는 선이 되어서는 안 된다. 잘못 설정된 언어의 경계는 칼자
국이 될 수도 있고, 반대의 경우 생명선이 되어 누군가를 구할
수도 있다.

이제 우리는 적극적으로 '언어의 방향'을 바꿀 수 있다.
목소리를 낼 수 있다. **불편하다**고 말함으로써, **부적절하다**고 지
적함으로써, 명명이 범하는 실수를 만회할 수 있다. 더 나은 방향
의 이름을 만들 수 있고, 더 많은 사람을 포용하는 호칭을 개발할

수 있으며, 더 다양한 사람을 지지하는 표현을 만들 수 있다.

《선량한 차별주의자》의 저자 김지혜 교수는 "차별은 생각보다 흔하고 일상적이다. (…) 내가 차별하지 않을 가능성은, 사실상 거의 없다"[8]라고 말한다. 나 역시 생각지도 못한 곳에서 차별의 언어를 일상적으로 사용해왔다. –린이라는 표현이 처음 나왔을 때 나는 소셜 빅데이터를 가지고 이에 대해 분석하는 글을 썼고, '새로이 도전하는 사람들'이라는 의미로 그 표현을 비판 없이 사용했다. 얼마 지나지 않아 이 표현이 어린이를 미숙한 사람으로 취급하는 차별 언어라는 의견이 제기되었을 때, 아무런 비판 없이 그 언어를 쓴 나 자신이 부끄러웠다. 나도 한때는 어린이였는데, 주민등록상 성인이 되었다는 이유만으로 어린이의 입장에 서는 법을 잊은 것이다.

내가 범한 잘못에 대한 고백을 하나 더 하겠다. 2020년 회사에서 주최한 워크숍의 발표를 맡으면서 '병맛 코드의 성공 사례'라는 표현을 쓴 적이 있다. 스튜디오좋의 빙그레우스 콘텐츠와, 돌고래유괴단의 캐논 광고 등을 설명하는 자료의 제목이었다. 발표 자료에 대한 피드백을 받는 자리에서 후배들이 '병맛'이라는 단어가 혐오 표현임을 지적했다. 그때 그들이 내

8　김지혜 지음, 《선량한 차별주의자》, 창비, 2019, 60쪽.

게 알려주지 않았다면 큰 실수를 할 뻔했다. 그렇다. 그때의 나는 병맛이라는 표현을 공식 발표 문서에 넣으려고 할 정도로 무지했다.

차별의 언어에 대해서 글을 쓰면서 리베카 솔닛과 피에르 부르디외, 김지혜 저자까지 인용한 이유는(사실 더 많은 인용을 준비했으나 산만해질 듯해 모두 지웠다) 나의 **차별 언어 감수성**에 대해 자신이 없었기 때문이다. 이렇게 빈번히 실수를 저지르고 사는 내가 감히 이 주제에 대해서 어떻게 글을 쓸 수 있을까 하는 생각에 자괴하고 자책했다. '거지 같다'는 말이 빈민 혐오임을 알아차리기까지 오랜 시간이 걸렸고, 벙어리장갑 대신 **손모아 장갑**이나 **엄지 장갑**이란 표현을 쓰기 시작한 지도 얼마 되지 않았다. '찐따'라는 단어가 다리가 불편한 사람을 비하하는 혐오 표현임을 모른 채 찌질하다는 말의 동의어쯤으로 여기며 자주 사용하기도 했다.

그럼에도 불구하고 여러 현인의 도움을 받아, 또 여러 서적의 도움을 받아 이 글을 쓸 수 있었다. 나처럼 의도하지 않았지만 무심코 혐오 표현들을 사용하고 있을지도 모를 내 친구들과 가족들에게 "우리 앞으로 이런 말은 쓰지 말자!"라고 말하고 싶기 때문이다. 나는 계속해서 많이 노력하겠지만, 이 글을 쓰고 나서도 실수할지도 모른다. 그러나 한 가지는 자신 있다. 실수를 알아차렸을 때는 반복하지 않을 자신.

언어를 공부하는 방법에는 순서가 있다. 학學이 먼저고 습習이 다음이다. 학이 새로이 배우는 것이라면 습은 그것을 반복해서 자연스러워질 때까지 익히고 수련하는 과정이다.

새로 배운 차별의 언어들을 반복하지 않는 익힘, 그리고 평등의 언어들을 반복하여 사용하는 익힘을 위해 나는 계속해서 노력할 것이다. 꾸준한 반복으로 언젠가 내게 '평등한 언어 감각'이라는 근육이 볼록 튀어나오기를 바란다. 그 귀여운 근육이 나를 더 나은 사람으로 만들어줄 테니, 근 손실을 막기 위해서 더 열심히 운동해야겠다.

자본주의의 언어,

돈의 전성기를 비춰주는 거울

07

들숨에 명예를
날숨에 부를

돈이 투명해졌다. 거의 모든 물건의 최저가 검색이 가능해진 지는 오래지만 이제는 최저 인건비까지 검색할 수 있다. 숨고나 탈잉처럼 개인의 재능과 기술을 거래하는 플랫폼을 통해 그 값이 투명하게 공개된다. 언론 기사로만 알 수 있었던 기업들의 연봉은 이제 구직 사이트에서 쉽게 찾아볼 수 있다. 아파트 실거래가에서부터 무항생제 달걀 한 판, 절단 대파 한 단의 가격까지도 모두에게 공개된다.

　　돈이 투명해진 만큼 사람들은 돈에 대해 엄격해지기도 했다. 사업자 등록 없이 블로그에서 물건을 팔던 이른바 팔이피플들은 이제 신고의 대상이며, 일부 소비자에게만 은밀히 정보를 알리기 위해 "DM으로 가격 문의 주세요"라고 말하는 계정에는 당당하게 "현금 영수증 되나요?"라고 묻고, 현금 영수증을 발급하지 않는 판매 계정은 신고하기도 한다. 최저가라는 말로 장난치는 일은 이제 쉽지 않고, 플랫폼에서 거래하는 인건비는 별점에 따라 책정되며, 세금 관련 문제들에 사람들은 그 어느 때보다 민감하게 반응한다.

물건과 사람에게 책정되는 금액에만 엄격한 게 아니라, 돈과 관련된 권리에도 철두철미하다. 요즘 젊은 세대들은 최저임금과 유휴 수당에 대해 빠삭하며, 아무리 좋아하는 일이라도 법으로 규정한 시급에 미치지 않으면 즉각 자신의 권리를 확인한다. 일을 시작하기에 앞서 '돈 이야기'를 먼저 짚고 넘어가는 것은 '팍팍함'이 아니라 노동자의 당연한 권리이다. 계약서에 명시된 시간보다 일을 많이 시키려면 초과 수당을 지급해야 한다. 임금을 정당하게 치르지 않고 일을 시키는 것은 '범죄'거나 '사기'라는 상식이 공유되었기 때문이다.

돈 이야기는 이제 더 이상 불편하거나 음흉한 것이 아니다. 덮어놓고 미루거나 민망하지만 용기 내어 건네는 이야기도 아니다. 자본주의 시대에 가장 솔직하게 지켜야 할 권리가 돈이 되었기 때문이다. **들숨에 명예를 날숨에 부를** 얻는 것이 덕담이 된 오늘날, 돈의 의미가 변화하고 있다. 돈에 대한 사람들의 태도와 입장의 변화 역시 자연스럽게 언어에 녹아난다.

'돈쭐'의 힘

2017년 본격적으로 유행하기 시작한 **시발비용**이라는 신조어는 심리적 안정을 취하거나 화를 가라앉히는 데 돈을 사용하는 새로운 사회 풍토를 보여준다. 예를 들어 늦게까지 야근한 날엔 시발비용으로 택시를 탄다. 돈으로 마음의 평화를 사는 것이다. 이때 돈은 나를 치유하는 수단이다. 나를 위한 비용의 개념이었다.

2021년부터 본격적으로 사용한 **금융치료, 돈쭐**(돈으로 혼쭐을 내다)은 돈을 대하는 사람들의 태도가 달라졌음을 시사하는 신조어다. 돈이 개인적인 비용에서 공동의 목소리를 내는 수단이 된 것이다. 내 돈과 네 돈, 혹은 내 노력과 네 노력을 합하면 개인보다 큰 기업과 조직을 움직일 수 있다는 경험을 획득했기 때문에 생긴 변화이다.

시청자들은 역사 왜곡 논란이 있었던 SBS 드라마 〈조선구마사〉를 금융치료로 제압해 방영 2회 만에 폐지시켰다. 방법은 치밀했는데, 광고주와 제작 지원사에 '이 드라마를 계속 후원할 경우 불매하겠다'는 경고와 압박의 메시지를 전달한 것이다. 대중적 이미지가 가장 중요한 광고주들은 드라마 광고를 철회하여 제작 지원을 중단했고, 드라마는 폐지될 수밖에 없었다.

시청자 게시판에 항의 글을 쓰는 것보다, SNS에서 시청하지 말자는 글을 공유하는 것보다 효과적인 방법은 드라마의 돈줄을 끊는 것이었다. 갑질하는 기업을 불매운동으로 혼쭐내거나, 친절한 가게 점주를 적극적으로 응원해 돈줄을 내주는 등 돈의 사용 방향이 '나의 이익'에서 '집단의 공익'으로 바뀐 초유의 사건이었다.

사람들은 돈을 안 쓰면서 돈을 쓰는 법도 습득했다. 아이러니한 말이지만 가능하다. 바로 내 시간을 현금화하는 방식이다. 좋아하는 유튜버 영상에 붙은 광고를 건너뛰지 않고 다 보는 것, 유료 광고 제품을 댓글에 언급하며 '광고주님, 우리 ○○한테 또 광고 주세요' 하는 식이다. 돈을 직접 쓰는 일은 아니지만 시간과 정성을 담은 댓글만으로 돈의 흐름을 바꾸는 것이다.

우리는 이 경험을 통해 개인들이 모이면 큰 돈을 쥐고 있는 사람들에게 영향력을 행사할 수 있음을 알게 되었다. 예비 소비자의 소비 심리를 담보로 기업과 더 큰 협상을 할 줄 알게 된 것이다. 가불된 소비 심리는 내 영향력이자 목소리가 된다. 이 경우에 돈을 사용하는 목적은 오로지 나만을 위함이 아니라, 공공의 가치를 수호하기 위함이다.

$TSLA,
내가 소유한 주식이 나를 설명한다

재테크 만능주의 시대는 새로운 언어를 양산한다. SNS 프로
필을 살피다 보면 $TSLA라는 문구가 심심찮게 보인다. '혹시
이 사람은 테슬라 자동차를 타는 걸까?'라고 생각하다가도 앞
에 붙은 $ 기호에 호기심이 생긴다. 이들은 테슬라 자동차를 타
는 사람들이 아니라, 테슬라 주식을 소유한 사람들이다. 비슷
한 유형으로는 $BTC, 즉 비트코인 투자자가 있다. 이제는 내
가 소유한 주식이 나를 설명하는 문구가 된다. 이는 재테크에
대한 사람들의 새로운 태도와 시각을 보여준다.

　　열심히 일한 만큼 돈을 번다는 사고방식은 이제 구식이
다. 돈을 벌려면 나만 일해서는 안 된다. 내 돈도 일해야 한다.
돈에게 일을 시켜 돈이 돈을 벌게 한다는 재테크 열풍이 특정
세대나 소득 계층에 한정하지 않고 전방위적으로 일어나고 있
다. 주식, 부동산, 래플(raffle: 무작위 추첨을 통해 당첨된 사람에게
만 구매 자격을 주는 판매 방식), 미술품 경매, 리셀resell, 협찬, 당
근마켓 중고 거래, 온라인 구매 후기 포인트 등등 돈을 버는 파
이프라인이 굉장히 다양해졌다.

　　돈 자체를 숭배하는 황금만능주의가 아니라, 자산 '증식'
에 초점을 맞추는 적극적 재테크의 시대다. 비트코인은 물론

테슬라 주식, NFT 예술 작품, 나이키 덩크, 포켓몬 띠부씰까지, 세상의 모든 가격은 시세에 따라 움직인다. 모든 가격은 **상승**과 **하락**, **떡상**과 **떡락**을 반복하고, 사람들은 그로 인한 **손절**과 **익절**을 경험하며, 자산의 **증식**과 **소멸**을 바라보며 희비를 나눈다. 일은 **시드머니**를 모으기 위한 수단으로 평가절하된다. 시드머니를 투자하여 큰 자산을 일구고 지난달 함박웃음을 지으며 회사를 박차고 나간 옆 팀 2년 차 사원의 신화가 구전되는 가운데 경제적 자유에 대한 갈망은 오늘도 불타오른다.

　모든 것을 화폐화시켜 차트 속 맥락으로 이해하는 재테크의 언어들은 이미 우리 일상으로 깊숙이 들어왔다. "이 주식 삽니다!"라는 말은, 내가 눈여겨보는 어떤 대상이 앞으로 흥할 것 같다는 예측을 의미하는 밈이다. 손절, 익절, 떡상, 떡락과 같은 단어 역시 주식과 아무런 상관없는 일상에서도 자주 쓰인다. 종종 이러한 말들은 세상이 지닌 가능성을 모두 일차원적 그래프로 압축시켜버리기도 한다. 그리고 다양한 의미의 영역도 코인화시켜 떡상/떡락만 의미 있는 세상으로 바꿔버린다.

　돈에 대해서 솔직해지는 것과 돈밖에 없는 세상이 되는 것은 다른 차원의 이야기이다. 돈에 대해서 솔직해지는 것은 돈에 대한 편견과 오해를 거두고 자본주의의 건전성에 힘을 실어주는 측면이 있다. 그러나 돈밖에 없는 세상, 모든 것이 화폐화되는 세상은 완전히 다르다.

금융치료는 자본주의를 잘 활용하면 개인의 한계를 넘어 더 큰 가치에 이바지할 수 있다는 긍정적인 표현이었다. 자칫 마녀사냥으로 번질 수도 있지만, 그에 대한 자정작용 역시 이뤄질 수 있다는 희망이 있었다. 그러나 건전한 자본주의를 위한 '돈의 담론'이 아닌 '돈을 위한 돈'이 목적인 언어는 우리의 정신을 피폐하게 만든다.

인간의 모든 가치를 납작하게 화폐화시켜버리는 언어 습관은 한때의 유행어로 사라지기를, 더 이상 대물림되지 않기를 바란다.

드라마의 언어,

정교한 감상이 명품 드라마를 만든다

08

시계가 4시 33분을
가리킬 때

프랑스 누벨바그 영화의 아이콘이자 영화 비평가 프랑수아 트뤼포François Truffaut는 영화를 사랑하는 세 가지 방법에 대해 ① 영화를 많이 보고 ② 감독의 이름을 기록하고 ③ 같은 영화를 다시 보면서 머릿속에서 직접 감독이 되어 보는 것이라고 말했다.

이 세 가지 방법은 우리가 살아가면서 만나는 모든 콘텐츠에 대한 사랑법과 이어진다. 어떤 드라마를 좋아한다면 그 드라마를 보고 또 보고, 그것에 대해서 말하고 싶고, 결국 그러다가 흡사 감독의 경지에 오를 수도 있으니 말이다. 보고 또 보는 일은 어렵지 않지만, 그것에 대해서 말하고 싶을 때 우리는 어디로 가야 할까?

북클럽처럼 삼삼오오 모여 그 드라마에 대해 이야기할 수도 있지만 현실에서 그런 자리는 매우 드물다. 같은 드라마를 비슷한 정도로 좋아하는 사람이 주변에 있다면 행운이겠지만 그런 일은 쉽게 일어나지 않는다. 좋아함의 정도가 서로 너무 다르기 때문이다. 하지만 온라인에는 그것들을 '나만큼' 좋아하는 사람들이 있다. 그 사람들과 이야기를 나누고 분석하고 토론하고 싶다면 온라인 게시판으로 가 한 명의 **덕**으로 활동해보자.

게시판의 종류는 다양하다. **카카오톡 오픈채팅방, 온라인 커뮤니티, 포털사이트 카페** 등 어디든 나와 비슷한 언어를 쓰는 사람들이 있는 곳을 택하면 된다. 만약 그중에서 찾지 못했다면, **트위터**에서 혼자 이야기를 해보자. 나와 같은 마음을 지닌 누군가가 언젠가 찾아와 **좋아요**를 눌러줄 것이다.

드라마 '응답하라' 시리즈 중 최고 시청률을 기록한 〈응답하라 1988〉에는 특별한 시간이 존재한다. 바로 **4시 33분**이다. 433은 음악사를 조금이라도 공부했다면 바로 알아볼 숫자다. 참신한 시도로 현대 음악사에 충격을 안긴 작곡가 존 케이지John Cage의 곡 〈4분 33초〉를 떠올릴 것이다.

남자 주인공 택이(박보검 배우)의 아버지는 봉황당이라는 금은방을 운영하는데, 금은방 벽면을 가득 채운 시계들은 늘 제멋대로 움직이다가 여자 주인공 덕선이(이혜리 배우)가 봉황당에 등장할 때면 어김없이 4시 33분을 가리킨다. 봉황당 밖에서도 433의 위력은 이어진다. 드라마 전개상 두 주인공에게 중요한 사건은 모두 4시 33분에 일어난다. 하지만 보통 사람들은 이를 알아차리지 못한다. 장면마다 배경에 놓여 있는 시계의 시간을 확인할 사람은 많지 않으니 말이다.

　　이는 드라마를 두 번 본 사람, 아니 드라마를 나노 단위로 잘라 보며 디테일을 분석하고 숨은 의미를 발견하려는 사람만 알아낼 수 있는 복선이자 **떡밥**이다. 소설가이자 극작가 안톤 체호프Anton Chekhov가 이야기에 총이 등장하면 그 총은 반드시 다시 나와야 한다고 말했듯, 드라마에 시계가 나오면 그 시계가 의미하는 바를 읽어내야 한다고 생각하는 **드잘알(드라마 잘 아는 사람)**만이 발견할 수 있는 장면이다.

　　〈응답하라 1988〉을 다시 보면 수시로 등장하는 433이라는 숫자가 눈에 띌 것이다. 그런데 왜 4시 33분일까? 인터넷 커뮤니티인 '응답하라 1988 갤러리'에서 433에 대해 논문 수준으로 치밀한 글을 올린 어느 작성자는 이렇게 분석했다. 우연하고 자연스러운 소음도 음악이라는 메시지를 던져 음악의 편견을 깬 존 케이지처럼, 제작진은 '자연스럽게 스며드는 사랑도 사랑이다'라는 메시지를 전달하고 싶었고, 정형화된 사랑의 편견을 깨는 장치로 4시 33분을 이용했다고 말이다. 또 다른 작성자는 이 433 떡밥을 설명하기 위해 갈등 해소자인 프로타고니스트protagonist와 갈등 유발자인 안타고니스트antagonist 개념을 가져온다. 택이는 안타고니스트인데, 안타고니스트가 주인공이 될 수 없는 구조의 틀을 깨는 상징이 433이라고 말한다.

드라마 속에 이렇게 철학적이고 심오한, 드라마를 몇 번은 돌려보고 고민하고 토론해야 알 수 있는 장치들을 깔아두는 게 가능하냐고? 가능하다. 드라마는 그렇다. 그리고 **드덕(드라마 덕후)**들은 그런 숨겨진 디테일과 떡밥이 깨알같이 풍부한 작품을 좋아한다. 그들은 드라마에 어떤 소품도, 시간도, 색도 허투루 쓰이지 않음을 믿고, 그 모든 장치가 떡밥임을 아는 사람들이다. 이런 앎이 쌓이면 드라마의 미술감독과 소품감독의 이력까지 찾아내 그들이 전작에서 주로 사용한 디테일의 경향성까지 분석하는 경지에 이른다.

K-드라마 덕질을 위한
기초 용어

울드는 일단 작감배 열일하고, 본체 케미 쩔고, 회차별 럽라 감정선 빌드업도 쩔고, 떡밥 회수도 모조리 하고, 성장 서사도 완벽하고, 막화에 키갈로 마무리하는 꽉 닫힌 해피엔딩. 이는 내가 꽤 심취했던 로맨틱 코미디 드라마의 마지막 회가 방영한 날 인터넷 커뮤니티 '드라마 갤러리'에 올라온 글이다. 이 문장을 번역할 수 있다면 **K-드라마 덕질**을 위한 기초 용어는 모두 숙지한 셈이다.

번역하자면 "우리 드라마는 일단 작가·감독·배우가 모두 열심히 일하고, 드라마 주연 배우들의 궁합이 좋고, 회차별 러브라인 간의 감정선 구축도 촘촘하고, 뿌려놓은 복선도 모두 풀어주고, 주인공들이 성장하는 서사의 완성도도 훌륭하고, 마지막 화는 키스신으로 마무리한 확실한 해피엔딩"이다.

주연 배우를 배우의 실명이 아닌 **본체(주인공 이름이 희도라면 '희도 본체' 혹은 '희본')**라고 부르는 이유는 온라인상에서 검색으로 유입된 해당 배우의 팬들과 불필요한 마찰이 일어날 것을 방지하기 위해서다. **검방(검색 방지)** 기능이 있는 본체라는 단어를 활용하면 혹시라도 있을 수 있는 갈등을 미연에 방지할 수 있다. 일부 커뮤니티에서 평화로운 덕질을 하기 위해 만든 암묵적 규범이다.

배우를 본체라고 말하는 데서 느낄 수 있듯, 드라마라는 콘텐츠는 하나의 독립적 우주다. **현생**과 나뉘는 그 드라마만의 '세계'가 존재한다. 드라마가 방영하는 내내 그 세계에 대한 감상과 떡밥을 실시간으로 공유하고, 드라마가 끝난 뒤에도 한참 동안 관련 글을 읽어보고, 내가 놓친 부분을 체크하고, 드라마의 새로운 회차가 나올 때까지 일주일 내내 곱씹으며 복습하는 것이 **드라마 덕질**의 주간 일과다.

그뿐만 아니다. 유튜브와 네이버캐스트에 올라오는 선공개 영상이나 메이킹 영상을 챙겨보고 또 챙겨본다. 대본집과 블루레이 제작을 요청하는 카페에 가입하여 수요 조사에 참여하고 출시를 간절히 기원한다. 드라마가 종영한 뒤에는 대본집의 지문과 실제 드라마를 비교하고 '지문도 대단하지만 배우들의 연기와 애드리브가 정말 대단했어!'라는 후기를 남기며 이 세계가 '끝나지 않음'을 실감한다. 그리고 1년 뒤쯤에 20만 원이 훌쩍 넘는 블루레이가 무사히 품에 들어오면 거기에 담긴 미공개 영상과 배우들의 코멘터리 영상을 소중히 보며 '몇 분 몇 초 엄청나지 않아?'라고 글을 남겨 감상을 나눈다. 창작욕이 있는 사람이라면 포스타입이라는 플랫폼에 팬 창작물이라는 명목으로 나만의 상상력을 발휘해 그 세계의 외전을 작성하여 올리기도 한다. 여기까지가 한 편의 드라마를 완전한 세계로 즐기는 과정이다.

　　나는 감히 대한민국 드라마 시청자의 분석 수준이 전 세계 어느 나라보다 우수하다고 주장하고 싶다. 그들이 드라마를 분석하기 위해 사용하는 각종 평가 기준과 잣대 그리고 어휘는 논문 수준이라 해도 부족하지 않다. 그들은 드라마 장르별 특수성에 따라 드라마를 평가할 뿐만 아니라 그 드라마의 메인 서사 유형이 성장 서사인지 구원 서사인지 밝혀내고, 성장 서사라면 그에 따른 스토리텔링의 적합도를 세세하게 비평한다.

　　또한 감정선을 얼마나 미묘하게 연출하고 표현했는지, 갈등을 해소하는 방식이 다른 드라마와 어떻게 차별화되는지 등을 분석하고 토론하면서 논의를 확장한다. 연출의 섬세함과 창의성에 열광하고, 복선일지 아닐지 모르는 모든 디테일을 분석한다. 그 복선들이 모두 회수되면 그 드라마는 명작의 반열에 올라서며, 누군가의 **인생 드라마**로 등극한다.

풍부하고 섬세한
스토리텔링 용어들

넷플릭스 드라마 〈오징어 게임〉의 성장으로 드높아진 K-드라마의 위상에는 **K-시청자**의 공도 무척 컸다. 서사의 개연성, 세밀한 감정의 빌드업, 극중 인물 간의 케미, 회차별 주제 의식, 주인공 캐릭터의 성장, 클리셰 비틀기, 정치적 균형 같은 무수한 요구 사항을 제대로 수행하지 못한다면 깐깐한 K-시청자의 인생 드라마로 등극하기란 쉽지 않으며, **n차 시청**의 기회도 얻지 못한다.

　　입맛과 수준이 높아질 대로 높아진 K-시청자의 평가 기준을 충족시켜야 하는 험난한 과제를 매번 수행해내며 드라마의 새로운 역사를 써 내려간 제작진의 노하우가 집약된 것이 바로 K-드라마다. 시청자들의 요구 사항을 뛰어넘는 새로운 내용, '감정선·서사·관계성'과 같은 평가 언어의 발전은 또 한

번 K-드라마의 질을 향상시키는 계기가 될 것이다.

　K-드라마와 관련한 담론은 우리 시대 스토리텔링의 현주소다. 모든 콘텐츠 담론에서 빠지지 않고 등장하는 '스토리텔링'의 최신 용어가 K-드라마의 평가 요소에 모두 녹아 있다. 학부 시절 스토리텔링 교양수업에서 배운 르네 지라르René Girard의 욕망의 삼각형 이론, 블라디미르 프로프Vladimir Propp의 민담의 31가지 기능 같은 프레임이 무색할 정도다. 오히려 드덕과 드잘알이 사용하는 비평 요소들이 지금 K-콘텐츠의 트렌디함과 흥행성 분석에는 더 적합할지도 모른다.

　그 때문에 콘텐츠업에 종사하는 관계자라면 누구보다 이들이 사용하는 언어에 민감해야 한다. 오늘날 사람들이 가장 기대하는 스토리텔링 요소를 이해해야 한다. 어떤 서사를 좋아하는지, 어떤 캐릭터에 감화받는지, 어떤 클리셰를 지양하는지에 대한 정보 없이 써낸 '스토리텔링 콘텐츠'는 대중의 공감을 얻지 못하고 구식 취급을 받기 십상이다. 지금 가장 인기 있는 콘텐츠의 서사 구조, 캐릭터의 특징, 세밀한 표현, 주제 의식은 무엇인지 찾아보자. 사람들이 어떤 언어로 그것들을 이야기하고 있는지 살피고 그것을 자신의 콘텐츠에 녹여내야 한다.

　혹자는 '드라마에 이렇게까지 과몰입한다고?' 하고 놀랄 수도 있다. 이미 눈치챘겠지만, 나 역시 매우 과몰입한 드라마가 있었다. 그런 순간이 자주 찾아오진 않지만, 기회가 오면 나는 저항 없이 콘텐츠에 완전히 몰입해버린다. 작품 속 캐릭터가 내 친구 같아서 쉽게 떠나보내지 못하기도 한다. 어떤 이야기, 어떤 세계는 한 사람을 완전히 사로잡아 그 속에 더 오래 머물고 싶게끔 한다. 시리즈가 끝나도 한참이나 여운이 남아 다시 그 세계에 찾아가고 싶게 하는 작품도 있다.

만약 여러분이 한 번도 드라마에 빠져본 경험이 없다면, 나는 진심으로 여러분이 언젠가 인생 드라마를 만나 그 드라마와 열렬히 사랑에 빠지기를 바란다. 블루레이와 대본집까지 소장하고 가능하다면 촬영지도 탐방하면 좋겠다. 여유가 있다면 촬영 현장에 커피차를 보내는 데 돈을 보탤 만큼 사랑하는 작품이 생기기를 바란다. 그만큼 무언가를 사랑하는 마음이 생긴다는 것은 정말이지 행복한 일이기 때문이다. 그런 행복감을 경험하고 나면 좀 더 멋진 삶을 살 수 있을 것이라고 확신한다.

광고의 언어,

광고가 #광고가 될 때

60

광고와 #광고 사이

일상적 단어 앞에 해시태그가 붙으면 그 단어는 시대적 맥락을 최대한으로 빨아들이며 의미를 팽창시킨다. 광고의 역사는 광고 앞에 # 기호가 붙어 **#광고**라는 언어가 생기기 전과 후로 나뉜다. 같은 언어에 해시태그 하나 붙었을 뿐인데 많은 것이 바뀌었다.

2020년, 광고임을 밝히지 않고 **#내돈내산**으로 위장해 대가성 콘텐츠를 업로드한 인플루언서들이 뒷광고 논란에 휘말렸다. 이후 대중과 공정거래위원회는 대가성 여부를 제대로 밝히지 않는 게시물에 대해 이전보다 엄격한 잣대를 적용하기 시작했다. 이제 **#광고**를 표시하지 않은 대가성 콘텐츠(그것이 단순 선물이라면 **#단순선물**을, 협찬이라면 **#협찬**을 명기해야 한다)를 올린 인플루언서들은 활동을 지속할 수 없을 정도로 거센 비판을 받는다. 신뢰가 생명인 구독경제 시장에서 구독자에 대한 기만과 은폐는 생명줄을 스스로 갉아먹는 행위다. 광고를 광고라고 말하면 문제없을 일이, 광고를 광고라 말하지 않아 문제가 된다.

　　새로운 매체의 등장은 광고의 문법을 바꾼다. SNS 시대의 **셀럽 광고**(혹은 협찬)는 모든 매체 광고의 특성을 함축하고 있다. 지면 광고, PPL, 바이럴, TV 광고, 심지어 전광판 광고의 특징까지 모두 가지고 있다. 광고 내용이 자연스럽게 일상생활에 녹아들어야 하고, 기억에 남는 시그니처 장면도 필요하다. 가장 달라진 점은 **인플루언서**라는 새로운 셀럽 계층의 등장으로 개인이 광고 콘텐츠 제작자로 활약하기 시작했다는 것이다. 크리에이티브 디렉터가 아니라 셀럽 본인이 콘텐츠를 구상하고 만들 때 더 진정성 있는 광고가 나오기도 한다.

　　뒷광고 논란이 있기 전까지 인플루언서의 광고는 꽤나 생활 밀착형으로 콘텐츠에 녹아들어 있었다. 광고주로부터 '인플루언서의 일상에 자연스럽게 녹아나는 제품 사용 장면'을 주문받다 보니, 인플루언서들은 **제가 꼭 들고 다니는, 재구매 의사가 있는** 등의 표현과 함께 일상적인 풍경 속에서 제품을 드러냈다. 타고난 영업력으로 '자연스러운 영업'을 하는 사람들이 만들어낸 '티 안 나게 광고하는 기법'은 수없이 모방되었다. 어느새 그 '자연스러움'도 하나의 클리셰처럼, 혹은 새로운 광고의 언어처럼 굳어지고 있었다.

　　그러나 #광고 표기가 의무가 된 현재, "저는 매일 과식 후 효소를 챙겨 먹고 있어요"라고 말하는 '업자'는 상상력이 부족하고 게으른 사람이다. 진짜 잘 파는 사람들은 기존에 없던 콘텐츠를 만들어 전혀 새로운 방식으로 '내가 제일 잘 팔아'를 여실히 보여준다.

경쟁하는 인플루언서,
심판하는 팔로워

그냥 광고가 아닌 **#광고**는 인플루언서들의 경쟁을 부추긴다. 한국인의 피에 흐르는 '열심히 DNA'는 인플루언서 세계에도 예외가 없다. 명품 브랜드 프라다가 신상 가방을 광고하기 위해 셀 수 없이 많은 인플루언서에게 가방을 뿌렸다. '뿌렸다'는 말이 과장이 아닐 정도로 많은 인플루언서가 가방을 받았고, 자신만의 방식으로 #광고를 했다.

A 인플루언서는 평소의 일상컷과 차별점 없이 거울 셀카를 찍은 '게시물'을 올렸고, B 인플루언서는 가방 콘셉트에 맞게 스튜디오를 빌리고 새로운 차원의 스타일링을 시도하여 강렬한 이미지의 '콘텐츠'를 찍어 올렸다. 경쟁의식을 느낀 A는 이제 더 이상 평범한 게시물로 #광고를 진행할 수 없다. 다음번에도 프라다 가방을 받으려면 독창적이고 차별적인 콘텐츠를 올려야 하기 때문이다.

'누가 더 자연스럽게 숨기나'가 아니라 '어차피 광고할 거 제대로 해보자'로 태세가 전환되면서 #광고는 콘텐츠 경쟁으로 진화했다. 글솜씨가 좋은 인플루언서는 카피라이터를 뛰어넘는 설명 글로 콘텐츠를 장악하고, 감각이 뛰어난 인플루언서는 기성 크리에이티브 디렉터보다 참신한 관점으로 새로운 미학적 자극을 선사한다.

더 이상 숨길 필요가 없는 #광고 시대의 인플루언서들은 은밀한 광고의 시대 때보다 오히려 더 창의적이고 기발한 상상력을 뽐낸다. 기존 인플루언서의 광고는 그들의 일상을 바탕으로 하는 자연스러운 연출 위주였다면, 이제는 오히려 #광고이기 때문에 더 파격적인 연출을 시도하고 때때로 비일상적인 장소에서 콘텐츠를 제작하기도 한다.

#광고가 불러일으킨 나비효과는 공간 대여업의 활성화로 이어졌다. 온라인 쇼핑몰이나 유튜버들을 위한 촬영 장소였던 '콘셉트 스튜디오'는 이제 인플루언서들이 적극적으로 자신의 광고 콘텐츠를 제작하기 위해 사용하는 창작의 장소이다. 언어에 해시태그가 하나 붙었을 뿐인데 #광고는 이렇게 별안간 전위적인 콘텐츠가 되었다.

인플루언서가 되어 #광고를 하려면 그 무게를 견뎌야 한다. #광고를 목적으로 받은 아이템을 소개할 때, 마케팅팀이 적어준 문구 그대로 적어 게시물을 올리는 인플루언서와, 자신만의 관점과 미학을 녹여내 전혀 다른 차원의 콘텐츠를 만드는 인플루언서 사이에는 명백한 급 차이가 존재한다. 프라다 광고는 이제 인플루언서들의 콘텐츠 경쟁터가 되었다. 승자가 누구인지 그 판단은 팔로워들의 몫이다. 누가 더 잘 만들었는지, 더 참신한지, 더 잘 어울리는지, 그야말로 '찰떡'인지는 철저히 팔로워들의 피드백으로 결정된다.

잘 만든 #광고로 칭찬을 받는 대상은 인플루언서뿐만이 아니다. 그 인플루언서에게 광고를 준 브랜드로 칭찬이 이어진다. **우리 언니한테 광고 맡긴 프라다 칭찬해. 언니는 인간 프라다야 정말**. 이와 같은 댓글은 인플루언서와 브랜드 모두를 기쁘게 하는 피드백이다.

가장 도덕적인 것이 가장 경제적이라는 말이 있다. 비판의 대상이던 뒷광고는 #광고로 변화한 뒤 새로운 국면을 맞이했다. #광고는 정직성과 창의성을 모두 잡았으며, 지루하고 뻔했던 SNS 광고를 다채롭고 다양하게 만들었다.

또 어떤 언어가 해시태그를 만나 새로운 창작을 독려해 낼지 지켜보자. 언어에 # 하나 달았다고 무수히 많은 변화가 생기는 이 탄력적인 세상을 관찰하는 것 역시 디지털 시대의 무한한 가능성을 즐기는 일일 것이다.

MZ세대는
왜 그렇게 말할까?

3부

'취향'이

모든 것을 결정한다

MZ세대의 취향범벅 일상

지난 5년간 내가 참여한 업무 미팅에서 클라이언트들이 가장 많이 언급한 단어는 단연코 MZ세대의 **취향**과 **라이프스타일**이다. MZ 고객의 취향이 **성숙·다양·니치·풍부·심화**되었기 때문에 그에 맞춰 상품과 서비스에 대한 접근도 달라져야 한다는 것이 회의의 요지였다. 취향은 거의 모든 산업 분야를 장악했다. **취향 가전, 취향 살롱, 식단 취향**…. 취향이라는 단어를 사용하지 않은 홍보 문구가 있을까 싶을 정도로 모두가 취향을 갈구하고 있다. 취향이라는 단어 자체는 전혀 새롭지 않다. 시대, 화자, 영역, 분야에 따라 그 뜻과 역할이 조금씩 달라질 뿐이다.

기업이 화자일 때, 이들이 말하는 취향은 소비를 위한 배경지식으로 들린다. '네 취향의 소비를 해. 그게 너다움을 완성하는 길이야.' 자본주의 사회에서 소비는 가장 쉬운 방법의 자아실현이다. 이를 부추기는, 이 달콤한 속삭임에 홀려 지른 것이 어찌나 많은지…. 나다움을 완성하려면 왠지 '내 취향'을 보여주는 소비를 해야 할 것 같고, 마침 어떤 제품이 내 취향 같아서 결제 버튼을 누르고 나면 '아, 당했다!'라는 생각이 절로 든다. '너처럼 남다른 취향을 가진 사람은 이런 걸 사지'라는 기업의 메시지에 정확히 저격당한 순간이다.

물론 소비의 영역이 아니더라도 어디에든 취향은 존재한다. 영화 평론가 이동진은 자신의 유튜브 채널에서 "취향이라고 말하는 상당수는 교양, 교양이라고 말하는 상당수는 취향"이라고 말했고 나는 여기에 매우 동의한다. 곰곰이 생각해보면 취향은 교양, 유행, 감수성의 동의어처럼 느껴지고 최근 들어서는 심지어 취미의 동의어처럼 들리기도 한다.

취향은 세대와 시대를 초월해 만인이 가지고 있지만, 시대와 사람에 따라 제각각 다르게 느낀다. 특히 MZ세대는 '나만의 취향'을 유난히 각별하게 여긴다. 이들의 라이프스타일을 분석하는 보고서에 '나만의 취향을 중시함'이라고 쓰면서도 이 당연한 말을 어떻게 더 선명하게 말할 수 있을지 고민되는 순간이 정말 많았다. 과시적 취향, 취향의 과시는 언제나 있었지만 MZ세대가 말하는 '나만의 취향'은 좀 다르다. '나만의'라는 표현을 꼭 붙여 사용하는, 이들의 취향이란 대체 무엇일까?

일반적인 취향의 개념과 달리, MZ세대에게 있어 취향은 무엇보다 유망한 '자산'이다. 자산이라고 하면 마치 화폐처럼 느껴질 수도 있지만, 오히려 취향처럼 화폐화되지 않는 성질의 것이 거시적으로는 가장 확실한 자산이 되기도 한다. 취향이 자산이 될 수 있는 근본적 이유는, 오늘날 취향만큼이나 인플레이션이 심한 단어인 **라이프스타일**의 중심에 바로 그 취향이 있기 때문이다.

스마트폰 기술과 SNS가 일으킨 가장 큰 혁신 중 하나는 우리의 일상생활이 경제적 가치를 내포한 상품이 되었다는 점이다. 스마트폰이 등장하기 전에 '카메라가 필요한 순간'은 대부분 비일상적인 순간이었다. 축제, 여행, 콘서트와 같은 '비일상'이 유독 특별한 가치를 지녔다.

그러나 **데일리 업로드**가 생명인 SNS 생태계에서 비일상성보다 더 큰 가치가 있는 것은 **일상**이다. 일상은 매일 게시물을 업로드할 수 있는 주제이면서, 의식주 모든 영역을 표현할 수 있는 거대한 광고판이며, 내가 소비한 제품을 #**언박싱**이나 #**내돈내산**이라는 해시태그 없이도 자연스럽게 전시할 수 있는 배경이다. 무엇보다 일상은 비일상보다 더 많은 사람과 접점을 지닌다. 공감이 필수인 SNS 생태계에 일상만큼 완벽한 재료는 없다.

비일상이 지닌 특별함의 가치를 일상의 반복성이 역전했다. 남다른 일상과 라이프스타일이 자본주의의 명확한 타깃이 되는 그 순간부터 일상은 타인에게 보여지는 상품이 되었다. 그리고 그 일상은 '남다름'을 추구하는 취향으로 세심히 채

색된다. 내가 사는 것, 하는 것, 먹는 것 등 내 모든 행동은 취향을 반영한다. 아니, 반영해야만 한다. MZ세대는 취향을 반영하지 않은 선택은 영혼 없는 선택이라고 느끼기 때문이다.

지갑이 열리는 마법의 주문
#내취향

취향이 일상을 장악한 사이, 관련 언어들의 언급량은 꾸준히 증가해왔다. **#취향존중, #취존, #개취존**(개인의 취향 존중) 등은 이제 진부하다고 말할 수 있을 만큼 대중적인 언어로 자리 잡았다. 이제 사회적으로 다양한 선택지를 존중한다는 방증인 '개취존'처럼 취향의 존재를 인정하는 언어에 이어, 취향이 동하면 마음과 함께 지갑도 열린다는 것을 보여주는 **취향 저격**이란 표현까지, 취향과 관련된 언어는 서서히 우리의 언어생활에 스며들었다.

취향 관련 언어 중 가장 주의 깊게 살펴봐야 할 표현은 **#내취향**이다. '내 취향'은 요즘 세대의 모든 것을 설명해주는 마법 같은 말이다. 내 취향이라고 말하는 순간 모든 구매 동인을 뛰어넘는 강력한 힘이 생기고, 어떤 논리적인 이유도 불필요해질 만큼 그 자체가 만능 열쇠가 되어 모든 선택을 합리화한다.

내 취향이 모든 선택을 합리화하는 치트키인 이유는, 취향이 곧 MZ세대의 정체성이기 때문이다. 내 취향이란 말은 내 정체성이란 뜻이다. 내 취향이 매력적이라는 것은 내 정체성이 매력적이라는 뜻이 된다.

　정체성에는 두 가지 종류가 있다. 성별, 국가, 인종처럼 타고난 정체성과 직업, 학교, 자격증처럼 획득한 정체성이다. 취향은 이 두 가지가 묘하게 섞인 것이기에 더 매력적이고 덜 속물적이다. 인종처럼 불가항력적이지도 않고, 직업이나 학교처럼 사회적 급을 정하는 요소도 아니다. 어떤 취향도 급으로 나눌 수 없다. 단지 내 취향을 더 또렷이 알고 남들보다 더 잘 표현해내는 사람이 존재할 뿐이다.

　내 취향을 알기 위해서는 시간과 정성이 필요하다. 자신만의 독서 취향을 갖고 싶다면 많은 시간을 들여 책을 읽어야 한다. 시간을 들인다는 것은 애정의 문제고 조금 더 까다롭게 이야기하자면 기회비용의 문제다. 많은 돈과 시간을 들여가며 책을 사거나 빌려 읽어야 하기 때문이다. 옷 취향이 있다는 것은 옷을 많이 사봤거나 옷과 관련한 콘텐츠를 많이 흡수했다는 의미다. 거기다 타고난 감까지 좋다면 '남다른 취향의 소유자'가 된다. 남다른 정체성을 갖는 것이 목표인 요즘 세대에게 나만의 취향을 가꾸는 일은 가장 중요한 자기 계발이다.

　'나만의 취향'이란 표현에서 방점을 찍어야 할 부분은

취향이 아니라 '나만의'다. 나만의 취향을 갖고 싶은 마음에는 취향을 도구 삼아 '남다른 존재'가 되기를 바라는 욕망이 스며 있다. 그러나 나만의 취향을 만들기 위해 선택한 방법이 결국 소비라는 사실은 씁쓸하다. 나만의 취향이라고 산 루이스폴센 조명에는 어느덧 **국민 조명**이라는 이름이 붙었고, 모두가 쓰는 공산품을 피하려고 미드 센추리 모던 스타일의 빈티지 가구를 사 모았지만, 나와 같은 사람이 많아지면서 빈티지 가구 대유행의 시대가 열렸다. 취향의 종착지가 소비일 수밖에 없는 자본주의사회에서 '나만의' 취향을 찾아 헤맸으나 결국 돌고 돌아 유행에서 그다지 벗어나지 못했을 때, 취향은 그저 모두가 따르는 것을 따르는 경향성에 지나지 않을지도 모른다는 생각이 든다.

　　모두가 남다른 취향을 원하지만 대개는, 남다른 취향을 뽐낸 사람의 취향을 답습하는 데 그친다. '진짜 나만의 취향'을 가진 사람은 남들과는 다른 풍경을 만들어낼 줄 아는 사람이다. 모두가 같은 풍경을 답습할 때 자신만의 풍경을 가꾸고, 같은 현상도 자신만의 감각으로 번역할 줄 아는 사람이다. 그가 만든 세계에 공감하고 동경하는 사람이 나타나고, 그렇게 누군가에게 취향의 레퍼런스가 된다면, 그의 취향은 고유한 스타일이 된다. 이런 사람이 진정 '남다른 취향'의 소유자이자 이 시대의 진짜 인플루언서이다.

취향이 담긴 자신만의 스타일을 말할 때 **#취향범벅**이라는 표현을 자주 쓴다. 내 취향범벅 데일리룩, 내 취향범벅 인테리어, 내 취향범벅 플레이리스트…. 이는 취향이 넘칠 만큼 가득 담겨 있다는 표현이다. 눈물범벅이나 음식물 범벅이 아니라 취향이 범벅된 상태라는 신조어로, 개인의 일상이나 관심사를 소개하는 콘텐츠에서 자주 등장한다. 내가 좋아하는 것들, 나를 사로잡는 것들을 듬뿍 담아서 취향범벅을 만든다. 이때 핵심은, 내 취향으로 범벅이 된 상태가 남과 달라야 한다는 점이다. 내 취향을 범벅했는데도 흔히 말하는 인스타 감성이나 브이로그 감성과 비슷하다면 그것은 내 취향범벅이 아닌 '유행범벅'이라고 해야 할 것이다.

MZ세대가 취향에 민감한 이유는 그들이 다른 어떤 세대보다 자신의 다름을 알기 위해 고군분투하기 때문이다. 그들에게 취향은 삶의 궤적을 그리는 기준이다. 자신만의 고유한 개성이 삶을 빛내는 원동력이라고 믿는 그들은 취향을 통해 자신만의 스타일을 구축하고자 한다.

아무리 취향에 돈을 쓰더라도 돈으로 안목까지 살 수는 없다. 샤넬 가방이나 포르셰 자동차, 앙드레 소르네 빈티지 가구나 이우환 작가의 작품을 산다고 해서 곧바로 '고유한 안목을 지닌 사람'이 되지는 않는다. 취향은 관심과 반복, 경험과 민감함을 연료 삼아 숙성의 시간을 거쳐야 안목으로 발전한다. 그러므로 매력적인 취향에는 언제나 매력적인 서사가 함께한다.

소설가 무라카미 하루키村上春樹의 음악 취향이 남달라 보이는 이유 역시 마찬가지다. 용돈을 아껴 방대한 음반을 사들인 경험, 대학 시절 레코드숍에서의 아르바이트 경험, 대학을 졸업하기도 전에 '피터캣'이라는 재즈바를 운영한 경험 등이 쌓여 그의 취향이 만들어졌기 때문이다. 비틀스와 재즈를 좋아한다는 '결과론적 취향'이 아니라, 오랜 시간 동안 음악과 호흡해온 경험과 역사가 그의 취향을 더 고유하게 만든다.

나만의 취향을 가꾸는 일이 까다롭더라도 취향이 자산이 되는 시대는 꽤 공평하다. 좋아하는 것에 진심을 다하며 기호를 제련하여 자신을 더 고유한 사람으로 만든다. 더 고유한 사람은 곧 더 부유한 사람이 되는 것, 이는 유토피아처럼 느껴질 만큼 아름다운 일이다.

경제적 풍요보다 고유한 정체성을 더 중요한 자산으로 여기는 사람이 많은 세상이 되기를 바란다. 취향이라는 자산은 획득하긴 어려워도 안정성만큼은 최상이니 말이다. 묵묵히 굳건하게 내 취향을 가꾸다 보면, 그렇게 탄탄해진 세계가 훗날 나를 지탱하는 힘이 되어 줄 것이다.

'진짜 나만의 취향'을
가진 사람은
남들과는 다른 풍경을
만들어낼 줄 아는
사람이다.

MZ세대의

코어 근육 '자존감'

02

연애에도, 취업에도
자존감이 필요하다

시대 감수성을 파악할 때 가장 먼저 들여다보는 작업 원칙이 있다. '-감'으로 끝나는 단어 중 SNS에서 가장 언급량이 많은 키워드는 무엇인지 찾아보는 것이다. 부동의 1위는 **자신감**이다. 이는 아주 오랫동안 가장 언급량이 높은 단어로 자리매김했다. 한편 그 뒤를 따르는 단어의 순위는 엎치락뒤치락하는데, 2017년부터 2위 자리를 굳건히 지키고 있는 키워드는 **자존감**이다. 혼돈의 시대에는 정의감, 예능의 시대에는 예능감의 언급량이 더 높았지만, 2017년 이후 자존감의 언급량은 계속해서 증가하더니 현재는 자신감의 자리를 넘볼 정도다.[9]

2017년 상반기, 밀레니얼세대 여성들의 라이프스타일 트렌드를 살펴보는 프로젝트를 진행하면서 그들이 중시하는

9   바이브컴퍼니, 〈썸트렌드〉, 분석 기간 2017.01.01.~2022.07.31.

'가치관'과 관련한 어휘를 모아 그 추이와 양상을 관찰했다. 그 중 단연 눈에 띄는 키워드는 자존감이었다. 당시 이 단어의 언급량 자체도 많았지만, 언급량의 상승률 또한 무척 높았다. 《자존감 수업》이라는 제목의 책이 꽤 오랫동안 베스트셀러 자리를 유지하고 있었기 때문에 단어 자체에 인플레이션이 일어났을 가능성도 배제할 수 없다. 그러나 그로부터 5년여가 지난 지금까지도 자존감이라는 단어의 언급량은 좀처럼 줄어들 생각을 하지 않고 있다.

이제 자존감은 한때의 인플레이션이 아니라 MZ세대에게 가장 중요한 감각으로 완전히 자리 잡았다. 자존감은 굉장히 많은 영역과 관련이 있다. 연애를 잘하고 싶을 때도, 친구와 갈등 상황에서도, 취업이 안 되어 좌절할 때도, 직장 생활의 갈등 해결을 위해서도 자존감이 필요하다. 입시나 취업처럼 인생의 성패가 달린 문제부터 연애와 인간관계 같은 관계의 문제까지, 자존감은 지금 MZ세대가 가장 빈번하게 언급하는 감각이다. 운동할 때 가장 중요한 것이 기초 체력과 코어 근육이라면 자존감은 정신의 코어 근육이며, 이 마음의 근육으로 정신을 일깨우고 감정을 추스른다.

도대체 자존감이 뭐길래

누군가의 성격을 묘사할 때 MZ세대들이 꼭 언급하는 것 중 하나는 자존감이다. 어떤 사람의 자존감이 높아서 존경스럽고, 그 점을 배우고 싶다는 식이다. 자존감은 이제 생활기록부 속 단골 문구인 '근면 성실하고 부지런하여'처럼, 개인을 설명하는 핵심 요소다.

근면 성실, 부지런함은 출결 기록이나 근태 기록 등 참고할 수 있는 구체적 지표가 있지만 자존감은 그렇지 않다. 같은 사람을 두고 누군가는 그 사람의 자존감이 높다고 말하고, 다른 누군가는 자존감이 높은 게 아니라 자존심이 센 것이라고 말한다. 사랑이나 우정 같은 추상적인 개념이 그렇듯 자존감 역시 그 정의가 사람마다 모두 제각각이다. 중요한 것은 자존감에 대해 스스로 어떻게 정의를 내리는가다. 소셜 미디어상에서 함께 언급되는 단어들을 바탕으로 자존감에 대한 인식을 파악해보면 크게 두 가지 관점으로 요약할 수 있다.[10]

하나는 **마음**, **성취**와 같은 내적 요인이다. 나 자신에 대한 긍정적인 믿음과 확신이 얼마나 있는지가 핵심이다. 성취

10　바이브컴퍼니, 〈썸트렌드〉, 분석 기간 2020.01.01.~2022.07.31.

또는 좌절의 순간에 자신을 어떻게 대면하고 인정하고 격려하는가가 자존감의 높낮이를 결정하는 주요 지표다.

다른 하나는 **상처, 남**과 같은 외적 요인이다. '나를 존중하는 마음'에 타인이 끼어드는 것이 아이러니하다고 생각할 수 있으나, 자존감 이슈에 가장 빈번하게 등장하는 문제는 타인의 공격과 위협으로 자존감이 훼손되는 경우다. 상대방의 무례함으로부터 자신을 지키기 위한 방어막이자, 외부의 평가와 시선 때문에 흔들리지 않도록 받쳐주는 심리적 지지대가 자존감이다. 자존감이란 결국 자신에 대한 의심과 타인의 무분별한 관심으로부터 어떻게 나를 지켜내고 긍정할 수 있는가의 문제인 것이다.

그렇다면 왜 자존감일까? MZ세대에게 중요한 삶의 목표는 자아실현, 즉 간단히 이야기하면 **나만의 스토리**를 만드는 것이다. 협동과 봉사, 헌신과 희생이 아닌 나 자신의 특별함을 바탕으로 한 개념인 자아실현은 수시로 변화하는 교육과정 속에서도 그간 유일하게 변하지 않은 교육 지침이자 가치이다. '우리 개개인은 모두 특별하고 소중한 존재야. 네 마음의 목소리를 들어봐'라고 온 세상이 그들에게 속삭였다. 그들이 자라온 시대의 교육목표는 양보나 협력이 아닌 '다름'과 '나음'이었고, 이것은 '나만의 스토리'를 통해 완성된다.

MZ세대가 생애주기에서 마주한 입학과 입사 관문에서

자기소개의 가장 중요한 요소는 나만의 스토리였다. 대학교에 지원할 때는 '해당 학과에 지원한 나만의 스토리'를, 회사에 지원할 때는 '이 직무를 지원한 나만의 스토리'를 만들어야 한다. 개인 SNS 계정 하나를 운영하려 해도 나만의 콘셉트가 필요하다. 회사에 들어가도 부담은 계속된다. 커리어 관리를 위해 '퍼스널 브랜딩'이 필요하니 나만의 스토리를 만들라고 한다. 내 삶을 재료로 이야기를 만드는 것만도 버거운데, 사회는 그들의 스토리에 점수를 매기려 든다. '그냥 마음이 끌려서', '재능이 있는 것 같아서', '점수대가 맞아서'와 같은 말은 사회에서 높은 점수를 받을 수 있는 정답이 아니다.

MZ세대에게 개인의 고유함과 정체성이 묻어나는 스토리는 내신 성적이나 토익 점수처럼 자신의 '능력'을 증명하는 요소이다. 국문과에 지원하려면 지브리 만화급의 '국어와 사랑에 빠진 서사'가 필요하고, 경영학과에 지원하려면 프티 스티브 잡스 수준의 인생 혁신 스토리가 필요하다. '공부를 하라고 해서 공부를 했는데 왜 공부를 하냐 물으시면…'과 같은 대답은 절대 통하지 않는다.

나만의 스토리가 자산인 시대, 나만의 서사를 정리하려면 자신을 들여다봐야 하는데, 사회 환경은 그 어느 때보다 스스로를 조용히 바라보기에 열악하다. SNS는 나보다 남을 먼저 보도록 강요한다. 너무 많은 '나'가 자신의 스토리를 펼치며 전시한다. 인스타그램을 실행하면 상단에는 내가 팔로우하는 사람들의 실시간 '스토리'가 보인다. 그 아래로는 타인의 피드(게시물)들이 이어진다. 소셜 미디어 플랫폼의 인터페이스는 '나'가 아닌 '타인'의 이야기에 초점을 맞춘다. '소셜' 미디어이기 때문이다. 내 피드를 보려면 굳이 이것저것 버튼을 눌러 찾아가야 한다.

세상은 '너 자신의 특별함을 발견해봐!'라고 외치지만 정작 MZ세대가 부딪힌 현실은 정답을 벗어난 선택에 대해 지나치게 박하다. 구태의연한 가치관을 정상이라며 강요하고, 헌신과 희생을 당연하게 여기는 갑갑한 사회 분위기 속에서 정답지 밖에 발을 디딘 '특별한 나'는 정답을 강요하는 타인의 지적에 상처투성이가 된다. 특별함을 '다름'이라 믿어왔는데 그것을 '틀림'이라 교정하고 지적하는 사회에서 나 자신을 존중하기란 얼마나 어려운 일인가.

MZ세대가 자라온 환경과 실제 직면한 현실은 너무나 다르기에 그들 스스로를 지키는 코어 근육은 계속해서 손실될 수밖에 없다. 매일이 이런 괴리의 연속이기 때문에 자신을 긍정하기 위해 애쓰는, 자존감을 지켜내려는 노력 혹은 발악은 그들에게 자연스러운 일상이다. 그 어느 세대보다 자기 자신에게 관심이 많지만, 그 어느 세대보다 타인과 긴밀하게 연결된 이들. 그래서 MZ세대에게 자존감은 측정하기 복잡하고 관리하기도 까다로운 감각이다.

'자존감 도둑'에 맞서는
'자존감 지킴이'

MZ세대의 자존감 담론에서 또 하나 중요한 것은 자존감을 지키고 높이려는 각자의 방식과 태도다. 기성세대가 타인의 무례를 '다 그렇지 뭐'라며 수용한 것과 달리 MZ세대는 그것을 방관하지 않는다. 내 자존감을 지키기 위해 고군분투를 마다하지 않는 것이다. 이를 잘 드러내는 단어가 바로 **#자존감지킴이**와 **#자존감도둑**이다.

　자존감의 정의에서 살펴봤듯 자존감을 구성하는 다른 한 축은 타인이다. 무례한 혹은 무분별한 타인의 언사로부터 자신을 보호하는 일은 내 자존감을 지키는 일이기도 하다. 애정이나 관심으로 포장하여 타인의 존엄성을 마구 갉아먹는 '자존감 도둑'들의 악행을 MZ세대는 가만히 내버려두지 않는다. "왜 이렇게 예민해?", "까칠하게 왜 그래?" 식의 2차 가해에 대해서도 명확하게 짚어낸다.

　그들이 스스로를 지키기 위해 벌인 크고 작은 투쟁 덕분에, 건강한 예민함이 무례한 관심보다 낫다는 인식이 싹트고 있다. 타인의 외모를 평가하는 것은 옳지 않다는 인식, 타인의 약점에 대해 함부로 이야기해서는 안 된다는 인식 등이 점점 퍼지고 있다. 이런 긍정적 반향은 MZ세대가 자신의 자존감을 지키기 위해 쌓아온 노력의 결과다.

　타인의 자존감을 허무는 '자존감 도둑'에게는 영민하게 대처하고, 주변에 '자존감 지킴이'가 되어주고자 하는 이들이 늘고 있다. 누군가의 장점을 명확하게 칭찬하고 그의 존재 자체를 긍정해주며, 실패나 실수를 사랑으로 감싸안는 온기가 밴 언어 습관이 자존감 지킴이들에 의해 확산되고 있다.

　MZ세대는 그 누구보다 자기 자신을 지키는 데 적극적이다. 화창하게 포장된 이상과 달리 까칠하고 쓸쓸한 현실에 발을 디딘 그들은 아무도 자신의 세계를 지켜주지 않음을 학습했다. 오직 스스로 예민하게 감각하고 저항해야만 자신을 구할 수 있음을 뼈저리게 알고 있다.

　그러니 엄살이라든지 예민하다는 표현들로 그들을 함부로 재단해서는 안 된다. 그들은 건강한 예민함으로 스스로를 돌볼 줄 알고, 조언이나 충고 대신 배려와 사랑의 언어로 타인을 있는 그대로 인정하고자 한다. 자존감 도둑들을 멀리하고 자존감 지킴이가 되기로 다짐한 이들의 사랑스러운 시도가 훼손되지 않고 오래 지속되기를 바란다. 그러기 위해 우리가 건네야 할 것은 타인의 자존감을 지켜주는 따뜻한 시선과 말이다.

자존감은
정신의 코어 근육이며,
이 마음의 근육으로
정신을 일깨운다.

'나'라는 브랜드를

어떻게 가꿀까?

03

더 매력적이거나
더 생산적이거나

'만인은 만인의 소유물이다.' 이는 올더스 헉슬리Aldous Huxley
의《멋진 신세계》속 '신세계'의 사회관을 함축적으로 드러내는
문장이다. 만인은 만인의 소유물이기 때문에 결혼 제도나 관계
의 소유가 허락되지 않는다. 이런 세계가 멋진지는 잘 모르겠
지만, 우리가 살고 있는 이 신세계가 '만인이 만인의 상품인 사
회'임은 분명하다. 제품에 쓰이는 **브랜딩**이나 기계에 쓰이는 **스
펙**이란 말이 인간을 묘사하는 데 사용되고 있는 이 신세계에서
는 만인이 만인의 상품이 되기를 부추긴다.

　　만인의 상품이 된 개인은 스스로를 자본주의적 관점으
로 셈하고 자기 계발에 신경 쓰도록 은연중에 강요받는다. 자
신을 잘 다루고 가꾸는 것은 이 시대의 생존 방식이다. 자신을
잘 팔아야만 살아남을 수 있는 시대이기 때문이다. 인간이 하
던 많은 일을 자동화 기기가 대체하면서, 이제 우리는 기계와
나를 차별화하는 방법을 고민해야 한다. 이는 두렵지만 피할

수 없는 현실이다. 기계를 만드는 인간이 기계와 경쟁하는 아이러니. 이제 우리는 기계보다 더 나은 존재가 되기 위해 나를 다루는 방법에 능통해져야 한다.

그 어느 때보다 '나'에게 민감한 MZ세대는 그 민감함으로 자신을 섬세하게 다룬다. 그들은 '뭉쳐야 산다' 같은 이야기를 들으면서 자란 세대가 아니다. 그들을 길러낸 교육과정은 개개인의 특수성을 강조하며, 각자가 지닌 무한한 가능성을 극대화하는 데 주력했다.

MZ세대는 자기 탐구에 골몰하도록 교육받았다. 그리하여 조직에 대한 헌신이 가장 효율적인 생존법이라고 생각했던 기성세대와 달리 MZ세대는 **나를 찾는 것, 자아를 실현하는 것**을 생존법으로 삼는다. 하지만 실현할 자아가 도대체 무엇인지는 구체적으로 알지 못하기 때문에 자아실현은 브랜딩이라는 모호한 언어에 갇혔다. 이제 그들은 **퍼스널 브랜딩**에 대한 강박을 느낀다.

자아는 나인가? 아니면 나라는 상품인가? 이 섬뜩한 질문에 대한 답은 유예하자. 다만 MZ세대는 크게 두 가지 방향에서 퍼스널 브랜딩을 고민한다는 점을 알아두자. 더 매력적인 사람이 되거나, 더 생산적인 사람이 되거나.

자신을 '매력적'으로 만드는 일은, 스스로 얼마나 외적으로 매력적인지를 드러내는 데 집중하는 일이기도 하다. 퍼스널 브랜딩 서적이나 강의 역시 이쪽에 힘을 싣는다. 브랜딩은 수많은 노동을 포함하지만 그중 매력적인 포장지를 입히는 일의 중요성과 영향력을 간과할 수 없다. 그렇기 때문에 포장지의 고유함과 유별남을 특히 강조한다. 자신만의 시그니처 룩을 찾고, 밝은 표정을 연습하라는 등의 조언과 제안이 뒤따른다.

그런데 아무리 매력적인 포장지를 입혀도 타고나길 매력적인 사람을 이기기란 쉽지 않다. 아무리 열심히 운동을 하고, 좋은 옷을 입고, 근사한 표정을 지어도 선천적으로 타고난 사람의 자산이 더 풍족해 보이는 것은 사실이다. 라이프스타일이나 취미 혹은 취향을 드러내는 것 역시 매력적인 사람이 되는 한 방법이지만 그만큼 돈과 시간을 투자해야 한다.

더 생산적인 사람이 되는 일은 그동안 퍼스널 브랜딩의 영역이 아니었다. 생산적인 인간이 되기 위해서는 자격증을 따고, 어학 점수를 올리고, 원하는 시험에 합격하는 등 목표를 설정하고 달성해야 한다. 소망을 갖고 그것을 이뤄야 한다. 이전까지는, 무언가를 이루기 위해 하는 공부는 그저 묵묵히 해야 할 일이지 밖으로 드러내어 알릴 만한 일이 아니었다. '열심히 사는 일'에 사람들의 관심이 닿지 않았기 때문이다.

하지만 이제는 **생산적 인간**을 보는 관점이 달라졌다. 오히려 그 묵묵함이 셀링 포인트가 된다. 화려한 라이프스타일, 독특한 취향, 이색적 취미와 정반대인, 매일같이 책상 앞에 앉아 시간을 보내는 꾸준한 태도에 관심을 가지는 사람이 많아졌다. 매우 귀한 이 태도가 타인에게 영감을 주기 때문이다. 관심이 화폐인 시대, 생산적인 사람이 되는 일은 그 자체로 나 자신의 생산성을 배가한다.

하루라도 갓생 사는 법

10대들이 자주 가는 게시판에서 화제가 된 글이 있다. '하루라도 갓생 사는 법 알려줄게.' 여기서 #갓생은 열심히 사는 인생을 뜻한다. 쓸모없는 일에 시간을 허비하지 않고 효율적이고 능률적인 하루를 보낸다는 의미다. 자신의 목표를 달성하기 위해 종일 열심히 일하고 운동하고 또 맛있는 밥을 먹고 아주 잠깐 힐링하며 보낸 하루. 목표를 향해 열심히 달려가는 모습을 찬양하는 #갓생살기프로젝트는 많은 사람에게 영감과 자극을 주며, 그 행렬에 동참하고 싶게끔 한다.

갓생은 목표의 언어가 아니라 과정의 언어다. 갓생의 결과는 목표 달성일지 모르지만, 갓생의 가치는 목표를 달성하기 위한 과정에 있다. 매일 열심히 공부하는 과정과 흔적을 모트모트라는 스터디 노트를 통해 공유하거나, 타임 스탬프 앱으로 자신이 일어난 시간을 공유하는 것 등이 갓생의 장면들이다.

생활 습관을 교정함으로써 더 나은 삶을 추구하려는 #**미**
라클모닝도 있다. '미라클 모닝'은 매일 아침 일찍 일어나 하루
에 한 시간만이라도 자신을 위한 시간을 갖는 일이다. 책을 읽
을 수도, 인터넷 강의를 들을 수도, 운동을 할 수도 있다. 코로
나19로 비대면이 일상이 되면서 새벽 5시마다 화상회의 플랫
폼에 모여 서로의 미라클 모닝을 공유하는 모임도 생겼다.

#갓생과 #미라클모닝이라는 선언은 자신의 삶을 주체적
으로 운용하여 스스로 기적을 만들고, 내 인생을 갓생으로 만들
겠다는 의지의 표현이다. MZ세대가 목표를 이루기 위해 얼마
나 열심히 사는지 안다면, 그들이 만드는 #**스터디윗미**, #**공부**
스타그램 같은 콘텐츠가 왜 인기인지를 이해할 수 있다.

운동에너지는 $E_K = \frac{1}{2}mv^2$, 즉 질량(m)에 속력(v)을 곱한
결과이다. 선천적으로 매력을 타고난 사람들도 있고, 타고난
재능으로 남다른 능력을 지닌 사람들도 있다. 그들은 자아가
상품이 되는 시대에 남들보다 유리한 출발선에 서 있는지도 모
른다. 그들의 선천적 자산을 '질량'이라고 한다면 '속력'을 결정
하는 것은 꾸준함과 성실함이다. 매력적인 사람의 에너지를 결
정하는 두 번째 변수는 개인의 노력이다. 다행히 '제곱'이 붙은
값은 속력이며, 그 꾸준함과 성실함은 노력의 배로 보답을 받
는다. 귀하고 기특한 일이며, 심지어 타인에게 부러움보다 영
감을 안겨주니 말이다.

인간이 상품이 된다는 것은 어쩐지 씁쓸한 일이다. '인간은 상품이 아닙니다!'라고 적힌 피켓을 들고 시위라도 하고 싶을 만큼 내게는 잔인하게 느껴진다. 하지만 시대적 흐름은 거스르기 어렵다. 그렇다면 나 자신을 바라보는 관점을 바꿔 상품 대신 작품이 되어보는 건 어떨까? 만인이 만인에게 작품이 될 수 있다면 개인의 존엄성이 오히려 더 잘 지켜지지 않을까 하는 생각을 품어본다.

자기 계발의 꽃이 동기 부여라면, 그중 가장 효과적인 동기 부여 방법은 영감을 주는 사람을 찾는 것이다. 나는 #갓생, #미라클모닝을 실천하는 사람들에게 존경심을 품고 있다. 그리고 나도 더 나은 사람이 되고 싶은 동기와 자극 그리고 영감을 얻는다.

나는 새벽 5시 기상이 체질적으로 불가능한 올빼미형 인간이기 때문에 미라클 모닝보다는 **#판타스틱던** 같은 새로운 용어를 고민해봐야겠다. 어떤 시간대를 살든, 그것을 무엇이라 부르든 꾸준함의 힘을 믿는 사람이 각광받는 이 새로운 조류에 기쁜 마음으로 함께하고 싶다.

만인이 만인에게
작품이 될 수 있다면
개인의 존엄성이
더 잘 지켜지지 않을까?

행복은

디테일에 깃든다

04

하늘 아래
같은 핑크는 없다

푸른색을 좋아하는 예술가는 많지만, 이브 클랭Yves Klein만큼 제 것으로 소화한 작가는 드물다. 이브 클랭은 자신의 이름을 딴 푸른색을 만들고 IKBInternational Klein Blue라는 이름을 붙여 특허를 냈다. IKB의 뚜렷한 색채는 한번 보면 잊을 수 없는 강렬한 느낌과 그에 걸맞은 이름으로 우리에게 각인되었다.

하늘 아래 같은 핑크는 없다. 이미 화장대 서랍 안에 몇 개의 핑크색 블러셔가 있지만 또 다른 블러셔를 구매하고 싶을 때 스스로를 합리화하는 MZ세대의 주문이다. 이런 MZ세대를 겨냥해 최근 많은 브랜드의 **CMF**Color, Material, Finishing 어휘는 섬세함과 창의력을 동력 삼아 발전하고 있다. 솜사탕 핑크, 벚꽃 핑크, 딸기우유 핑크 등 RGB 컬러 숫자 조합보다 다양한 언어의 조합이 핑크의 다채로운 톤과 결을 표현해낸다.

MZ세대의 취향이 고도화하고 섬세해지면서 소셜 미디어상에서 '색조'와 '색감'의 언급량이 모두 증가했다. 색에 관한 사람들의 감식안이 발달한 만큼, 색조와 색감을 표현하기 위해 전보다 훨씬 더 풍부하고 디테일한 언어를 사용하는 것이다.

　　애플은 회색이 아니라 **스페이스 그레이** 색상의 스마트폰을 내놓고, 에뛰드의 갈색 아이섀도는 **시럽 빼고 테이크아웃, 꼬숩게 구운 아몬드, 200년 된 초코 가게**로 세분화되어 있다. 이쯤 되면 브랜드들이 컬러 자체보다 작명에 더 열을 올리고 있는 것 같다. 일면에서는 이를 마케팅의 농간이나 상술이라고 비난하기도 하지만, 우리가 일상에서 접하는 언어가 입체적이고 생생해진다는 측면에서는 긍정적인 현상이다. 이렇게 우리의 기호와 취향과 관련한 다양한 영역들이 점점 더 구체적인 단어로 채색되고 있다.

'구수한 윈두'와
'에티오피아 내추럴 윈두'의 맛 차이

자신의 남다름을 표현하고자 하는 욕구가 강한 MZ세대에게 무난함은 곧 게으름이다. 튀지 않는 것을 추구할 수는 있지만, 특색 없는 것에 애정을 느끼기란 쉽지 않다. '평범한 것에서 위대함을 찾아내는 나'라든가, '평범하고 소소한 일상을 특별하게 생각하는 나'는 매력적이지만, '평범함 그 자체가 좋은 평범한 나'는 있을 수 없다.

수많은 파란색 중에 내가 가장 좋아하는 파란색을 골라내는 것, 내가 좋아하는 파란색에 대해 세밀한 언어로 말하는 것은 자아실현의 욕구와 연결된다. 취향으로 세계관을 일구는 일이 자아실현의 큰 줄기인 이들에게, 자신의 줄기에서 뻗어나갈 가장 싱싱한 언어를 고르는 일은 너무나 중요한 문제다.

특유의 디테일이라는 말은 좋은 브랜드를 묘사할 때 따라붙는 표현이다. 특유의 디테일을 가진 브랜드, 특유의 섬세한 면모를 가진 것들이 사랑받는 이유는 그것을 통해 디테일을 알아볼 줄 아는 나 자신의 남다름을 증명할 수 있기 때문이다. '평범하지만 ~한', '무난하지만 ~한' 것들을 걸러내는 촘촘한 그물망을 지닌 사람들은, 그 촘촘한 간격을 통과할 수 있을 만큼 뾰족하고 뚜렷한 언어를 발굴하여 사용한다.

어떤 영역에 대한 사람들의 관심과 사랑이 깊어지면 그 영역과 관련한 언어가 풍부해지고 다차원이 된다. 특히 취향과 기호의 영역에서는 그와 관련한 어휘의 풍성함이 그 세계에 대한 애정의 크기와 비례한다.

구수한 원두라고 말하는 것과, **구운 마시멜로와 그레이엄 크래커 맛이 나는 농염한 원두**(커피 체인점 블루보틀의 테이스팅 노트 중 일부다)라고 말하는 것의 차이는 커피를 대하는 태도의 온도 차를 보여준다. 우열의 문제가 아닌 표현력의 차이겠지만 우리는 후자의 표현을 더 연구해야 한다. 다양한 취향을 지닌 사람들과 간편하게 소통하기 위해 '쉽게 말해 구수한 커피예요'라고 말할 수도 있다. 하지만 구수함의 층위와 그 세세한 결을 구분할 줄 아는 사람에게는 읽기만 해도 향과 맛이 고스란히 느껴지는 테이스팅 노트가 필요하다. 취향과 상황에 맞는 커피 원두를 고를 줄 아는 것뿐만 아니라 가장 적확한 언어로 표현까지 할 줄 아는 힘을 요구하는 시대인 것이다.

소셜 미디어상에서도 해를 거듭할수록 '원두'에 대한 언급 양상이 달라지고 있다. 점점 더 구체적으로 원산지를 이야기하고 더 다채로운 맛과 향을 논한다. 이전에는 **구수한 원두** 정도였던 표현이 **에티오피아 내추럴 원두**처럼 디테일해졌다.

특히 MZ세대는 자신의 취향과 기호를 더 이상 '쉽게 말해서'로 퉁치고 싶어 하지 않는다. 내가 원하는 것, 내가 좋아하는 것에 관해서라면 혼란과 모호함을 최소화하고 입체적인 언어로 묘사하고 싶어 한다. 그 묘사가 4D 영상의 생생함에 비견하려면 언어 역시 4D급으로 선명해야 한다.

원두나 와인 같은 기호 식품에 관한 취향일 수도, 인테리어나 패션 같은 심미적 영역에 관한 취향일 수도, 영화나 웹소설 같은 콘텐츠에 관한 취향일 수도 있다. 만약 당신이 웹소설을 좋아한다면, 당신의 취향은 **여주후회물**인지 **걸크러시물**인지 **회빙환**(회귀물·빙의물·환생물)인지 구체적으로 말할 수 있을 것이다. 그리고 플랫폼의 작품 소개란에서 **가족후회물**인지 **힐링물**인지를 따져보며 자신에게 딱 맞는 작품을 찾아 헤맬 것이다. 내 취향과 가장 비슷한 설명 글이 달린 작품이 그렇지 않은 작품보다 더 매력적으로 느껴지기 때문이다.

디테일은 애정이다

자신이 좋아하는 것들에 대해서 무엇보다 자세히 그리고 정확히 말하고 싶어 하는 욕구는 세대를 초월한다. 인테리어에 관심이 많은 사람은 **북유럽 인테리어**라는 말을 들으면 잠시 멈칫한다. '북유럽풍'으로 통용되는, 아늑하고 따스한 느낌과 자연주의적 소재를 사용한 인테리어라는 '공통 스타일'이 존재하는 것은 사실이다. 하지만 구체적으로 뜯어보면 그저 북유럽풍이란 단어 하나로 묶기에는 꽤 다른 점들이 존재한다.

북유럽도 스웨덴, 핀란드, 덴마크 등 나라마다 디자인의 결이 다르고, 각국을 대표하는 디자이너와 브랜드의 철학 또한 차이가 있다. 핀란드 건축가 알바 알토Alvar Aalto, 덴마크 건축가 아르네 야콥센Arne Jacobsen처럼 각 국가를 대표하는 디자이너들의 컬러 팔레트에 담긴 색감과 질감 그리고 명도는 모두 다르다.

디테일한 표현을 쓰는 브랜드는 언제나 사랑받는다. 에뛰드가 색조 화장품의 이름을 독창적이고 세세하게 명명해 시선을 끌었던 것처럼, 커피 원두에 대한 설명이 점점 더 구체적으로 진화하고 있는 것처럼, 사람들은 자신만의 섬세한 언어를 지닌 브랜드를 좋아한다.

막연히 어떤 스타일이나 장르를 동경하는 수준에 머무르지 않고, 나만의 취향과 안목을 갖추기 위해 시간과 애정을 쏟아 자신의 단어장을 빼곡히 채우는 일은 오랜 노력의 결과물이다. 그 노력의 결과로 구체적이고 해상도 높은 언어를 구사할 수 있게 된다면, 그 언어가 도달한 해상도가 곧 애정의 척도라 할 수 있다.

누군가가 사용한 섬세한 표현에 마음이 이끌리는 것은 어쩌면 인간의 본능일지도 모르겠다. 애정은 그 자체로 많은 것을 설득하고, 정성은 깊을수록 사람들에게 더욱 잘 전달된다. 애정과 정성이 담긴 표현은 그 대상을 사랑하는 사람들을 설득하고 사로잡을 수밖에 없다.

세밀한 언어를 쓰면
구체적으로 행복해진다

디테일한 표현의 또 다른 장점은 오해를 최소화한다는 점이다. 오해의 여지가 줄어든 만큼 배려의 영역은 넓어진다. **나는 버터 한 방울 들어간 노란색을 좋아해**라는 말을 찰떡같이 알아듣는다면 그 사람이 좋아하는 색상의 장미꽃을 선물할 수 있다. 구체적인 언어를 공유할수록 특히 서로 많이 사랑하는 사이다. 같은 맥락에서, 촘촘한 눈금으로 세상을 묘사하고 다름을 선명히 인식할수록 서로를 배려하는 선진 사회에 가까워질 수 있다.

까탈스럽고 예민한 진화라 할지라도, 나는 이런 언어의 진화가 계속 이루어져 모든 사람이 자신이 가장 좋아하는 색을 구체적인 언어로 이야기할 수 있기를 바란다. 누구든 자신이 좋아하는 것을 섬세하게 표현하는 일에 주저하지 않았으면 좋겠다. '그냥 대충'이라고 퉁치지 않고, '아무거나'라고 말하지 않고, '○○스타일'이라고 뭉툭하게 말하지 않으면 좋겠다. 세상의 질감과 명도를 자신만의 언어로 조각할 수 있는 사람, 섬세하게 표현하고 싶을 만큼 사랑스러운 것들이 많은 세계가 되기를 바란다.

나에게는 **헌터 그린**이라는 색상의 의자가 있다. 그 의자를 떠올릴 때마다 그 색상의 이름이 얼마나 아름다운지 실감한다. '19세기 사냥꾼이 입었던 옷의 색상'이라는 설명 때문일까? 헌터 그린이라는 이름을 들으면 구체적인 풍경이 그려진다. 회색 벽돌로 지은 오래된 고성이 있는 영국 시골 마을에서 바버 재킷을 입고 버섯을 따러 나갔다가 마주치는 풍경이 바로 헌터 그린 같은 게 아닐까. 이런 생각을 하면 그 의자에 대한 애정이 한층 더 각별해지고, 마음에 사랑이 머무르는 동안 자연스레 행복감도 더 커진다.

4D 영상의 생생함에
비견할 정도로
묘사하려면
언어 역시 4D 급으로
선명해야 한다.

편집 다

꾸미는 사람들

05

내가 붙인 스티커가
나를 말한다

재택근무와 외부 미팅이 잦은 우리 팀원들은 항상 노트북을 들고 출퇴근을 해야 해서 시중에 나온 노트북 중 가장 가벼운 LG전자 그램을 애용한다. 모두가 같은 기종의 노트북을 쓰지만 다들 각자의 노트북을 쉽게 찾는다. 노트북에 붙인 스티커로 서로의 것을 구별할 수 있기 때문이다.

"겉만 보고 속을 판단하지 마라Don't judge a book by its cover"라는 속담이 있지만, 나는 종종 누군가의 노트북에 붙은 스티커로 그가 어떤 사람인지 추측한다. 스티커를 붙이지 않은 노트북은 그 자체로 소유자를 표현한다. 학창 시절 교과서와 공책 심지어 실내화까지, 소지품에 이름을 써 붙이던 견출지 같은 것이다. 좋아하는 그림, 브랜드, 디자인의 스티커는 그 사람의 이름표 역할을 한다.

코로나19 대유행이 시작된 2020년, 교보문고 핫트랙스 온라인 몰의 스티커 판매량이 8배 증가했다. 다이어리 및 플래너 매출액은 전년 대비 약 2배가 늘었다.[11] 코로나19로 집에 머무는 시간이 많아지면서 취미생활로 다이어리를 꾸미는 사람이 늘었기 때문이다.

소셜 빅데이터상에서 다이어리 꾸미기, 일명 #다꾸의 언급량은 2016년부터 꾸준히 증가했다. 2020년에는 2016년 대비 60배 이상 언급량이 증가하며 폭발적으로 성장했다.[12] 다꾸 열풍을 주도하고 있는 이들은 다름 아닌 Z세대다. 인터넷이 없는 세상을 한 번도 살아본 적이 없는 Z세대들이 손글씨를 쓰고 스티커를 붙이고 좋아하는 그림을 인쇄해서 마스킹테이프로 붙여가며 다이어리를 꾸민다. 1970~1980년대생도 학창 시절 다들 다이어리 꽤나 꾸며봤겠지만 Z세대와 그들의 가장 큰 차이는 **템빨**의 유무다. Z세대는 다꾸를 위한 최적의 아이템을 다양하게 구매하고 심지어 자체 제작하기도 한다.

다꾸의 핵심은 '다이어리'가 아니라 '꾸미기'다. 텍스트보다 비주얼이 압도적으로 중요하다. 종이를 자르는 데 최적화된 가위로 스페인의 인테리어 잡지 《아파르타멘토*Apartamento*》를 정성스레 오리고(우리 돈으로 3만 원이 넘는 고가의 잡지인데, 이

---

11 김미리, 〈'다꾸'를 아시나요… 코로나 속 다이어리 판매 급증〉, 《조선일보》, 2021. 01.02.

12 바이브컴퍼니, 〈썸트렌드〉, 분석 기간 2016.01.01~2022.07.31

잡지만의 자연스럽고 빈티지한 분위기와 특유의 종이 질감을 좋아하는 사람들이 꽤 있다), 마스킹테이프로 영역을 구분하고, 오랫동안 모아온 스티커를 핀셋으로 하나하나 떼어 붙이고, 예쁜 떡메모지(포스트잇과 달리 접착력이 없는 메모지로, 다양한 디자인이 포인트다)에 손글씨로 하루하루를 기록한다.

다꾸에 더 '진심'인 사람들은 마커펜으로 그림을 그리고, 형광펜 농도를 조정하여 타이틀 텍스트에 효과를 주고, 그 위에 글리터를 바르고, 직접 디자인한 다양한 스티커를 상황과 테마에 맞게 붙이며, 스마트폰으로 찍은 사진을 인화하여 붙이기도 한다. 마치 잡지의 한 페이지 같은, 내 미학과 감수성으로 가득 찬 나만의 무드보드를 완성하는 것이다.

마스킹테이프는 **마테**, 떡메모지는 **떡메**, 인쇄소 스티커는 **인스**(칼선이 있는 일반 스티커와 달리 개인이 인쇄소에서 인쇄하여 칼선이 없는 스티커를 뜻하며, 다양한 디자인을 저렴한 가격에 살 수 있다)라고 줄여서 부른다. 대부분 이것들을 낱개로 구매하는데, 다양한 아이템이 담겨 있는 **랜덤팩**도 있고, 《이치고 신문 いちご新聞》(캐릭터 브랜드 산리오에서 발행하는 월간지)처럼 캐릭터의 최신 정보와 스티커를 동봉한 잡지도 있다.

그 밖에도 **글리터, 컨페티** 등등 다양한 아이템이 있는데, 아이템의 종수가 많아질수록 꾸미기 레벨이 높아진다고 할 수 있다. 마테, 떡메, 인스 같은 단어가 무엇인지 궁금해서 찾아보다 보면 나도 모르게 각종 다꾸 용품을 장바구니에 수북이 쌓아버리고 만다. 아참, 다이어리가 없으니 다이어리도 같이 주문해야겠다.

화려한 다꾸 아이템들을 어떤 매뉴얼도 없이 획획 오리고 붙이는 금손 유튜버의 **다꾸 영상**을 보고 있노라면, 타인의 다이어리를 엿본다는 죄책감은커녕 화려한 조리 과정을 지켜보듯 절로 감탄이 나온다. 조만간 요리경연대회처럼 다꾸경연대회가 열릴지도 모를 일이다.

나만의 미학으로
꾸미는 세상

MZ세대가 꾸미는 것은 다이어리만이 아니다. 스마트폰을 꾸미고(**폰꾸**), 폴라로이드 사진을 꾸미고(**폴꾸**), 플래너를 꾸미고(**플꾸**), 방을 꾸미고(**방꾸**), 내 방 벽도 꾸민다(**벽꾸**). 이들은 어떤 공간이나 대상을 꾸미는 행위를 ○꾸라고 줄여 말한다.

특히나 Z세대에게는 '꾸미기'라는 행위가 무척 익숙하다. 내 방, 작은 책상, 손바닥만 한 스마트폰, 스마트폰보다 훨씬 작은 에어팟 케이스 등 면적의 크기와 상관없이 자신에게 주어진 모든 '면'에 스티커를 붙이고, 좋아하는 포스터를 걸며,

전용 조명을 설치하고, 예쁜 액자를 세워둔다. 나만의 공간을 가장 나답게 꾸미려는 것이다. 이들이 이렇게 꾸미기에 진심인 이유는 꾸미는 대상에 자신만의 미학적 감수성을 자유롭게 표현할 수 있기 때문이다. 내 취향으로 꾸민 다이어리, 스마트폰, 책상은 그 자체로 나를 표현한다.

모든 꾸미기에서 가장 중요한 것은 '콘셉트'와 '테마'다. 빈티지, 레트로, 클래식, 하이틴, 큐트, 심플 등등 시기마다 인기 있는 꾸미기 스타일이 있고, 각각 추구하는 색감과 미학이 따로 존재한다. 스티커를 하나 사더라도 '빈티지 스타일 스티커'를 구매할지, '하이틴 감성 스티커'를 구매할지를 고심하며 엄격하게 선택한다. 취향에 맞는 일러스트 작가를 검색하고 그 작가가 만든 스티커를 구매해서 자신만의 작은 세계를 만들기도 한다.

이들의 세계에는 자신만의 규칙이 있다. 다꾸 유튜버 로즈하Roseha는 다꾸 방법과 함께 자신만의 필법을 구독자들에게 공유한다. 예를 들어 'ㅇ' 자는 동그라미를 최대한 동그랗게 그리고, 'ㄹ' 자는 절대로 흘려 쓰지 않고 위아래 간격이 동일하게끔 쓰는 식이다.

사람마다 옷 입는 방식, 방 꾸미는 방식이 모두 다르듯 다꾸 역시 자신의 개성을 반영하고 표현할 수 있는 영역이다. 나를 표현하는 방식에 주목하는 Z세대에게 다이어리란 내 몸이

나 내 방과 같은 차원이다. Z세대는 나만의 영역에 자신의 미학을 끊임없이 이식하며 개성을 꽃피운다.

스티커는 사랑을 싣고

'현대백화점 더현대 서울'의 지하 2층은 MZ세대를 겨냥한 공간이다. 그곳에는 나이키와 아디다스 같은 스포츠 브랜드부터 각종 편집숍과 비건 화장품 매장 등이 자리하고 있다. 그중에서도 항상 사람들로 북적북적한 매장이 있다. '포인트 오브 뷰 Point of View'라는 문구 편집숍이다. '자신의 관점으로 기록하는 사람들을 위한 브랜드'라는 콘셉트의 이 편집숍은 성수동의 핫플레이스로 이미 유명했는데 더현대 서울에 2호점을 냈다.

고가의 양품이 가득한 백화점 안에서도 이곳은 늘 MZ세대로 인산인해를 이룬다. 디자이너 브랜드의 멋진 조명과 단단하고 고급스러운 목재 집기가 우아한 자태로 매장을 채우고 있다. 나뭇결이 멋스러운 원목 진열대에는 개당 1,200원짜리 스티커들과 3,000원짜리 형형색색의 마스킹테이프들을 정성스럽게 모셔놓았다. 그 위층의 진열대에 놓여 있는 수백만 원짜리 명품 가방과 1,200원짜리 스티커의 심적 효용은 크게 다르지 않다.

다꾸를 단지 10대 아이들의 소꿉장난처럼 여기는 시선도 존재하지만, 이것은 단순한 놀이가 아니다. 다꾸는 새로운 세대가 다양한 도구를 활용하여 지면을 꾸미고 가꾸는 기록의 방식이다. 이 새로운 기록 방식을 잘 들여다보고, '꾸미기'의 행위가 어디까지 확장됐는지 그리고 어떤 도구와 재료를 사용하는지, 여기서 어떤 언어가 탄생했는지 등을 관찰할 필요가 있다. 우리는 언제나 '기록'하는 사람들이고, 모든 '기록물'을 아름답게 꾸미려는 의지는 시대와 세대를 초월하여 이어진다.

무언가를 꾸미고 싶은 마음은 사랑과 애정에서 출발한다. 남에게 잘 보이기 위한 꾸밈이 아니라 내 것을 아끼는 마음이기에 자연스럽게 그것에 대한 정성으로 이어진다. 정성은 스티커를 붙이는 일, 걸레질하는 일, 꽃을 심는 일 등으로 구체화된다. 스티커를 붙일 대상이 생겼다는 것은 애정하는 대상이 하나 더 늘어났다는 말과 같다. 다꾸에 진심인 이 세대가 계속해서 무언가를 꾸미며 자라난다면, 먼 훗날 '소중히 여기다'를 의미하는 숙어로 **스티커를 붙이다**와 같은 표현이 쓰일지도 모른다.

소중한 사람에게 편지를 쓸 때 내가 가장 중요하게 생각하는 부분이 있다. 편지를 다 쓴 뒤 봉투를 봉할 가장 적합한 스티커를 고르는 일이다. 편지를 받을 사람이 좋아할 만한 스티커를 상상하면서 (아깝고 아쉬운 마음을 꾹꾹 누르며) 봉투의 정중앙에 스티커를 붙이는 행위는 내게 커다란 애정의 증표다. 봉투의 입구를 지키고 선 귀여운 곰돌이 스티커가 내 마음을 생생하게 전해주기를 바라는 마음, 그런 사랑스러운 마음이 유행이라니 여기에 동참하지 않을 이유가 없다.

우리는 언제나
'기록'하는 사람들이고,
모든 '기록물'을
아름답게 꾸미려는 의지는
시대와 세대를 초월하여
이어진다.

'이름'을 따라서

09

이름이 동사가 될 때

동사로 쓰이는 '이름'이 있다. 스웨덴 최고의 축구 스타이자 2012~2016년 파리 생제르맹에서 활동하던 당시 신들린 퍼포먼스로 신드롬을 일으킨 즐라탄 이브라히모비치Zlatan Ibrahimovic의 이름은 스웨덴 국어사전에 명사가 아닌 동사 겸 형용사로 등재되어 있다. 즐라타네라Zlatanera, 즉 **즐라탄하다**의 뜻은 크게 세 가지이다. '성공하다, 완전히 쐐기를 박다', '산산조각 내다', '죽여주다'[13]의 의미를 지닌다. 한 인물이 위대한 업적을 냈을 때 그 이름 자체가 동사로까지 확장되는 대표적인 예다.

　　우리에게도 즐라탄처럼 동사가 된 이름이 있다. 그 이름은 **손민수**이다. MZ세대에 대한 리포트를 읽어본 적이 있다면 이 이름을 한 번쯤 들어봤을 것이다. 손민수의 동형사인 **손민**

13　허승, 〈'즐라타네=죽여주다' 이름으로 신조어 만든 즐라탄〉, 《한겨레》, 2012.12.12.

수하다는 누군가를 똑같이 따라 한다, 특히 따라 샀다는 의미로 사용하는 표현이다. 손민수란 인물은 축구 스타도, 천만 관객 영화의 주인공도 아니다. 드라마로도 방영한 인기 웹툰 〈치즈 인더트랩〉 속 캐릭터의 이름이다. 심지어 주인공도 아닌 주변 인물인데, 극 중 그녀가 주인공을 교묘하게 따라 하는 에피소 드에 많은 사람이 공분했다. 소름 끼치고 기괴하지만, 주변에 서 한 번쯤 본 것 같은 인물이어서 이 캐릭터가 흥했을 것이다.

손민수는 단순히 캐릭터에 그친 것이 아니라 그 자체로 '누군가를 따라 하는 행위'의 대명사가 되었고, 점점 더 많은 사 람이 손민수에 '하다'를 붙여 동사로 사용하기 시작했다. '손민 수하다'는 이제 누군가의 물건을 그대로 따라 사는 행위의 대 표적인 밈이자 숙어로 통용된다.

손민수라는 인물은 기괴하지만 '손민수하다'라는 표현 의 뉘앙스는 그렇지 않다. '따라 한다'라는 행위가 과거처럼 맹 목적으로 누군가를 복제하는 데 머물지 않기 때문이다. 친구가 추천한 두피에 좋은 샴푸, 인스타그램 랜덤 피드에 뜬 낯선 사 람이 입고 있던 스웨터, 브이로그 속 맛있어 보이는 브런치 등 우리는 그게 무엇이든 정보만 있다면 기꺼이 따라 소비한다. 그러나 '손민수하다'라고 말하는 대상은 이와는 조금 다르다. 내가 좋아하지 않는, 별 관심 없는 사람이 쓰는 제품을 따라 사 는 것을 '손민수하다'라고 말하지 않는다. 손민수하는 조건은 애정이다. 좋아하는 사람이 쓰는 제품을 따라 사면서 그 사람과의 관계 맺음을 시도하는 것이다.

그래서 손민수하는 대상은 높은 확률로 아이돌과 같은 우상이다. 내가 좋아하는 아이돌이 착용하거나 사용한 제품을 말 그대로 '따라 사는 행위'는 음반을 사는 행위보다 더 친밀한 애착을 느끼게 한다. 그들이 팬들과 소통하는 실시간 라이브 방송에서 우연히 언급한 세제, 편하게 입고 나온 목 늘어난 잠옷, 즐겨 착용하는 안경 등을 손민수하는 것은 단순히 물건을 사는 행위가 아니라 그 사람과 관계를 쌓는 행위이며, 공식 굿즈를 사는 것과는 또 다른 맥락의 이야기다.

'손민수하다'의 핵심은 '사다'에 있지 않고 '따라 한다'는 행위에 있으며, 그것은 곧 대상에 대한 애정과 관심의 표현이라고 할 수 있다. 배우 김태리가 본인이 출연한 작품들의 촬영지를 여행하는 브이로그 영상이 공개되자, 팬들은 영상 속 그녀가 입고 먹고 들고 다닌 모든 것을 '손민수템 리스트'로 작성하여 공유했다. 최저가로는 헤어롤과 과자에서부터 최고가로는 수백만 원이 훌쩍 넘는 카메라까지, 저마다 여력이 되는 대로 그녀를 손민수하며 교감을 시도하는 것이다.

대중매체 속 연예인에 이어 소셜 미디어 속 인플루언서들 역시 손민수의 대상이다. 인플루언서가 입고 먹고 마시는 모든 것에 대한 정보를 원하는 시대이니 그들을 손민수하는 게 놀라운 일은 아니다. 재미있는 점은 내돈내산이든 협찬이든 선물이든 손민수하는 물품에 경계가 없다는 것이다. 인플루언서가 직접 구매한 제품이 아니더라도, 그가 선물받은 제품을 좋아하고 즐겨 사용하는 모습이 공감을 얻는다면 **#손민수템**으로 등극한다.

새로운 시대의 입신양명

#손민수템은 단순한 소비 행위에 머물지 않고 놀이 개념으로 확장 중이다. 인플루언서들은 자신의 심미안이나 경험 등을 반영하는 고유한 해시태그를 만들고 다른 사람들도 그것을 쓰도록 독려한다. 그리고 그 해시태그로 엮인 세계 안에서 자신들만의 새로운 연대를 구축한다.

예로부터 입신양명을 강조하는 조상의 가르침을 받아온 우리에게는 널리 이름을 알리는 것이 생명인 인플루언서의 DNA가 더 진하게 새겨져 있을지도 모른다. 이름을 알리는 일은 우리에게 비장하면서도 숭고한 행위다. '김영모 과자점'이나 '백종원의 만능 양념장 소스', '이연복의 목란 짬뽕'처럼 이름을 걸고 무엇을 한다는 것은 자부심과 책임을 동반하는 일이다.

그러나 최근에 와서 이름을 걸고 하는 일은 하나의 놀이

이자 챌린지로 변주되고 있다. MZ세대가 특히 열광하는 라이프스타일 브이로거 오눅onuk의 경우 자신의 레시피에 **#눅시피**라는 이름을 붙여 브이로그를 통해 공개한다. 그녀의 브이로그에는 소박하지만 감각적이고 트렌디한 레시피로 요리하는 장면이 빼놓지 않고 등장한다. 영상이 공개된 뒤 각종 SNS에는 #눅시피 해시태그를 달고 그녀의 레시피를 손민수한 스토리와 피드 들이 올라온다. #눅시피 해시태그를 다는 순간 단순히 인터넷에서 보고 따라 한 요리가 즐거운 놀이로 변신하며, 브이로그를 시청한 팬들의 새로운 리추얼ritual이 되기도 한다. 인플루언서를 애정하는 마음으로 그것을 기꺼이 요리해보는 사람들과 교감하면서, 이 매력적인 레시피를 다른 사람들에게도 적극 추천하는 것이다.

누군가를 따라 하는 것은 부끄러운 일도, 자존심이나 취향이 없어서도 아니다. 이들은 오히려 취향이 뚜렷하기 때문에 내가 누구를 좋아하는지 명확히 알고 있고, 그를 따라 함으로써 자신의 취향을 인증한다. 이것이 내 취향을 드러내는 새로운 방식임을 알고 즐기는 것이다. 인플루언서를 필두로 같은 취향을 공유하는 사람들끼리 새로운 정보를 공유하고 손민수하며 소통하는 것은 MZ세대의 새로운 놀이 문화다.

패션 인플루언서 소쟌sojeanne은 자신이 입고 먹고 써본 것들 중 추천할 만한 제품에 **#소쟌픽**이라는 해시태그를 붙인다. 수익금이 그녀에게로 가는 것들은 따로 표시하지만, 대부분 대가 없이 자신이 실제로 써보고 추천하는 제품들이다. 300만 원짜리 프라다 가방에서부터 콩가루, 얼룩 제거제, 니플 패치, 1,000원짜리 아이스크림 등 종류가 매우 다양하다.

　해시태그의 신뢰성과 흥행성은 인플루언서와 팔로워들이 함께 만든다. 광고나 협찬의 출처를 투명하게 공개하는 것, 실사용했다면 내돈내산임을 인증하는 것, 가장 적절한 타이밍에 적확한 해시태그를 사용하는 것 그리고 무엇보다 제품의 효용과 효능에 대한 좋아요 수와 '인증글'의 누적이 신뢰성을 보장한다. 조용히 따라 사고 끝날 수도 있는 일이지만, 그 소비를 인증하는 매력적인 해시태그가 존재한다면 소비는 '챌린지'로 진화한다.

　인플루언서를 믿고 소비 행렬에 동참한 사람들은 손민수처럼 교묘하기는커녕 당당하고 자신 있게 '따라 샀어요!'라고 말한다. 마치 친구가 추천한 복숭아를 먹고 사진을 찍어 '최고야!'라고 카톡방에 말하듯, 일면식도 없는 인플루언서를 향해 인증을 남긴다. '덕분에 잘 샀다'라는 고마움의 표현이기도, '당신은 역시 나랑 취향이 비슷하다'라는 공감대이기도, '다른 분들도 망설이지 말고 사세요'라는 독려이기도 하다. MZ세대는 이 열렬한 소비 행렬로 인플루언서에 대한 애정과 공감의 교집합을 표현하면서 새로운 소비문화를 창조하고 있다.

누군가가 나를 모방할까 두려워 정보를 공개하지 않는 것은 고루한 방식이다. 나를 따라 하는 사람들을 지나치게 의식하여 정보를 독점하고 숨기는 것은 '하수'다. 나의 감식안을 바탕으로 한 선택에 이름을 붙여 브랜딩을 꾀하고, 누구든 즐겁게 동참할 수 있도록 '판을 깔아주는' 역할이 '고수'의 선택이다.

내 취향과 안목이 반영된 콘텐츠에 자신만의 해시태그를 붙여 소통하다 보면 언젠가 여기에 공감하는 사람들이 모여들 것이다. 누군가가 나를 손민수하면 할수록 내 고유성이 닳기는커녕 오히려 선명해져서 세상에 더 많은 영향력을 펼칠 수 있다. 영향력이 큰 개인의 계정은 하나의 독립적인 플랫폼으로 작동한다. 그 플랫폼 안에서 어떤 활동을 꾸미고 또 어떤 이벤트를 기획할지 결정하는 것은 전적으로 계정주의 몫이다.

그림을 보는 안목이 남다르다고 생각한다면 #○○의취향과 같이 해시태그를 만들어 자신이 좋아하는 그림들을 꾸준히 아카이빙하면 된다. 아카이브 내용에 공감하며 그 해시태그를 사용하는 사람이 많아질수록 내 취향의 가치를 인정받게 된다. 그러다 보면 언젠가 우리의 이름이 또 다른 동사로 쓰일지도 모른다. 개인의 이름이 플랫폼이 되는 시대, 이것은 새로운 의미의 입신양명이라 할 수 있다.

주말은

'전체 공개'가 아닙니다

07

워크와 라이프 사이

"어떻게 그런 질문을 하지?" 이는 경계 없이 훅 들어오는 질문, 사생활의 영역을 가차 없이 침범하는 언어 폭격을 받은 사람들이 토로하는 고충이다. 사생활의 경계를 설정하는 태도는 모두 제각각이지만, 우리 사회가 공적 영역과 사적 영역의 경계를 또렷하게 구분하며 사적 영역에 더 높은 가치를 부여하는 방향으로 나아가고 있음은 확실하다.

한편에서는 말한다. **"요즘 애들은 정이 없어."** 자주 들어본 말일 것이다. 내가 보건대 요즘 애들이라고 정이 없지 않다. 정은 세대별 특징이 아니라 인간이 지닌 보편적 성정이기 때문이다. 모르는 사람에게 초코파이를 불쑥 건네거나, 비를 맞고 있는 사람에게 따뜻한 커피를 건네지 않는 이유는 정이 없어서가 아니다(낯선 사람이 음식을 주면 무얼 타진 않았는지 의심할 수밖에 없는 세상임에 모두가 공감할 것이다). 다만 정을 전하는 방식과 대상이 달라졌을 뿐이다.

불특정 다수에게 불쑥 건네는 온기가 정이라 불리던 시

대는 지났다. 우리는 서로 너무나 다른 존재이기에, 누군가는 낯선 이의 온기를 부담으로 느끼고 또 누군가는 낯선 이의 관심을 사적 영역의 침범이라고 생각한다.

30년간 직장 생활을 하고 은퇴한 선배에게 이런 질문을 한 적이 있다. "그동안 워라밸 관리를 어떻게 하셨어요?" 돌아온 답은 심플했다. **"라이프가 어딨어? 그냥 워크만 있었어."** 인생에 워크만 존재한다고 믿었던 그 시절 우리네 삶의 모습은 지금보다 훨씬 비슷비슷했다. 비슷한 살림, 비슷한 사고방식을 가진 채 고만고만한 삶을 살아가며 서로 많은 부분을 공감하고 의지했다.

우리 삶이 다 고만고만하다고 믿어온 사람들은 자신의 생활을 잘 공개하지 않는 사람들을 매정하다고 생각할 수 있다. 오픈 토스트처럼 자신의 모습을 있는 그대로 보여주는 데 익숙한 사람들은, 크레이프 케이크처럼 겹겹의 속을 숨긴 채 보여주지 않는 사람들을 정 없고 야박하다고 여길 것이다.

그러나 이제 우리에게는 라이프가 있다. 퇴근 후 제2의 삶이 존재하고, 절대 침범당하기 싫은 주말이 있으며, 제아무리 대통령의 전화라도 받기 싫은 휴가가 있다. 공적 영역과 거리를 두고 싶은 나만의 소중한 라이프가 존재한다. 이 라이프는 무수히 많은 겹겹으로 쌓여 있기에 단순히 이분법적으로 워크와 라이프를 나눌 수 없다. 가족생활, 친목생활, 취미생활 등 다양한 사생활이 포개져 개인을 구성하기 때문이다.

한편에서는 **정이 없다**고 말하고 다른 한편에서는 **무례하다**고 말한다면, 정이 넘치는 누군가가 영역 경계가 분명한 사람의 라이프 영역을 침범했을 가능성이 높다.

공계와 비계, 공개 설정의 귀재들

MZ세대는 자신만의 '공간'을 무한히 만들어낸다. 서울 아파트의 평균 시세가 10억 원을 돌파했다지만 그 10억 원이 없어도 '나만의 공간'은 어디에든 지을 수 있다. 내가 좋아하는 것들에 대한 게시물만 올리는 인스타그램 비공개 계정, 사회생활을 하기 위한 목적의 인스타그램 공개 계정, 경력 관리를 위한 브런치 계정, 덕질 생활을 위한 트위터 계정, 일상을 기록하는 블로그 계정, 현실에서는 내향형 인간이지만 이곳에서만큼은 핵인싸가 될 수 있는 제페토 계정까지 어떤 공간이든 가능하다. 그 사이를 유연하게 왔다 갔다 하는 하이브리드형 인간도 존재하고, 통합형 인간도 있지만, 계정마다 다른 페르소나를 가지고 살아가는 삶 또한 가능하다. **트친**, **인친**, **블친**이 각각 따로 존재하는 이유다.

공간의 다양성만큼이나 중요한 것은 **공개 설정** 권한이다. 공개 설정 권한을 달리하면 내 영역에 대한 타인의 접근을 통제할 수 있다. 내 공간의 설정값을 비공개, 전체 공개, 친구 공개 등으로 자유롭게 변경하면서 자신의 라이프에 대한 선을 조절할 수도 있다. 그러니 누군가가 갑자기 내가 설정한 공개값을 무시하고 훅 들어오는 행위를 한다면 당연히 무례하게 느껴질 수밖에 없다.

MZ세대는 공개 설정의 귀재들이다. 인스타그램 계정을 예로 들어보자. 나의 브랜딩을 위한 전체 공개 계정, 지인들 몰래 내가 좋아하는 것들만 팔로우하는 비공개 계정, 친한 지인들과만 공유하는 계정, 독서 취향이 맞는 사람들과 교류하는 독서 기록용 계정, 우리 집 강아지 자랑용 계정 등을 모두 한 사람이 공개 설정을 달리하여 관리한다. 자아 분열 아니냐고? '내 속에 내가 너무도 많은' 것은 인간의 아주 오래된 본성이다. 다만 새로운 기술 덕에 내 다채로운 자아에 대한 타인의 접근 권한을 쉽게 관리할 수 있게 됐을 뿐이다.

트위터에는 **공계, 부계, 알계, 비계** 등 다양한 종류의 계정이 존재한다. 공계는 공개 계정으로, 모든 사람이 내 트윗을 볼 수 있다. 부계는 메인 계정 외의 부차적인 계정으로, 특수한 목적과 용도를 위해 사용한다. 알계는 프로필 사진 없이 익명으로 활동하는 계정으로, 예전에 트위터에서 프로필 사진을 따로 설정하지 않으면 알 그림으로 표시됐던 데서 따온 말이다. 왜 그렇게 복잡하게 사느냐고 묻지 말자. 세상에는 다양한 관심사가 있고 그에 대한 정보를 효과적으로 수집하려면 다양한 계정이 필요하다.

나는 정보 탐색 목적의 비공개 계정만 가지고 있는 초보 트위터리안이다. 인스타그램과 달리 트위터는 서로의 계정을 잘 공유하지 않는 점이 의아했던 시절, 친한 친구에게 트위터 계정을 알려달라고 한 적이 있다. 그랬더니 친구로부터 '내가 죽는 한이 있어도 너한테 그건 안 가르쳐준다'는 답이 돌아왔다. 그 순간, 정말 친한 사이에도 트위터 계정은 공개하지 않는 것이 바로 현대 사회임을 깨달았다. 아무리 친한 사이에도 사적 영역을 개방하는 일은 이토록 조심스러운데, 공적으로 만난 사이에서는 더더욱 낯설고 불편한 일이다.

이제는 회사에서 최고참이 된 엄마 후배들이 정년퇴직을 한 엄마를 찾아와 MZ세대와 소통하는 것의 어려움을 토로했다고 한다. 엄마는 가장 가까운 MZ세대인 내게 물었다.

"요즘 애들은 정말 주말에 뭘 했는지 묻는 것도 싫어하니? 엄마 후배가 그러는데, MZ세대 직원한테 주말에 뭐 했냐고 물었더니 '그건 사생활인데 왜 물으세요?'라고 해서 당황했다는 거야."

그 말을 듣고 나는 "에이, 그 정도는 아니야"라고 무심코 말했다가 잠깐 자신을 돌아봤다. 그 전주 월요일에 후배와 점심을 먹으며 "주말에 뭐 했어?" 하고 물어본 일이 떠올랐기 때문이다. 후배가 프로젝트에 시달리느라 몇 주간 주말마다 추가 근무한 것을 알기에 드디어 일로부터 해방되어 주말에 잘 쉬었는지를 물어본 건데… 어쨌든 그 역시 핑계다.

주말은 당연히 사생활이다. 퇴근 후도 사생활이다. 개인의 공개 설정에 따라 그것을 자연스럽게 오픈하는 사람도 있지만, 누군가에게는 전혀 말하고 싶지 않은 비공개 영역이기도 하다. 나는 운 좋게도 그 후배에게 사생활을 공개해도 되는 대상이었지만, 만약 그렇지 않았다면 어땠을까? 이 일을 계기로 사생활 개념을 다시 생각해보게 되었다.

상사와 부하의 관계에서 종종 오가는 이런 대화는 서로의 공개값이 맞지 않을 경우 한쪽에 실례가 된다. 단 하나의 계정을 가지고 있으며 전체 공개밖에 모르는 사람과, 수많은 계정의 공개값을 제각각 다르게 설정하는 사람이 만나면 경계선 충돌이 일어날 수밖에 없다.

아이스 브레이킹이라는 명목으로 궁금하지도 않은 사적인 질문을 마구잡이로 내뱉으면서 '다 친해지자고 하는 말'이라며 얼버무리는 것은 곤란하다. 아이스 브레이킹은 적막을 깨고 서로에 대한 호감을 쌓아가는 대화다. 어디에 사는지, 교제하는 사람이 있는지, 출신 학교가 어디인지 등 요즘은 이력서에서도 빠지는 추세인 개인 신상을 꼬치꼬치 캐묻는 것은 대화가 아닌 조사다.

진정한 대화라면, 서로를 조사할 게 아니라 마음을 나누어야 한다. 진심으로 상대를 알아가고 싶다면 던져야 할 것은 적당한 관심이지 질문 폭격이 아니다. 그 어느 때보다 경계가 중요한 시대를 살아가는 우리에게 필요한 것은 서로가 저마다 다른 공개값을 가진 존재임을 인지하고, 조심스럽게 상대의 세계를 알아가려 노력하는 자세다. 상대가 설정한 경계선을 알아가는 과정은 올바른 관계를 쌓는 토대가 된다. 만약 상대에게 그저 '할 말이 없어서' 아이스 브레이킹을 목적으로 무례한(지도 모른 채) 질문을 던지는 것이라면, 그 어색한 분위기는 차라리 깨지 않은 채로 두는 편이 낫다.

새로운 관계 규범 중 하나는 타인의 질문에 모두 친절하고 상세하게 대답할 필요가 없다는 것이다. 이 시대의 예의는 불쑥 내미는 자상함과 친절함이 아니라, 상대의 영역을 침범하지 않고 그 경계를 존중해주는 태도이다. 그렇기 때문에 우리가 기억해야 할 대화 에티켓은, 상대에 대한 관심은 솔직하게 밝히되 공개 설정의 권한이 상대에게 있음을 잊지 않는 것이다. 모든 영역에 '초대'받아 그 사람을 속속들이 다 아는 것은 그의 부모도, 애인도, 절친도 불가능하다.

앞으로는 새로운 사람을 만날 때, 먼저 상대의 공개 설정 영역을 확인하고 조심스럽게 관계를 발전시켜보자. 때때로 실수하고 또 반성할 일도 있을 것이다. 하지만 '어떤 질문을 해야할까?' 고민하는 것만으로도 무례한 사람이 되지 않을 가능성을 높일 수 있다.

우리에게 필요한 것은
서로가 저마다
다른 공개값을 가진 존재임을
인지하는 자세다.

공감을 따라 헤쳐 모이다

모여라 민초단!

08

MBTI,
'나'라는 캐릭터 해석 코드

편견과 선입견으로부터 사람을 자유롭게 하는 방향으로 사회가 발전한다고 믿고 싶지만, 우리는 때때로 인간을 유형화하는 재미에 빠져서 그것의 비논리성을 잊고 맹목적으로 사람을 판단하곤 한다.

"우리 카페는 MBTI 성격 유형을 보고 직원을 뽑습니다. E 유형(외향형)이신 분들의 많은 지원을 부탁드립니다. 단 ENTJ, ESFJ는 지원 불가입니다."

이는 실제로 한 카페에서 올렸던 채용 공고이다. 논란이 일자 그 카페의 면접 과정에서 자신에게도 MBTI를 물어봤다는 경험담이 쏟아져 나왔다.

어느새 프로필에도 꼭 기재하는 새로운 개인정보가 된 MBTI는 우리 사회에서 암묵적으로 개인의 성격과 성향을 분류하는 코드 역할을 하고 있다. 소셜 빅데이터상으로도 심리테스트계의 최고봉이었던 혈액형의 언급량을 MBTI가 넘어설

정도로 그 입지가 탄탄해졌다. 혈액형은 사람의 성격 유형을 단 네 가지로 나눈다면 MBTI는 열여섯 가지 유형으로 확장했고, 혈액형은 타고나는 것이라면 MBTI는 테스트를 거쳐 나오는 결과라는 점이 그 신빙성을 높여주는 듯하다.

MZ세대의 주도로 확산된 MBTI 열풍이 시사하는 바가 있다. 바로 그들이 관계를 맺는 방식을 보여준다는 점이다. 하나는 '나와 자신'이 관계 맺는 방식이다. MZ세대는 사람을 하나의 캐릭터로 인식하며, 누군가를 알아가는 방식으로 **캐해(캐릭터 해석)**라는 말을 자주 사용한다. 이 말은 자신을 이해할 때도 사용한다. '자기 이해'와 '본인 캐해'의 가장 큰 차이점은, 내면의 의식에 집중하는 자기 이해와 달리 본인 캐해는 외부로 드러난 본인의 모습에 집중한다는 것이다. 자신의 캐릭터를 '감성적인 INFJ' 스타일로 해석했다면, 계속해서 내 감성적인 면모를 강조하고 반복해서 표현한다. 이때 MBTI는 쉽게 참고할 수 있는 '캐릭터 해석본'의 역할을 한다. '감성적 스타일'이라고 하면 모호하지만 'INFJ 스타일'에 대한 이해는 이미 많은 사람이 공유하고 있기 때문이다.

다른 하나는 '나와 타인'이 관계 맺는 방식이다. 동아리나 동호회처럼 소속감을 강조하는 관계보다 '공감'을 바탕으로 하는 그룹에 자유롭게 가입하고 또 탈퇴하는 것이 그들의 새로운 관계 맺기 방식이다. 그들은 단체 채팅방에 수시로 모였다가

흩어지는데, 중요한 것은 그 채팅방의 입장 방식이 실명이 아니라 오픈 채팅방과 같은 형식이어야 한다는 점이다.

다양한 범주로 헤쳐 모이고 계속해서 새로운 소규모 집단을 만들며 각각의 범주를 대변하고 응원하는 것이 이 시대의 '집단성'이다. MBTI T(사고형)와 F(감정형) 유형의 차이, P(인식형)와 J(판단형) 유형별 반응 같은 글들은 인기 게시물이 되는 치트키다. 이런 글에는 각 유형에 속한 사람들의 댓글이 수두룩하게 달리며 자신의 기질과 사고방식에 대한 구구절절한 설명이 이어진다. 같은 유형의 사람들끼리는 자신들에 대한 오해와 편견을 극복하고자 똘똘 뭉친다.

'민초단'부터
'쪄 죽어도 뜨거운 물 샤워 협회'까지

신입생에서 대학교 총장까지, 아이돌에서 대선 후보까지, 요즘 자기소개를 할 때 빼놓지 않고 밝히는 두 가지 정보가 있다. MBTI와 민초/반민초에 대한 입장이다. 이들은 민초파(민트초코를 선호하는 사람들)인지, 반민초파인지로 나뉘어 제법 진지하게 대립한다. 비슷하게는 부먹/찍먹, 팥붕/슈붕, 얼죽아(얼어 죽어도 아이스커피)인지 아닌지, 얼죽코(얼어 죽어도 코트를 입는 사람)인지 **아닌지** 등도 있다.

샤워 취향에도 두 부류가 존재한다. 뷰티 브랜드 프로젝트를 하면서 #**쩌죽어도뜨거운물샤워협회**와 #**얼어죽어도찬물샤워협회**라는 두 부족을 발견했다. 두 부족은 한여름에도 뜨거운 물로 샤워하거나 한겨울에도 차가운 물로 샤워하는 다소 극단적인 성향의 사람들이었는데, 자신의 부족에 대해 적극적으로 지지 의사를 밝히며 반대파와 토론을 벌였다.

커뮤니케이션의 목표가 공감이 된 SNS 시대, 나와 같은 것을 좋아한다는 사실 만큼 **빠르게** 공감대를 형성할 수 있는 방법도 드물다. 같은 것을 좋아하는 사람은 든든한 내 편이 되어주며, 이들을 대표하는 '이름'이 생긴다는 것은 그 이름을 필두로 하나의 '부족'이 형성되었음을 의미한다. '민초단'이나 'ISTP들'처럼 비슷한 성향을 지닌 사람들이 모여 작은 부족을 만들고 자신들만의 논리와 끈끈한 연대를 형성한다.

나와 같은 것을 좋아하는 사람들에게 쉽게 공감하고 친밀감을 느끼는 일은 자연스럽지만, 최근의 신 부족 현상에는 새로운 특징이 있다. 자신이 좋아하는 취향이나 성향을 열성적으로 지지하고 수호하며 다소 과할 정도로 몰입한다는 점이다. 얼굴 한 번 트지 않은 사이지만 우리 민초단을 건들면 참지 않으며, 똘똘 뭉쳐 반민초단에 맞서 싸운다.

정치적 입장, 태어난 지역, 학연으로 뭉친 사이가 아닌,

오로지 개인의 선호 또는 불호로 묶이는 이 관계의 동력은 사소한 부분에서 같은 마음이라는 '공감력'이다. 세상을 살아가는 데 썩 중요하지는 않지만 이상하게도 몰입하게 되는 모습은 학창 시절 운동회를 떠오르게 한다. 같은 반이라는 이유로 청팀 또는 백팀으로 묶여 아무런 대의 없이 상대와 싸워야 하는 운동회의 승부보다, 나와 같은 입장의 사람들끼리 공감하며 상대와 겨루는 이 놀이에 더 마음이 갈 수밖에 없다.

'얼어 죽어도 아이스커피를 마시는 사람들'이나 '쪄 죽어도 뜨거운 물로 샤워하는 사람들'의 모임이 대동단결하는 이유는 '이기기 위함'이 아니다. 오로지 '뭉치기 위함'이다. 이 시대의 새로운 부족들이 출전한 승자 없는 운동회가 지금도 온라인상에서 펼쳐지고 있다.

가벼운 정체성으로
쉬운 연대를

시대마다 사람들에게 사랑받으며 공유되는 이야깃거리가 존재한다. 어떤 이야기는 그 자체로 구전되지만, 어떤 이야기는 이야깃거리에 관한 개인의 의견과 입장을 밝히는 데 의의가 있다. 특별한 소수 계층의 경험이나 지식이 아니라, 누구나 공감하고 이입할 수 있는 주제들이 그것이다. MBTI, 민초/반민초, 부먹/찍먹 같은 주제들에 대해서는 누구나 경험적으로 자신만의 입장을 가지고 있다. 누구든 쉽게 공감할 수 있는 이야기인 것이다. 그렇기 때문에 아주 쉽게 편을 들거나 자신의 입장을 말할 수 있는데, 심지어 그것이 내 정체성을 나타내는 언어가 되기도 한다.

사회학자 미셸 마페졸리Michel Maffesoli는《부족의 시대》에서 "대중이 가진 창조성의 가장 완성된 형태는 현대 소집단들의 네트워크 구축"이라고 말했다. 오늘날 소집단은 학연이나 지연이 아닌 '이야기에 대한 입장'에 따라 만들어진다. 민초/반민초는 유치한 편 가르기가 아니라, 어떤 주제에 대한 개인의 견해를 자유롭게 말할 수 있는 소집단 네트워크의 좋은 예시다. 이는 누구나 세상 모든 것에 대해 입장을 가질 수 있음을, 또 다양한 기호가 존재함을 보여주기도 한다.

새로운 부족은 거창한 의미나 심오한 뜻을 공유하지 않는다. 가볍게 묶이되 구속은 없는 산뜻한 관계다. 기성세대는 말한다. MZ세대는 '협동심'이 부족하고 '협력'을 모른다고. 그러나 전혀 그렇지 않다. 그들은 누구보다 연대의 힘을 잘 알고 있다. 다만 그들의 연대에는 위계와 서열이 없을 뿐이다. 모두 수평적 관계이고 권리가 동등하며, 가입과 탈퇴가 매우 자유롭다. 어느 누구도 연대에서 이탈한다고 원망하지 않는다.

이런 부족은 프로필에 빠지지 않던 출신 지역 및 학교, 거주지, 가족관계와 같이 '나'라는 캐릭터를 구축하는 새로운 정체성의 언어로 활용된다. 때때로 새로운 언어가 기존의 언어보다 선명하고 또렷하게 한 개인을 드러내기도 한다. 정체성을 이루는 기존의 언어들은 대부분 타고나거나 증여된 것이기에 계급성과 차별성을 내포한다. 그러나 새로운 정체성의 언어에는 어떤 차별적, 세습적 요소도 없다.

민초파나 MBTI처럼 '거대 당'이 아니더라도, 한없이 사소한 정체성도 프로필에 들어갈 수 있다. 식빵 꼬투리를 좋아하는 사람, 평양냉면에 고춧가루 넣는 것을 싫어하는 사람, 나이키보다 아디다스를 좋아하는 사람 등등 자신의 기호를 바탕으로 얼마든지 프로필을 구성할 수 있다. 내 일상의 한 부분에 현미경을 들이대 확대하여 보여주는 편이 기존의 언어보다 나 자신을 더 잘 표현하기 때문이다.

최근에는 이런 부족들 사이에 새로운 현상이 나타나고 있다. 성향이나 기질, 기호나 취향 대신 구체적인 상황에 대한 '입장'으로 부족이 나뉘는 것이다. 이른바 '깻잎 논쟁'은 '애인이 내 동성 친구의 깻잎장아찌를 떼어주는 게 옳은가'라는 주제로 모든 대화의 핫이슈가 된다. 이 시대의 새로운 정체성은 타고난 것을 드러내는 방식이 아니라, 사소한 사안에도 '입장'을 밝힘으로써 완성된다.

나는 #반짝이양말클럽을 만들어본 적이 있다. 우울한 날에 주섬주섬 반짝이 양말을 신으면 신발 속에 숨겨진, 내 가장 낮은 부분이 반짝거리는 느낌이 든다. #반짝이양말클럽은 아쉽게도 #쩌죽어도뜨거운물샤워협회처럼 엄청난 지지를 받지는 못했다. 몇 장의 게시물만 덩그러니 올라간 그 계정은 소수의 팔로워를 모으는 데 그쳤다. 그렇지만 이 경험을 통해 취향이나 습관이 같은 사람들이 모이면, 아무리 작은 세력이라도 모두 존중받는 것이 이 시대 새로운 부족의 특징임을 알 수 있었다.

내 '가벼운 정체성'은 무엇일까? 내게는 아주 사소한 취향이지만 알고 보면 모두가 신경 쓰고 있는 일이어서 엄청난 유대감과 연대감을 이끌어낼 수도 있다. 이 책을 기회로 '발도 반짝일 권리가 있다'는 내 의견에 공감하는 사람들이 모여든다면 #반짝이양말클럽이 부활할 수 있지 않을까? 모여라, 반양파!

이 시대의
새로운 정체성은
사소한 사안에도
'입장'을 밝힘으로써
완성된다.

세계관에 　　　　지배당하는 자들

MZ세대가 유독 '관계성'에
끌리는 이유

사람들은 무의미한 '함께'보다 흥미로운 '관계'에 더 매력을 느낀다. 오직 그 둘이기 때문에 가능한 관계, 다시 말해 서사가 있는 사이의 성질을 **관계성**이라고 한다. 저마다 한껏 몰입하는 관계성은 다르다. 라이벌 관계보다 선후배 관계를 좋아하는 사람이 있고, 연인 관계보다 소꿉친구 관계에 더 흥미를 느끼는 사람도 있다. 《슬램덩크》의 강백호-서태웅보다 강백호-채치수의 관계를 더 좋아하는 사람, 세종대왕과 장영실의 아이러니한 관계에 매료되는 사람이 있는 것처럼 사람마다 유독 끌리는 관계가 있다.

라이벌이나 선후배처럼 명확한 단어로 관계를 정의할 수 없어도, 어떤 관계에서만 작용하는 힘과 성질이 있다. 전교 1등과 전교 꼴등이지만 사실은 전교 꼴등이 전교 1등을 구원하는 사이라든가, 서로 죽일 듯 싫어했지만 어떤 계기로 정이 들어 이끌림을 느끼는 관계도 있다. 후자는 '혐오 관계'를 줄여

협관이라고 불리는데, MZ세대가 특히 좋아하는 성질의 관계 중 하나다. 단순한 러브 라인이나 지고지순한 친구 사이가 아니라, 고유한 캐릭터들이 만나 입체적인 화학 작용을 일으킬 때 그 콘텐츠는 **관계성 맛집**으로 등극한다.

관계성을 빼놓고 MZ세대가 열광하는 콘텐츠를 논할 수 없다. 그들은 사람과 사람 사이 관계성의 실타래를 어떻게 조명하고 강조하느냐에 따라 전혀 다른 콘텐츠가 된다는 것을 익히 경험했기에 자신만의 관계성 맛집 콘텐츠를 찾아 몰입한다.

서사가 있는 콘텐츠에서만 관계성을 찾는 것은 아니다. 아이돌 그룹을 좋아하는 이유 중 하나로 멤버들 사이의 독특한 관계성을 꼽기도 한다. 팀 리더와 막내의 관계성, 동갑 멤버들 간의 관계성, 보컬 담당과 랩 담당 멤버들 간의 관계성 등 어떻게 조합하는지에 따라 달라지는 관계의 역학과 케미를 즐긴다.

한 커뮤니티를 뜨겁게 달군 '개그우먼 관계성을 알고 싶니?'라는 게시글은 개그우먼 이영자, 김신영, 김숙, 송은이의 관계에 주목한 글인데, 이 글은 순식간에 수많은 커뮤니티로 퍼져나갔다. 자극적인 스캔들도 아니고 인기 아이돌에 관한 글도 아닌데도 말이다. 익숙한 인물들이 서로의 성장과 발전에 기여한 서사 관계를 조명했을 뿐인데 단숨에 '핫한' 게시글이 되었다.

관계성은 그 자체로 훌륭한 서사를 완성하는 재료다. MZ

세대가 어떤 장르의 콘텐츠를 좋아하는지 알고 싶다면 "어떤 서사를 좋아해?"라고 묻는 것이 좋다. 여성 서사, 불행 서사, 성장 서사, 구원 서사, 쌍방 구원 서사, 반전 서사 등은 MZ세대가 특히 좋아하는 서사 장르다. 그중에서도 **쌍방 구원 서사**는 인기 콘텐츠 순위에 빠짐없이 등장한다. 두 인물이 서로를 구원하고 성장시키는 것이 중심인 서사로, 영화 〈아가씨〉의 명대사 "내 인생을 망치러 온 나의 구원자"처럼 서로의 인생에 한줄기 빛처럼 등장해 쌍방을 구원한다.

쌍방 구원 서사는 서로가 서로에게 유일무이한 구원자가 되는 세계의 이야기이다. 종교나 초자연적인 힘 없이, 인간을 구원하는 존재는 오직 인간임을 그리고 서로임을 보여준다. MZ세대가 유독 '구원'이라는 테마에 몰입하는 이유는 앞날이 더욱 불투명해진 각박한 세상에서 누구보다 구원을 원하지만 그것이 얼마나 희귀한 일인지를 잘 알기 때문이다.

쌍방 구원 서사의 핵심은 일방적으로 구원을 바라는 수동적 태도가 아니라 나 자신이 타인에게도 구원이 될 수 있다는 능동적이고 희망적인 면모이다. 개인으로서는 대단한 존재가 아니지만 별거 아닌 우리가 서로에게는 구원이 된다.

이제 '일방적인 구원'을 바라는 신데렐라 스토리는 더이상 MZ세대에게 인기 있는 서사 유형이 아니다. 백마 탄 왕자가 유리 구두를 들고 온 동네를 돌며 신데렐라를 찾아 헤매는 답답한 관계성은 도태하고 있다. 쌍방 구원 서사를 따르는 신데렐라라면 마법의 성에 갇힌 왕자를 구하기 위해 호박 마차를 몰고 달려갈 것이다. 동등한 위치에서 서로를 구원하는 서사가 이 시대가 요구하는 인기 서사다.

마블에서 모버실까지, 세계관의 일상화

관계성과 서사가 특정한 시간과 공간 속에서 구현되면 요즘 말하는 **세계관**의 요소가 된다. 세계관의 사전적 정의는 '개인이 세계를 인식하는 견해'이지만, 요즘 말하는 '세계관'은 **마블 유니버스**와 같이 독자적인 규칙과 약속, 상징 등이 존재하는 별도의 우주를 뜻한다. 해리 포터 시리즈에는 '해리 포터의 세계관', 마블에는 '마블의 세계관', 〈놀면 뭐하니?〉에는 '부캐의 세계관'이 있다. 그 밖에도 '빠더너스의 세계관', '피·식대학의 세계관'처럼 다른 세계와는 차별화된, 그곳만의 원칙이 존재하는 세계가 있다.

　세계관을 이해한다는 것은 세계와 인물 사이에 존재하는 약속을 이해하는 것이며, 나 역시 그 약속에 동의하여 그 세계에 완전히 가담하겠다는 의지다. 개그맨 김해준이 유튜브

〈피식대학〉의 'B대면 데이트'라는 콘텐츠에서는 '최준'이 되었다가, '05학번 이즈 백'에서는 '쿨제이'가 되는 것처럼 세계관은 약속을 바탕으로 이루어진다.

SM엔터테인먼트는 2020년부터 **SMCU**SM Culture Universe라는 프로젝트를 진행하고 있다. 아이돌 그룹 에스파부터 시작해서 소속 아티스트들을 하나의 세계관으로 연결하는 내용의 프로젝트이다. SM은 에스파를 통해 **광야**KWANGYA **세계관**을 선보이면서 소속 아티스트 모두가 이 세계관을 공유하는 새로운 생태계를 갖출 것이라고 선포한 바 있다. 광야 세계관을 이해하려면 여러 가지 용어를 숙지해야 한다. 내 이름 앞에 **ae**를 붙이면 가상 세계 속 새로운 내가 된다. 그 새로운 나, 즉 ae들이 살고 있는 세계는 **플랫**FLAT이라고 부른다. 인간과 ae의 의식이 동기화된 상태는 **싱크 다이브**SYNK DIVE라고 하며, 싱크가 끊기는 현상을 **싱크 아웃**SYNK OUT이라고 한다. 이 복잡한 용어들은 SM의 광야 세계관에서만 사용하는 약속의 언어다.

해리 포터와 SMCU의 예를 보면 세계관을 만들기 위해서 거대 자본이나 엄청난 재능이 필요한 것 같지만, 사실 이제 세계관은 전혀 거창한 단어가 아니다. 메신저로 오고 가는 대화 열 개만으로도 고유한 세계관을 만들 수 있다.

그 대표적인 예가 **모버실(모든 버전 실시간)**이다. 모버실은 초등학생들 사이에서 유행하는 슬라임 콘텐츠의 한 장르다. 슬라임을 손으로 조몰락거리면서 그 영상 안에서만 유효한 상황을 전제로 가상의 실시간 대화를 연출한다. 이를테면 '나를 왕따시킨 친구를 왕따시키는 버전', '거지인데 부자인 척하는 버전' 등 다양한 버전이 존재한다. '천재 나라에서 바보 나라로 추방됐는데 비웃는 친구가 들어온 버전', '빠른 나라에서 보통 나라로 가는 버전' 등 다소 이해하기 어려운 그들만의 버전도 있다.

모버실은 슬라임을 하는 영상 위로 마치 카카오톡 같은 채팅 화면이 올라오면서 진행되는데, '슬라임'과 '대화'가 결합한 새로운 장르라고 할 수 있다. 슬라임부터 모버실까지 잘 이해가 가지 않는다면 유튜브에서 모버실을 검색하여 영상을 보기를 추천한다. 더 깊은 혼돈의 늪에 빠질 수도 있지만, 그럼에도 계속 보다 보면 그들이 말하는 '버전'이 어떤 것인지 차츰 이해하게 될 것이다.

이 새로운 장르가 시사하는 바는 명확하다. 거창하지 않아도 누구나 자신만의 세계관을 설정할 수 있으며, 누구나 타인의 세계관에 쉽게 몰입하고 가담할 수 있다는 것이다. MZ세대는 자신만의 세계를 새롭게 만들고 허무는 일에 익숙하다. 세계관을 만드는 일은 거창한 작업이 아니라, 그 세계에서만 통용되는 약속과 상징으로 이루어진 하나의 버전을 만드는 것이다. 그래서 현실과 다른 약속과 상징이 존재하는 세계는 현실성 없는 판타지가 아니라 현실의 '다른 버전'이 된다.

이진법의 세계와 십진법의 세계가 있는 것처럼, '모든 아이는 사랑의 화살을 쏠 수 있는 세계'가 있다고 약속하거나 '모든 사람이 자신의 과거에 대해 절대 거짓말을 할 수 없는 세계'가 있다고 약속하는 사소한 설정도 세계관이 될 수 있다.

MZ세대는 어떤 버전의 현실을 살아갈지 자유자재로 선택한다. 주민등록상 주소지에 속하는 시민으로서의 삶 외에도 내가 선택한 콘텐츠의 세계관, 내가 선택한 플랫폼의 세계관에서 그 세계만의 약속을 지키며 살아간다. 단축키 누르듯 간편하게 다양한 세계를 오가는 것도 가능하다. 그 세계가 제시하는 약속에 매혹되는 사람이 많아질수록 '흥한 세계관'이라고 할 수 있다.

약속은 미래를 전제로 하기에 우리는 낯선 사람과 함부로 약속하지 않는다. 약속을 한다는 것은 '미래가 있는 관계'에서 가능한 일이다. 그러므로 내가 만든 세계관에 동참하려는 사람이 있다면 나와의 미래에, 나와 만들 새로운 세계의 가능성에 열려 있는 이들일 것이다. 기업들이 앞다투어 세계관 마케팅으로 소비자의 마음을 사로잡으려 하는 이유가 여기에 있다. 약속을 허락하는 관계의 밀도와 깊이는 고차원적이기 때문이다.

　　내가 제안한 약속을 상대방이 기꺼이 받아들이고 싶게 하려면 내 세계를 매력적으로 가꾸는 일이 우선이다. 내 세계의 상징과 장치가 매력적이기 위해서는 '관계성'과 '서사'가 뒷받침되어야 한다. 내 세계의 주축이 되는 관계성은 무엇이고 그 관계성이 어떤 서사를 바탕으로 하는지 점검하지 않고서는 매력을 논하며 약속을 제안할 수 없다.

　　마음만 먹으면 언제든 새로운 세계로 쉽게 접속할 수 있는 오늘날, 새로이 나를 매혹할 세계는 어떤 서사를 지닌 곳일까? 나는 어떤 관계성에 매료되어 그 세계로 들어가게 될까? 새로운 언어와 상징을 기꺼이 학습하게 할 정도로 매력적인 세계로의 초대가 기다려진다.

오직 그 둘이기 때문에
가능한 관계,
다시 말해
서사가 있는 사이의 성질을
관계성이라고 한다.

'미첨'이

부끄럽지 않은 세대

10

덕질이 일상인
사람들

구력이라는 말을 좋아한다. 경력이 쌓이면 자연스레 공을 다루는 힘이 생긴다니 마치 고대 신화 속 주술처럼 느껴진다. 할 줄 아는 구기 종목은 없지만 볼 줄 아는 구기 종목은 많아서 구력이 쌓인 선수가 일취월장하는 순간에 함께 감격하는 일도 많다.

공 한 번 제대로 다뤄본 적 없는 내가 구력이라는 말을 체감할 수 있는 이유는 **덕력**을 믿기 때문이다. 덕력도 구력과 마찬가지다. 덕질을 오래 하면 나름의 덕력이 쌓이고, 오랜 연차의 덕력으로 다른 차원의 세계를 볼 수도 있다. 근력이 있으면 체력이 좋아지듯, 덕력은 끈기 있고 집요하게 덕질을 할 용기와 힘을 길러준다.

덕력은 근력, 체력, 집중력처럼 MZ세대가 기르는 힘의 한 종류다. 그들은 무언가를 '많이' 좋아하는 세대이고 그 마음을 표현하는 방식 또한 격렬하다. MZ세대는 무언가를 덕질하기 딱 좋은 시대에 태어난 이들이다. 좋아하는 것과 관련한 정보에 쉽게 접근할 수 있고, 나와 같은 마음을 지닌 사람들과도 쉽게 이어진다. MZ세대의 **덕심**을 겨냥한 대상이 계속해서 나타나고, 그 마음을 이용해 **떡밥**을 던지는 세력이 많아질수록 그들의 덕력은 더욱 높아진다.

덕력이 쌓이면 덕질의 레벨이 달라진다. 좋아하는 대상을 홍보하는 영업력이 올라가고 덕질과 관련한 실행력이 강해진다. 소설가 조르주 상드George Sand의 **성덕(성공한 덕후)**인 교수님의 강연을 들은 적이 있다. 그 교수님은 상드를 너무나 사랑해서 그녀가 세상에 남긴 5만여 통의 편지 중 약 500통을 우리말로 번역해 출간했으며, 상드 협회의 회원이면서 《상드 연구》의 국제 편집인이기도 했다.

그 교수님은 수업을 하면서 상드에 문외한이었던 사람까지 그녀를 사랑하게 만드는 영업력을 발휘했다. 오랜 덕력은 교수님을 고차원의 성덕으로 만들었다. 교수님을 소개하는 수식어로 '상드 전공자'라는 말이 꼭 따라붙는데, 이토록 상드를 열렬히 사랑하는 교수님을 그저 '전공자'라는 말로 가두기에는 그 진정성과 생생함이 전혀 전달되지 않는 듯하다.

상드가 세상에 남긴 편지를 한 학기 내내 읽고 번역하고 또 그 의미를 해석하면서, 나는 친구들과 우스갯소리로 말했다. "이 교수님은 정말 상드에 미쳤어." 교수님의 상드 사랑은 아주 좋은 의미로 **상드 광인** 혹은 **상드 처돌이** 좀 더 격렬하게는 **상친자**라고 표현할 수 있을 정도였다. 애호가나 전공자라는 납작한 표현보다 처돌이라는 말이 상드에 대한 그의 열렬한 사랑과 존경을 더 잘 보여준다.

덕질이 일상인 MZ세대도 이런 느낌에 공명하는지, 무언가를 열렬히 좋아하는 사람을 부르는 '호칭의 언어'가 그들 사이에서 점점 발달하고 있다. 애정과 열정이 한 줌도 빠져나가지 않을 만큼 꽉 찬 단어로 자신의 마음을 드러내고 싶어 하고, 그 사랑을 표현하는 언어들이 계속 생겨나고 있는 것이다. **처돌이, 광인**, ○**친자** 등이 그 예다.

단어만 생겨나는 것이 아니라 언어에 담긴 '열광'의 농도도 점점 더 짙어진다. 사랑하고 좋아하는 정도에 머물지 않고 미치거나 돌아버릴 정도의 그 사랑하는 감정이 새로운 호칭들에서도 팔딱팔딱 생생히 느껴진다.

처돌이라는 키워드의 언급량이 상승하는 양상을 지켜볼 때만 해도 이 단어가 이렇게 오랫동안 사람들의 입과 손에 남을 줄 몰랐다. 처돌이는 치킨 체인점인 처갓집양념치킨의 마스코트 이름인 '처돌이'에서 유래한 밈으로, '○○ 처돌이'라는 형태로 쓰이고 '처돌아버릴 정도로 무언가를 좋아하는 사람'을 의미한다. 이런 언어는 소수의 마니아들만 쓰는 표현이 아니라 MZ세대의 일상어로 자리 잡았다. 점점 더 많은 사람이 사랑을 쫓아 처돌이와 광인이 되어가고 있다.

사랑과 흥분이 담긴
열광의 언어

"스우파 처돌이들아! 지금 리혜이 쌤, 허니제이 쌤 배틀 보고 나처럼 다 엉엉 울고 있는 거지? 스우파 처돌이들 오늘 다 여기 누워!" 인기 있는 TV 프로그램이 방영 중일 때, 좋아하는 가수가 실시간 라이브 중일 때, 긴장감 넘치는 스포츠 경기가 한창일 때 트위터를 살펴보면 이러한 열광의 언어를 쉽게 발견할 수 있다. 이런 상황에서 쓰는 언어에는 평소보다 역동적이고 강한 흥분이 담길 수밖에 없다.

SNS는 기본적으로 '흥분의 텍스트'가 많은 매체다. 물론 정적인 감정을 꾹꾹 눌러 담아 한 자 한 자 쓰고 고치는 행위가 어울리는 플랫폼과 게시판도 있다. 하지만 순간적인 흥분과 열광을 담아 기록한 글들이 SNS 시대의 매력을 더 생생히 보여준다.

무언가를 열렬히 사랑하고 그 사랑을 세상에 널리 전파하는 것은 MZ세대의 소명이다. 한편에서는 MZ세대를 'N포세대'라고 부르며 암울한 현실의 청년들이라고 하지만, 사실 그들은 그 어떤 세대보다 사랑이 많은 사람들이다. 스스로 포기한 것이 아닌, 포기를 당할 수밖에 없던 현실에 초점을 맞춰 규정하기에는 그들이 가진 긍정 에너지가 너무나 뜨겁다.

그들의 정체성은 자신이 사랑하는 대상과 연결되며, 그 사랑을 표현하는 일은 나 자신을 표현하는 일과 맞닿아 있다. MZ세대는 무언가를 좋아하는 마음을 귀하고 소중하게 여기는 세대이다. 그 귀중한 마음의 밑바탕을 이해할 수 있다면 광인, 처돌이가 얼마나 사랑스러운 표현인지 느낄 수 있을 것이다. 그 마음이 부끄러움이 아니라 사랑스러움임을 아는 그들은 자기소개에 스스럼없이 광인, 처돌이, 과몰입러, ○○에 진심인 사람 등의 말을 사용한다.

방금 계정 만들었어요. 해리 포터에 과몰입합니다. 책 좋아하고 시에 진심입니다. 좋은 시집 추천하고 추천받습니다. 스트레이 키즈 승민 최애 오브 최애 짤 소개합니다! 이처럼 좋아하는 마음을 '열광의 언어'로 옮기면 MZ세대의 프로필이 된다. ○○ **프사(프로필 사진)**는 아이돌을 좋아하는 사람들이 많이 쓰는 용어로, 자신의 프로필 사진으로 설정할 만큼 그 아이돌을 좋아한다는 의미로 쓰인다. 프로필 사진이 자신의 정체성인 시대에 '○○프사'라는 말이 그 대상을 좋아하는 의미로 쓰이는 현상은 '내가 좋아하는 것이 나를 대변한다'는 수식을 완성시킨다.

내가 사랑하는 대상으로 가득한 자기소개라고 해서 '자기'가 없는 것은 절대 아니다. 그 사랑을 나만의 방식으로 표현하는 과정에서 자기만의 특수함을 획득할 수 있기 때문이다. 때로는 덕질의 흔적이 어떤 학위나 연구보다 더 든든한 커리어이자 포트폴리오가 되기도 한다. 지금의 덕질은 맹목적으로 누군가에게 열광하는 마음이 아니라 무언가에 몰입하는 '나'가 중심이 되기 때문이다. 이는 1990년대에 '빠순이'라는 멸칭으로 폄하되었던 행위가 '덕질'로 격상되며 자신을 위한 행위로 진화했음을 보여준다.

산책 처돌이,
칼국수 김치 광인의 마음

《산책자》의 저자인 로베르트 발저Robert Walser가 이 시대의 인물이라면 트위터 프로필에 '산책 처돌이'라고 적을지도 모른다. 꽃을 사랑한 화가 조지아 오키프Georgia O'Keeffe가 지금 이 시대를 산다면, 자신의 인스타그램 프로필에 #꽃에진심인사람 같은 해시태그를 붙였을지도 모른다.

정처 없이 떠돌아다니는 산책을 좋아하는 사람, 칼국수와 함께 먹는 김치 광인처럼 최근에는 구체적으로 자신의 취향과 취미를 소개하는 표현이 자주 사용된다. 내 애정이 얼마나 깊은지 표현하기 위해 가장 적절한 단어를 찾는 과정에서 '온도'와 '선명도'가 높은 언어들이 새로이 발굴되고 있다.

좋아하는 마음은 아름답다. 산책을 좋아하는 마음도, 김태리 배우를 좋아하는 마음도, 평양냉면에 같이 나오는 무생채를 좋아하는 마음도 모두 다 아름답다. 무언가를 좋아하는 마음은 그 자체로 아름답고 사랑스러우며 그것을 비판할 자격은 그 누구에게도 없다.

사랑스러운 아이 앞에서 나도 모르게 재롱을 부리는 부모의 마음처럼, 사랑하는 마음을 과장스럽게 표현하고 호들갑을 떠는 것은 어쩌면 인간의 본능이 아닐까? 눈이 내려 펄쩍대며 신이 난 강아지 영상을 보며 건조한 미소만 지을 수는 없는 일이다. 우쭈쭈 해주고 싶고, 볼을 꼬집어보고 싶고, 눈밭에서 같이 뒹굴고 싶은 그 마음을 언어로 표현하다 보면 어느새 '강아지 광인'이 되어버리는 것이다.

내가 좋아하는 것을 통해 내 정체성이 건축되는 시대, 그렇기에 무언가를 좋아하는 마음을 더 생생한 언어로 말하려는 시도는 계속될 것이다. 사랑과 애정을 표현하기 위한 생생한 언어는 계속해서 발전한다. 그 생동감 넘치는 아름다운 언어를 '타자의 언어'로만 내버려 두기는 너무 아깝지 않은가? 부디 더 많은 사람이 적극적으로 무언가를 열렬히 사랑하는 마음을 갖기를 바란다. 유난히 사랑하는 마음인 '애호'가 어느덧 '덕질'로 발전하여 행복한 광인의 길을 걸을 수 있기를 응원한다.

작고 하찮은 귀여움이

세상을 구한다

11

무엇이 세상을 구하는가?

세상을 구하는 것은 무엇인가? 불치병 치료제가 세상을 구할수 있을까? 영화 〈어벤져스〉에서는 아이언맨이 자신을 희생함으로써 세상을 잠시 구하는 것처럼 보이지만, 그것은 영화 속마블의 세계관에서만 가능한 일일 뿐이다.

픽사와 디즈니, 드림웍스 모두가 공통적으로 추구하고믿는 '지구를 구하는 힘'은 바로 '귀여움'이다. 이는 영화 밖에서도 적용된다. 귀여움이 세상을 구한다. 이렇게 믿고 살아가는사람이 어벤져스가 세상을 구할 거라고 믿는 사람보다 많은 것은 확실하다.

온라인은 기본적으로 긴장의 공간이다. 서로 다른 배경과 가치관을 지닌 사람들이 어떤 주제와 헐거운 소속에 따라모여서 이야기를 나누는 곳이다 보니 공감보다는 차이가, 화합보다는 갈등이 발생하기 더 쉽다. 그러나 그곳에 유일한 중립지대가 있다. 바로 귀여움의 세계이다. 귀여운 짤이 등장하면모두 무장해제가 되어 넙죽 엎드려 하트를 누르고, 사랑의 댓글을 남기고, 좋아하는 친구들을 태그해서 '소환'하고, 링크를 공유한다. 우연히 귀여운 영상을 발견하면 나도 모르게 대낮의 아이스크림처럼 사르르 녹아버린다.

우리는 어떤 장면을 보면서 힐링을 할까? 그것은 이국의 호텔 수영장 선베드에 누워 칠링한 화이트와인을 마시며 독서하는 장면일 수도, 눈 내리는 설원 배경의 노천탕에서 차가운 맥주를 마시는 장면일 수도, 아무도 없는 평화로운 카페에서 홀로 향이 짙은 커피를 마시는 장면일 수도 있다.

그러나 일을 마치고 집에 돌아와 침대에 누워 인스타그램 추천 피드에 뜨는 귀여운 고양이 짤이나 최애 짤을 본다면, 내 입꼬리는 그 어느 때보다 씰룩거리며 올라갈 것이다. 침대에 누워 아무 걱정 없이 스마트폰 화면 속 귀여운 고양이를 바라보는 그 안온한 위안의 순간이야말로 진정한 힐링이다.

오늘날처럼 많은 사람이 고양이와 강아지 사진을 보며 힐링한 적이 또 있었을까? 트위터상에서 ○○**짤**의 언급량을 살펴보면, 레전드 짤을 제외하고 가장 언급량이 높은 것은 고양이 짤이다. BTS 짤보다, NCT 짤보다 고양이 짤이 훨씬 인기가 많다. 고양이와 강아지의 언급량은 지속적으로 많아지고 있고, 그들을 보며 하는 말인 **700**('**귀여워**'의 초성 '**ㄱㅇㅇ**'을 숫자로 표현한 것), **커엽**('**귀여워**'의 줄임말, '**귀엽**'의 '**귀**'를 '**커**'로 읽는 언어유희) 등등 귀여움을 표현하는 언어도 계속해서 새롭게 만들어지고 있다.

《사피엔스》의 저자 유발 하라리Yuval Harari는 한 인터뷰에서 인간이 사용 목적을 정확히 인지하지 않은 채 컴퓨터를 사용하면 SNS의 개와 고양이 사진만 보다가 몇 시간이 훌쩍 지나갈 것이라며, 기술이 인간의 마음을 통제하는 예로 지적했다.[14]

정확한 통찰이다. 사람들은 강아지와 고양이 사진을 보며 몇 시간짜리 힐링을 얻는다. 고양이 꾹꾹이 영상으로 감각적 쾌락과 심리적 안정을 동시에 얻는 것이다. 비싼 상담료를 내고 의사를 찾아가지 않아도, 용한 점집에 찾아가지 않아도 마음의 위안을 얻을 수 있으니, 기술에 잠시 마음을 통제당하더라도 '냥이'와 '멍멍이'의 영상을 끊을 수 없다.

지금 가장 빠르게 우리의 마음을 움직이는 키워드는 귀여움이다. 거룩함이나 위대함, 우월함이나 신성함이 아닌 '귀염뽀짝함'이 우리를 구원한다.

14　김지수, 〈"기술에 마음 뺏기면 유튜브에서 개 고양이만 보게 될 것" 유발 하라리〉, 《조선일보》, 2017.07.14.

있어 보여야 하는 세상 속
하찮음의 가치

MZ세대가 어디든 붙이는 '귀여움'이라는 말은 아랫사람 보듯 작고 연약한 존재를 얕보는 수직적 언어가 아니다. 나약함에 대한 연민도 아니다. 그저 깜찍하고 앙증맞고 유아적인 모습에 열광하는 행위도 아니다. 주머니에 넣고 싶은 귀여움이 아니라, 위로와 응원을 안겨주는 귀여움이다. 이 귀여움은 겉보기에는 말랑하지만 속은 강하고 단단하다.

　MZ세대가 귀여움을 향해 보내는 열광은 곧 순수함과 서투름에 대한 찬양이다. '있어 보여야 하는' 강박이 가득한 SNS 세상에서 허례허식 없이 당당하고 있는 그대로의 사랑스러운 모습을 보여주는 강아지와 고양이는 유난히 귀여워 보인다(원래 귀엽지만 말이다). 자신의 본능과 감정에 충실한 존재, 자신의 서투름을 허세로 위장하지 않고 필터나 눈속임 없이 그대로 드러내는 솔직한 존재, 자기 자신을 순수하게 인정하는 존재라면 그것의 종, 성별, 연령을 불문하고 모두 귀엽다.

　척하지 않으면 도태될 것 같아 불안한 이 세상에서는 모든 척을 걷어낸 채 세상에 당당하고 솔직한 존재들이 **귀여워**라는 말과 함께 칭송받는다. 자신의 서투름을 인정하고, 새로운 도전 앞에 주눅들지 않는 존재들이 사랑을 받는다.

하찮다는 말의 뜻으로 '훌륭하지 아니한 것' 따위가 떠오른다면 '요즘 귀여움'을 모르는 사람이다. 요즘 세상에서 '하찮다'의 정의는 '귀여움'이다. 실제로 소셜 빅데이터상에서 '하찮다'의 연관 검색어 1위는 2018년부터 '귀엽다'가 압도적이다.

'작고 하찮은 것들을 사랑하는 마음'이 점점 퍼져나가고 있다. 위대하고 훌륭한 것들이 넘쳐나는 시대, 우리의 마음을 빼앗는 것은 의외로 하찮고 무해한 존재들이다.

귀여움 앞에서는
모두 복종!

귀여움을 유발하는 '하찮음'의 동의어는 '나약함'이 아니다. 무언가에 서툴다고 해서 쉽게 포기하거나 강자의 도움과 구원을 바라는 태도는 귀여움이 아니다. 애교나 아양 역시 구시대적 귀여움의 모델이다. 다소 모자란 구석이 있더라도 '어떻게든 해보겠습니다'라고 당당하게 맞서는 태도가 이 시대의 귀여움이다.

처음 해보는 일을 두려워하지 않고, 자신의 단점과 허점을 숨길 생각을 하지 않으며, 자신의 서투름을 명쾌하게 인정하는 사람들은 귀엽다. 유튜브 스타 박막례 할머니는 2017년에 처음으로 파스타를 접했다. '라면에 버섯과 깻가루를 넣은 것 같은' 파스타를 처음 먹어본 할머니는 호기심 가득한 눈으로 새로운 음식을 신나게 경험한다. 그로부터 3년이 지난 2020년, 박막례 할머니는 자신만의 레시피로 한국인의 알리오 올리오라는 '마늘 꽈리 파스타'를 만든다. 두 영상 모두 '귀엽다', '대단하다'는 댓글이 줄줄이 달렸다.

사람들이 귀여워하는 것은 박막례 할머니의 당당함과 아이같이 순수하게 새로움을 받아들이는 모습이다. 할머니를 연약한 존재로 보는 것이 아니다. 할머니는 자신이 모르는 것을 모른다고 말하고, 처음 해보는 일에 겁먹거나 괜한 편견으로 고집을 부리지도 않는다. 세상을 있는 그대로 받아들이는 태도, 세상의 모든 것을 경탄하며 바라보는 자세, '라떼는' 대신 '신기해!'를 외치는 자세가 귀여움의 원천이다.

나는 세상의 많은 자질 중 귀여움을 가장 귀하게 여긴다. 엄마에게도 수시로 귀엽다고 말해주고, 남편에게도 마찬가지다. 선배, 동료, 후배에게도 수시로 귀엽다고 말한다. 가끔은 직장 상사에게도 **귀여우세요**라고 말한다. 진심이다. 그들의 순수한 본심에 대한 경외이자 응원이고 무엇보다 애정의 표현이다. 그들이 의도하지 않고 보여준 어떤 행동의 사랑스러움에 대한 감탄이고 찬미다. 상대의 의도하지 않은 행동마저 귀여워 보일 때, 나는 어쩔 수 없이 그 사람을 좋아하게 되었다고 말한다.

일본 드라마 〈도망치는 건 부끄럽지만 도움이 된다〉에
이런 대사가 나온다. "'멋있다'의 경우 멋지지 않은 면을 보면
환상이 깨질지도 몰라요. 하지만 '귀엽다'의 경우 뭘 해도 귀엽
다고요! 귀여운 것 앞에서는 모두 복종! 두말없이 항복이라 이
거예요."

당분간 이 세상에 귀여움을 넘어설 사랑 예찬은 존재하
기 어려울 듯하다. 오늘도 작고 하찮은 존재, 서툴지만 당당한
존재가 자신의 영역에서 귀여움을 발산하며 세상을 구하고 있
다. 그 위대한 일을 해내고 있는 존재들에게 진심을 다해 열성
적으로 응원을 보낸다.

다정함이

평인 사람들

12

씩씩한 다정함의 시대

배우 윤여정이 영화 〈계춘할망〉 관련 인터뷰에서 상대 배우 김고은에 대해 **"싹싹하지 않아 좋았다"**라고 말한 적이 있다. 이 발언에 열광한 것은 의외로 MZ세대였다. '싹싹해야 살아남는다'는 사회적 강박에 반박하는, 진짜 어른의 조언이었기 때문이다.

MZ세대는 과도하게 공손하고 친절하라는 사회의 강요를 거부한다. 일방적 친절을 강요하는 사회가 약자보다 강자에게 훨씬 유리하게 작용해 갑질을 부추기는 결과를 낳는 것을 목격해왔기 때문이다. 사회생활 경력이 상대적으로 짧다는 이유만으로 직업 윤리의 범주를 넘어선 과도한 공손과 친절을 강요하는 것은 명백한 위법이라는 사실을 그들은 여러 갑질 사건을 통해 학습했다.

그들은 나긋나긋 친절한 말투로 상대방을 대하는 태도의 위험성도 경험했다. "호의가 계속되면은 그게 권리인 줄 알아요"라는, 영화 〈부당거래〉 속 명대사와 같은 상황을 무수히 접했기 때문이다. 그래서 그들은 상냥함을 기본값으로 장착하는 대신 공적인 커뮤니케이션 상황에서 최대한 사무적이고 건조한 말투와 예의를 갖추되 과도하게 친절하지 않은 언어를 사용하려고 한다. 업무에서 과도한 친절을 발휘해야 하는 일이 생긴다면 그것은 감정노동이라는 데 적극 공감한다.

그렇다고 그들의 커뮤니케이션 방식이 무례하거나 거칠다고 말할 수는 없다. 싹싹하지 않을 뿐이다. 그들은 불필요한 커뮤니케이션에 드는 에너지를 아껴뒀다가 진짜 필요한 다른 곳에 적절히 배분한다. 쓸데없는 곳에 감정을 낭비하지 않고 자신만의 방식과 언어로 **다정함**을 표현하고 실천한다. 그 대표적인 예가 **주접 댓글**이다.

당신한테는 벽이 느껴져요, 완벽. 한국은 3면이 아니라 4면이 바다라던데, 알고 있어? 동해, 서해, 남해, ○○야 사랑해. 내가 무슨 기름 쓰는 줄 알아? 경유? 휘발유? 아니, 온리 유. 당신은 베를린이야, 내게 치명적인 독일 수도.

주접 댓글은 적극적이고 강렬한 칭찬의 표현이다. 상대방에 대한 내 마음을 남김없이 탈탈 털어 보여주는 방식이다. 물론 아무에게나 사용하진 않는다. 자신이 좋아하는 대상에게 의례적인 선플 대신 발랄하고 격렬한 주접을 퍼붓는다. 형식적인 칭찬에는 손사래를 치는 사람도 기발한 주접 칭찬에는 함박웃음을 짓고 만다는 것이 주접 표현의 장점이다.

MZ세대는 씩씩한 세대다. 그들에게 씩씩함과 솔직함은 매우 중요한 가치다. 그렇기 때문에 에둘러 말하기보다 **사이다 발언, 돌직구** 같은 정면 돌파를 선호하고, 입에 발린 칭찬은 사양한다.

칭찬에 대한 태도 역시 마찬가지다. 타인의 외모에 대한 평가나 '지적질'은 지양하지만, 타인의 장점을 발견하면 주접을 퍼부으며 칭찬하고 세상에 널리 알리고 싶어 한다. 상대방의 눈치를 보는 정치적 싹싹함이 아닌 상대방을 응원하는 마음이고, 그런 내 마음을 선명하게 표현하고 싶은 씩씩함이다.

그들이 애정을 표현하는 방식, 타인을 응원하는 방식은 그래서 나긋나긋함이 아닌 씩씩한 다정함이다. 호들갑이나 오두방정이라고 해도 좋다. 그 열렬한 마음의 에너지가 다정함의 다른 버전이기 때문이다.

응원의 메아리는 랜선을 타고

MZ세대는 응원을 정말 잘한다. 그들은 응원의 신이다. 타고난 치어리더다. 어떤 방식으로 상대를 격려해야 하는지 그 어떤 세대보다 잘 알고 있으며 이 시대에 맞는 가장 적절한 응원법을 고안해낸다. 그들에게는 응원도 하나의 문화다. 아이돌 팬덤 문화이기도 하고, SNS상에서 용기가 필요한 사람들을 위로하고 격려하는 문화이기도 하다.

누군가를 좋아하고 그 마음을 열렬히 표현하는 데 익숙한 MZ세대는 경기장과 콘서트장에서뿐만 아니라 일상에서도 응원의 목소리를 낼 줄 안다. 목 놓아 부르짖는 응원이 아니어도, 설탕을 잔뜩 녹여낸 달고나처럼 과하게 달콤한 칭찬으로 호들갑을 떠는 것이 그들이 만들어낸 새로운 응원 문화다. 과하게 달콤한 칭찬이 뛰어난 **드립력**을 만나면 느끼함은 휘발되고 유쾌함과 함께 적정한 온도의 따뜻함만 남는다.

그들은 온기가 필요한 일에는 누구보다 적극적으로 마음을 표현한다. 한편에서는 악플과 혐오 표현이 들끓지만, 주접과 응원의 댓글을 콸콸 쏟아부어 그것들을 차단하고 더 큰 다정함을 선사하려 노력한다. 표정이 보이지 않는 온라인에서 다정함의 표현이 얼마나 중요한지 매우 잘 알기 때문이다.

응원의 장은 주로 댓글 창이다. 유튜브 스타나 인플루언서에게 달린 댓글들을 보면 기발하고 창의적이며, 심지어 따뜻하기도 하다.

제가 감히 이 영상을 공짜 와이파이로 봐도 되나 싶어서

데이터를 켰습니다. 적게 일하고 많이 버세요. 언니한테 광고 수익이 가야 하니까 모든 광고를 다 보고 있어요. 좋은 영상 올려주셔서 감사합니다.

감사하는 마음을 주접에 담아 열렬히 전하는 이런 댓글들을 보다 보면, 그 뜨거움에 감화받아 좋아요 버튼을 누르게 된다.

나는 아이돌 그룹 에프엑스의 멤버 설리를 무척 좋아했다. 그녀가 극단적인 선택을 한 뒤, 나는 그녀의 인스타그램 계정에 단 한 번도 댓글을 달지 않은 것을 후회했다. 구태여 말하지 않아도 나처럼 그녀를 좋아하고 응원하는 사람이 많다는 사실을 그녀도 알 것이라고 생각했다. 그러나 마음은 표현하지 않으면 전달되지 않는다.

물론 내가 댓글을 달았어도 크게 달라지는 일은 없었을 것이다. 하지만 적어도 그 댓글을 보고 감화받은 또 다른 사람들이 나와 같은 마음을 표현할 수 있었을지도 모른다. 그런 마음이 쌓이고 쌓여 그녀에게 커다란 애정으로 전해졌다면 무언가는 바뀌었을지 않았을까.

나는 그 사건 이후 '멋져요'라는 댓글을 되도록 자주 남기려고 노력한다. 그 말을 남기는 것의 힘을 믿기로 했기 때문이다. 응원의 말이 차곡차곡 쌓인다면 악플을 밀어내고 더 많은 다정이 전달될 수 있을 것이다.

MZ세대의 응원이 남다른 점은 이름도 성별도 모르는 타인에게 진심으로 지지를 전하는 법을 알고 있다는 것이다. 물론 그들 중에는 불특정 다수를 향해 혐오 표현을 서슴지 않는 이들도 있다. 그러나 한편에서는 누군가가 다정이 가득한 따뜻한 말을 하고 있다. 세상에는 혐오 표현보다 따뜻한 말을 하는 사람이 더 많다. 나도 거기에 쉽게 가담할 수 있다. 별거 아니지만 좋아요 버튼을 더 많이 누르고, 쭈뼛쭈뼛하면서도 '좋은 게시물 감사합니다'라는 댓글을 달면서 감사와 응원의 마음을 전하면 된다.

김혜남 작가의 《서른 살이 심리학에게 묻다》라는 책에서 일기장에 몇 번이나 옮겨 쓸 정도로 매우 감명받은 구절이 있다.

우리 모두가 서로 연결되어 있음을 안다면, 그래서 고의가 아니더라도 서로에게 피해를 입힐 수 있다는 것을 안다면, 좀 더 조심스럽고 따뜻하게 다른 사람들과 세상을 바라볼 수 있지 않을까.[15]

---

15 김혜남, 《서른 살이 심리학에게 묻다》, 갤리온, 2009, 93쪽.

다정도 병인 양 잠 못 드는 날도 있었다. 만일 다정이 병이라면 이 병이 널리 퍼지길 바란다. 우리의 다정함이, 응원의 목소리가, 격려의 힘이, 호들갑스러운 주접이 스치기만 해도 서로에게 옮아 사회 전체에 퍼지면 좋겠다. 온라인이 우리에게 선사하는 가장 큰 선물이 '따뜻한 말 한마디'라면 그 말들로 우리 사회를 조금 더 따뜻한 곳으로 만들 수도 있지 않을까.

우리에겐
언어 감수성이 필요하다

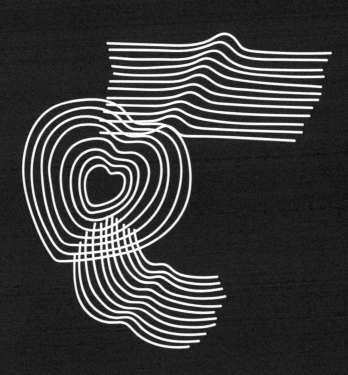

4부

건강한 마음 밭에서는

건강한 언어의 새싹이 나온다

01

정직하고 공평하게
사물을 보는 힘

이름 모를 잡초 중 아끼는 들풀이 있다. 들판이나 길가에서 볼 수 있는 들풀 중 새끼손톱만 한 파란 꽃잎이 하트 모양으로 반짝인다면 그것은 닭의장풀일 것이다. 민들레나 강아지풀처럼 익숙한 이름이 아니어서 누군가가 "이건 이름이 뭐야?" 하고 물어보면 "그냥 잡초야"라고 답해버리지만, 분명 그 식물에도 이름이 있다.

　　잡초는 제초의 대상이다. 식용도, 관상용도 아니라 효용은 없지만 번식력만은 빼어난 아이. 그래서 인간의 편리를 위해 쉽게 뽑히고 제거된다. 잡초는 식물을 효용의 대상으로 보는 인간 관점의 언어다. 인간 관점에서 한 생명의 존재 이유를 결정하고 쓸모없는 식물로 분류해버린다는 사실은 씁쓸하다. 인디언의 언어에는 잡초라는 말이 없다는 말을 들은 적이 있어 조금 더 슬프다. 만약 닭의장풀이 자신에게 손가락질하며 "잡초다!"라고 하는 소리를 듣는다면 "너희 인간들도 내게 전혀 유용하지 않아!"라고 버럭 소리칠지도 모르겠다.

우리가 사용하는 언어에는 알게 모르게 잡초가 함의하는, 인간의 지극히 자기중심적인 관점이 담겨 있다. 주류의 관점에서 생각하고 강자의 시선으로 서술하며 효용의 문제로만 판단하는 그 언어들은 잡초라는 말처럼 쉽게 쓰인다. 그것이 누군가에게 상처가 될 가능성을 적당히 모른 체하면서.

누군가의 폭언에 시달리다가 병원을 찾은 사람에게 의사들은 '정작 병원에 와야 할 사람들은 안 오는데, 항상 착한 사람들만 만나는 게 이 일의 아이러니입니다'라는 위로를 건넨다고 한다. 정작 폭언을 일삼는 사람들은 자신의 문제를 모르고 사는데, 그 폭언의 희생양이 된 사람들은 언어가 남긴 멍울을 어찌할 줄 몰라 고통받는다.

저마다 상처를 받는 언어가 달라서, 우리는 어쩔 수 없이 서로 말로 인한 상처를 주고받으며 살아갈 수밖에 없다. 그렇다고 해서 '상처를 안 줄 수 없다면 내 멋대로 말하겠어' 하는 태도는 용인될 수 없다. 의식할 수 있는 범위에서라도 상대에게 상처를 주는 말을 하지 않으며 사는 것이 최소한의 인격적 실천이라고 믿는다.

철학자 프리드리히 니체Friedrich Nietzsche는 인간이 교육을 통해 배워야 하는 가장 중요한 세 가지로, 보는 법, 생각하는 법 그리고 말하고 쓰는 법을 강조했다. 갓난아이가 말을 하기까지 얼마나 많은 말을 듣고 옹알이하는지를 헤아려보면, 문장으로 말할 수 있는 지금 이 순간이 감격스럽기까지 하다. 말하는 법, 무엇보다 타인에게 상처를 주지 않으며 말하는 법은 꾸준히 해야 하는 운동과 같다. 한 번의 교육이 아니라 평생 학습을 통해 익혀야 한다.

철학자 장 폴 사르트르Jean-Paul Sartre는 "내가 사는 사회를 이해하는 방법은 단 하나, 가장 혜택받지 못한 계층의 관점에서 사회를 바라보는 것이다"라고 말했다. 이 말은 우리의 언어 습관에도 적용할 수 있다. 언어가 발화하는 위치를 바꾸어 생각해보는 것이다. 내 입장에서 말하지 않고 듣는 상대방의 입장에서 그의 세계에 공감해보는 것이다.

닭의장풀 입장에서 자신을 호명하는 잡초라는 말이 반가울 리가 없다. 블랙리스트, 화이트리스트라는 말의 어원을 생각하면 블랙리스트는 **블락**block **리스트**로, 화이트리스트는 **얼로우**allow **리스트**로 바꿔 쓰는 것이 맞다. 2020년, 트위터의 엔지니어링 팀장 마이클 몬타노Michael Montano는 모든 사람을 존중하고 공정하게 대할 수 있도록 **포용적 언어** 사용을 주장했고, 해당 언어들을 고쳐 쓰겠다고 밝혔다.

서양에서만 이런 주장이 있었던 것은 아니다. 소설가 박경리는 《문학을 사랑하는 젊은이들에게》라는 책에서 이렇게 말했다.

정직하게 사물을 보세요. 특별히 감성이 좋은 사람이 없는 것은 아니지만, 대개는 공평하게 사물을 보지 않는 데서 모든 것은 왜곡되기 시작하는 것입니다.**16**」

'가장 혜택받지 못한 사람'이라는 표현이 어렵다면 정직하고 공평하게 보려고 노력하자. 승자와 패자의 관점이 아니라, 강자와 약자의 관계가 아니라, 우등과 열등의 개념이 아니라 사물을 공평하게 있는 그대로 볼 줄 아는 힘이 올바른 언어 습관을 만든다.

주류의 관점에서 바라본 비주류의 세계를 결함이나 부족함이 있는 세계로 단정해서도 안 되고, 권력을 쥔 사람과 그렇지 못한 사람이 공존하는 세계에서 권력자의 마음대로 타인을 함부로 규정지어서도 안 된다. 만약 어떤 말이 잘못된 말인지 잘 모르겠다면 침묵이 소음보다 낫다는 사실을 기억하자.

올바른 언어 습관을 갖기 위한 구체적인 훈련법으로, 민감한 단어에 대해서 다음과 같은 세 가지를 확인해보길 권한다.

첫째, 이 말에 어떤 계층, 성별, 인종, 국가를 비하하거나 폄하할 의도가 담겨 있지는 않은가? 둘째, 이 말의 반대말이 존

---

16 박경리, 《문학을 사랑하는 젊은이들에게》, 현대문학, 2003, 86쪽.

재하는가? 그 반대말이 차별이나 혐오를 내포하지는 않는가?
셋째, 이 말의 어원은 무엇인가?

이 세 가지를 생각하고 언어 사용에 주의하다 보면 의도하지 않게 타인에게 상처를 주거나, 잘못된 언어 사용으로 구설수에 휘말릴 일은 웬만해서는 피할 수 있다. 특히 공적인 자리에서 신조어를 사용하거나, 신조어를 사용한 자료를 매체로 내보낼 때는 반드시 이 세 가지 생각의 관문을 거치도록 하자.

2021년, EBS의 트위터 계정에서 초등학생을 일컫는 비속어인 **잼민이**를 '재미있는 아이'라는 뜻으로 착각하고 해시태그로 올리는 실수를 했다. 신조어의 출처나 어원을 제대로 알아보지 않고 쓰는 것은 굉장히 위험한 일이다. 사과로 끝나면 다행이지만, 그 어원의 폭력성이나 출처의 부적절성의 강도에 따라 기업에 대한 불매로 이어질 수도 있다.

마음 밭을
비옥하게 가꾸려면

올바른 언어 습관을 익히면 단기적으로는 구설수를 피할 수 있고, 장기적으로는 우리의 '마음 밭'이 비옥해질 것이다. 상대방을 배려하고 차별을 거부하는 사고방식이 습관이 되면 우리의 마음 밭 역시 건강해진다. 내 마음 밭이 건강하면 내가 하는 말들도 건강해진다. 씨앗을 보살피는 게 흙의 일이라면, 건강한 마음 밭에서는 건강한 언어의 새싹이 나올 수밖에 없다.

슬픈 사실이지만, 아무리 배우고 각성해도 절대로 상처를 주지 않는 '만능 어휘'란 존재하지 않는다. 같은 언어도 받아들이는 사람이 처한 상황과 위치에 따라 상처가 될 수 있고, 말하는 맥락에 따라 오해와 갈등을 유발할 수도 있다. 그러므로 아무리 '이상적'인 언어가 발견되고 그 언어를 통해 더 많은 사람을 포용할 수 있다 할지라도, 그보다 더 나은 포용의 언어를 찾는 일을 게을리해서는 안 된다. 위치의 개념은 언제나 상대적이어서 더 혜택받지 못한 사람, 더 민감한 사람은 얼마든지 나타날 수 있다. 세상의 인식과 관점 또한 다른 방향으로 회전할 수도 있고 말이다.

혹자는 이런 사고방식을 '예민함'으로 치부한다. 민감한 언어를 고쳐 쓰자는 제안에 '피곤하게 산다', '지나치게 PC(정치적 올바름)에 집착한다' 하는 불평과 비난의 목소리는 늘상 따라붙는다.

그러나 나는 '우리 이제 좀 피곤하게, 불편하게 살아보는 게 어떤가'라고 제안하고 싶다. 나의 편안함을 위해서 타인의 불편함을 당연시하는 사고를 거둬들이자는 말이다. 우리가 좀 더 불편함으로써 결과적으로 좀 더 친절하고 배려하는 사회에 가까워질 수 있으니 말이다.

만에 하나 우리가 어떤 말을 해서 누군가가 상처를 받았다면 다행히 아직 해결할 방법이 남아 있다. 바로 사과하는 것이다. 독학으로 건축을 배워 건축계의 노벨상이라 불리는 프리츠커상을 수상한 건축가 안도 다다오安藤忠雄의 다큐멘터리에서 "실수가 두렵지 않으십니까?"라는 질문에, 권투 선수 출신의 호쾌한 이 건축가는 이렇게 답했다 **"실수하면 사과하면 되죠."** 나는 그 말을 잊고 싶지 않아 서둘러 메모장에 적었다.

"실수하면 사과하면 되죠." 위로를 주는 답이다. 만일 내가 저지른 실수에 진심으로 미안한 마음이 든다면 신속하게 진실한 표현으로 사과하면 된다. 물론 신속하고 진심 어린 사과가 모든 것을 해결할 수는 없지만, 실수해도 사과의 가능성이 남아 있다는 사실에 꽤나 안심이 된다.

더 예민하고 민감한 사람들의 언어를 듣고, 그들의 입장에서 생각해보는 일을 성가셔해서는 안 된다. 우리 사회가 더 나은 방향으로 발전하고 있다는 믿음은 다양한 사람들의 요구와 목소리에 민감하게 반응하는 사회적 민첩성이 높아지는 데서부터 싹튼다.

법을 바꾸거나 사회적 구조를 바꾸는 일은 아득히 멀게 느껴지지만, 언어를 바꾸는 일은 지금 당장부터 할 수 있다. 어휘를 섬세하게 사용하는 사람이 많아진다면 상처받는 사람이 적은 사회, 넓은 마음으로 사과를 받아줄 여유가 생기는 사회가 되리라 믿는다.

사물을 공평하게
볼 줄 아는 힘이
올바른 언어 습관을
만든다.

좋은 언어도

전염된다

02

수저의 반란

어떤 신조어는 등장 자체로 사회에 상처를 내고 파장을 일으킨다. **헬조선, 흙수저**와 같은 조롱의 언어, 입에 올리기도 싫은 차별과 혐오의 언어, 불행과 멸시의 의미가 꽉꽉 담긴 언어들이 있다. 생각만 해도 몸 한구석에서 염증이 생길 것같이 불쾌한 단어들이 끊임없이 생겨나고 있다. 매일 아침 맑은 물을 떠놓고 그런 말들이 사라지기를, 더 나은 말들이 세상에 퍼지기를 기도해도 아무것도 변하지 않는다는 사실을 알지만, 그래도 보기만 해도 얼굴이 붉어지는 혐오 표현은 세상에서 '전체 삭제'가 되면 좋겠다고 바라고 또 바란다.

아는 것과 별개로 쓰지 않는 것은 선택이고 어떤 면에서는 의무다. 더 이상 쓰지 않음으로써 사라지게 만드는 것이 그 언어들을 소멸시키는 가장 쉬운 방법이겠지만 종종 예상치 못한 일이 일어나기도 한다. 그 언어들이 자연적으로 스스로의 오물과 먼지를 털어내고 희화화되어 이전의 의미가 전복되기도 하기 때문이다.

은수저silver spoon**를 입에 물고 태어났다**는 표현은 아주 오랫동안 써온 관용구지만 그와 대비되는 '흙수저'라는 언어가 등장하면서 우리 사회에 '수저 계급론'이라는 파장이 일었다. 흙수저의 등장으로 우리가 매일 쥐고 쓰는 '수저'라는 단어는 별안간 잔인한 언어가 되었다. 부모의 직업과 자산, 사회적 지위가 계급화된 수저 계급론은 객관적 수치를 증빙하며 모두가 암암리에 인정하고 있던 아픈 곳을 들쑤셨다.

그러던 어느 날, 조롱의 의도를 담아 자극적으로 쓰이던 '수저'의 반란이 시작되었다. **근수저(체질적으로 근육이 잘 붙는 사람), 웃수저(타고나길 웃긴 사람)** 같은 단어는 흙수저와 마찬가지로 '타고난 성질'을 묘사하지만, 열패감이나 무력감이 느껴지진 않는다. 웃수저를 부러워하는 마음은 씁쓸하긴커녕 즐겁지 아니한가.

나는 무엇을 타고났나 생각해보니 **꽃수저**를 물고 태어난 듯하다. 우리 부모님은 내게 철마다 피는 아름다운 꽃의 이름을 알려주고, 계절마다 가장 아름다운 꽃을 골라 선물해주신다. 마음의 풍요가 있어야 가능한 일임을 알기에 나는 그것이 우리 가족의 진정한 유산이라고 생각한다. 내 절친은 **나물수저**다. 제철 음식에 빠삭한 친구 어머니는 봄이면 미나리, 쑥, 달래 같은 제철 나물들로 맛있게 요리를 해주신다. 봄이 짙어지면 완두콩을, 여름에는 열무를 먹어야 한다는 것을 나는 친구의 어머니에게 배웠다.

은행 예금이나 부동산으로 정해지는 자산의 가치가 아니라, 가족마다 지닌 아기자기한 문화, 저마다 타고난 특성이나 기질이 우리의 감정과 정서에 어떤 영향을 끼치는지 웃수저라는 언어가 내게 가르쳐주었다. 금수저라는 말의 불편함이 웃수저로 완전히 가실 수는 없겠지만, 수저라는 단어가 뒤집어쓴 '물질 만능주의'의 오명이 조금이나마 희석되기는 한다.

불편하다고
말할 책임

불편한 언어를 무작정 비판하는 것보다 더 나은 방법은 그 언어를 고쳐 쓰는 것이다. 그 언어를 머릿속에서 지울 '더 그럴듯한 언어', 즉 적절한 대안어가 등장하면 사람들은 불편한 언어를 덜 사용한다. 아무도 쓰지 않아 언어가 소멸하면 가장 좋지만, 그 언어가 지닌 자극적 유혹에 끌려 계속 사용하는 사람이 있다면 그것의 대안어를 개발하면 된다.

유행어라고 해서 아무 생각 없이 바로 사용하는 일은 지양해야 한다. 자신이 아는 단어가 아니라 이해한 단어를 쓰도록 해야 한다. 사람들이 많이 쓰는 말 중에 유난히 내 마음에 걸리는 단어가 있다면, 그 이유가 무엇일지 곰곰이 생각해보자. 계속 생각을 곱씹다 보면 그 단어의 어떤 면이 나를 불편하게 했는지 포착할 수 있을 것이다.

어떤 어휘가 **불편한 언어**인가를 분별해내는 효과적인 방법이 있다. 바로 그 어휘를 말할 때의 내 표정을 살피는 것이다. 얼굴이 굳어지거나 화를 내는 듯한 표정으로 말해야 하는 어휘라면 사용을 멈춰야 한다.

대기업 임원들이 언어폭력을 일으켜 중직에서 물러나는 사례가 빈번해지자, 어느 커뮤니케이션 전문가가 그들의 언어 습관을 교정하기 위해 한 가지 방법을 제안했다고 한다. 바로 자신이 하는 말을 모두 녹음해 듣는 것이다. 임원들 대부분이 자신이 무의식중에 쓰고 있는 언어의 폭력성과 그 차가움에 놀랐다고 한다. 내가 한 말을 들으면서 자기 자신조차 상처를 받는 이 충격 요법으로 언어 습관을 고치는 것이다.

사람마다 공감과 감수성을 느끼는 영역이 모두 다르므로 '불편감'을 느끼는 영역도 일치하지 않을 수 있다. 그럼에도 불구하고 배려심과 사회적 민감성이 뛰어난 이들에게는 책임이 있다. 어떤 언어가 **불편하다**고 세상에 말할 책임이다. 자극적인 신조어를 검열 없이 사용하는 매체에 적극적으로 피드백을 요구하며 불편감을 호소하는 일은 큰 힘을 지닌다.

목소리를 내는 일은 물론 번거롭겠지만, 그 목소리가 세상에 불필요한 어휘를 제거하는 데 쓰일 수 있다면 우리는 용기를 내야 한다.

목소리를 내는 것만으로 사장되지 않는 언어가 있다면, 그 언어를 다듬어 새로운 언어로 고쳐 써보자. 금수저에서 웃수저라는 단어가 생겨났듯이 그 단어가 내포하는 본질을 비틀거나, **프로 불편러**에서 **프로 칭찬러**가 생겨났듯이 부정적 의미를 긍정적 의미로 전복시키는 것도 좋은 방법이다.

언어에 담긴 부정성을 표백하고, 눈살 찌푸려지는 폭력적 의미를 소거하려 노력하는 사람이 점점 많아져야 한다. 그런 자발적 언어 방범대가 많아져야 유쾌하고 신선한 신조어가 세상의 편견을 허무는 기능을 하며 '즐거운 표현 양식'으로 자리 잡을 수 있다.

유머는
언제나 도움이 된다

익명성을 방패로, 혹은 그 방패도 없이 오히려 떳떳하게 혐오의 언어를 남발하는 사람들이 있다. 그들의 언어가 세상에 퍼지지 않게 하려면 무대응이 가장 좋은 방법일지도 모르겠다. 하지만 슬프게도 그런 자극적인 언어들은 쉽게 퍼진다. 뇌리에

박혀 쉽게 잊히지도 않는다. 그렇다고 그 언어들이 만연하는 세상에서 무기력하게 살아가고 싶지는 않다. 그래서는 안 된다. 그렇다면 우리가 해야 할 일은 좋은 언어를 전염시키는 것이다. 더 나은 언어를 유행시키고 흥행시키는 것이 우리의 의무다.

나쁜 언어도 전염되지만 좋은 언어도 전염된다. 좋은 언어가 재치와 해학을 겸비하면 더 잘 퍼져나간다. 차별을 지양하는 말, 혐오를 희석하는 말, 애정을 담은 말, 귀여운 말을 더 자주 사용하자. 우리가 살아가는 언어 생태계에 계속 독을 푸는 누군가가 있다면, 그보다 더 많은 사람이 사랑과 애정의 언어를 쏟아내면 된다. 이런 우리의 노력이 더 나은 언어 생태계를 만들 수 있다.

나는 **연결감**이라는 말을 좋아한다. 서로 이어져 있는 느낌, 상대방이 누구인지 정확한 신상을 알지 못해도 그 사람과 내가 같은 방향을 향하고 있다는 믿음에서 획득하는 연대의 감각이 있다. 온라인상에서 낯선 사람이 남긴 문장에 연결감을 느끼는 경우, 그 사람이 쓰는 어휘의 온도와 방향성의 영향일 가능성이 크다. 더 좋은 언어, 더 나은 언어를 쓰기 위해 고민하고 자성하는 흔적이 묻어난 글들을 읽으면 나도 동참하고 싶어진다.

약자를 위해 목소리를 내고 차별에 민감하게 반응하는

사람이 많아지고 있다. 불편한 단어를 내버려두지 않는 사람 또한 마찬가지다. 우리는 온라인이라는 초연결 공간을 통해 물리적 경계 너머의 낯선 세계에서 일어나는 다양한 이야기에 귀 기울이고 공감할 줄 안다. 더 많은 사람에게 회자되어야 하는 이야기가 있다면 '좋아요'와 '공유'를 통해 확산시킴으로써 그 이야기에 힘을 실어주는 실행력도 갖추었다. 이렇게 우리가 '연결'되어 있음을 안다면 그 목소리에 힘을 실어 세상을 바꾸는 것도 가능할 것이다.

이 연결감은 오랫동안 계속된 차별에 대한 무력감을, 우리는 절대 사회를 바꿀 수 없다는 열패감을 누그러뜨린다. '더 나은 언어의 유행'을 통해 도무지 바꿀 수 없을 것 같던 일들이 서서히 변화해가는 모습을 종종 보지 않았는가. 우리는 좋은 것이 울려 퍼지고 공명하여 새로운 법칙과 질서를 만들어내는 것을 이미 경험했다.

'○린이'라는 표현이 불편하다면 적극적으로 그 불편한 이유를 피력하여 고쳐 말하게 하자. 금수저, 한남, 김치녀 같은 말들이 불쾌하게 느껴진다면 그 말이 사라질 수 있도록 노력하자. 노력의 방법은 각양각색이겠지만 가장 좋은 방법은 유머라고 믿는다. 미국 소설가 커트 보니것Kurt Vonnegut은 다음과 같이 말했다.

세상의 종말이 오면 우리는 어떻게 행동해야 할까요? 우리는 평소보다 서로에게 더욱 친절하게 대해야 합니다. 그때 유머는 큰 도움이 됩니다.

세상의 종말도 친절함으로 견딜 수 있다는데, 불편한 언어쯤이야 친절한 언어로 충분히 극복할 수 있다. 난 웃수저가 아니라 유머러스한 언어를 만들 자신은 없다. 그 대신 웃수저들이 만들어낸, 아름답게 빛나는 새로운 언어들에 하트를 남발하며 간접적으로나마 유머의 힘을 빌려야겠다. 불편한 언어들이 사라지고 더 나은 언어가 많아지는 세계를 꿈꾸면서.

우리가 해야 할 일은
좋은 언어를 전염시키는 것이다.
더 나은 언어를 유행시키고
흥행시키는 것이 우리의 의무다.

새로운 언어를 만드는 자에게

길이 열린다

내 일기장에
이름을 붙인다면

일기장에 이름을 붙인다고 가정해보자. 블로그의 이름이어도 좋다. 일상 기록, 생활 단상, 시절 노트 같은 이름은 어떤가. '봄날의 창문'이라든가 '존재의 순간들' 같은 시적인 이름을 쓸 수도 있다. 아주 정직하게 '일기'라고 할 수도 있다. 제2차 세계 대전 중 강제수용소로 끌려간 유대인 소녀 안네 프랑크Anne Frank가 자신의 속마음을 써내려간 기록이 《안네의 일기》라는 이름으로 알려졌지만, 작품을 읽어본 사람이라면 일기장의 이름인 **키티**를 잊을 수 없을 것이다. 일기장에 붙이는 이름은 그 일기장의 정체성이자 그것을 대하는 나의 태도를 반영한다.

경계와 구분 없이 많은 것들이 한데 뒤섞인 현대 사회에서 개인이나 조직이 지닌 고유한 언어는 무해한 경계를 짓고 차별 없는 벽을 세울 수 있다. 특히 나에게 중요한 개념이 있다면 그것의 호칭을 새로운 언어로 바꿔보면 어떨까. 만약 내가 운영하는 매장에서 직원이 중요한 존재라면, 애플 매장 직원의 호칭인 **지니어스**나 스타벅스 매장 직원을 부르는 **파트너**처럼 남다른 이름을 고민해보는 것이다.

2019년, 한국야쿠르트가 창립 50주년을 맞아 '야쿠르트 아줌마'라고 불리던 방문 판매 직원의 호칭을 **프레시 매니저**로 바꿨다. 이는 기업이 직원을 대하는 태도 및 고객과의 관계에 대한 고민을 잘 보여주는 사례다. 아줌마라는 호칭을 매니저로 바꾼 것은 시대의 흐름을 읽은 명석한 결정이다.

'인싸 직원'으로 유명한 화장품 브랜드 러쉬는 '러쉬와 잘 맞는 인재 채용'을 그들의 성공 비결로 꼽는다. 러쉬는 인재 채용이 중요한 만큼, 채용 절차를 리크루팅이 아니라 **리크루팅 파티**라고 부르며 마치 파티와 같은 분위기에서 치른다. 프리미엄 스포츠웨어 브랜드이자 '요가복의 에르메스'로 불리는 룰루레몬은 판매 직원을 **에듀케이터**라고 부른다. 고객에게 단순한 제품이 아닌 '특별한 경험'을 제공하고 싶은 브랜드의 철학을 반영한 호칭이다.

직원, 인재 채용과 같이 평범한 어휘를 자신들만의 호칭으로 바꾸어 말할 때 그 기업의 관점과 입장 그리고 철학이 드러난다. 어떤 호칭은 귀에 쏙쏙 들어오고, 어떤 호칭은 낯설게 느껴질 수 있지만, 중요한 것은 새로운 이름을 붙였다는 사실이다. 그 시도 자체가 평범한 일반 명사를 그대로 답습할 때와 전혀 다른 태도를 갖게 한다.

기업이 특히 중요하게 생각하는 영역이나 역할이 있다면 그 부분을 차별화하여 부를 언어를 고민하는 일은 이제 필수다. 무신사가 세일을 **페스티벌**이라고 부르는 것, 럭셔리 패션 플랫폼인 매치스패션에서 파티룩이라는 이름 대신 **차려 입는 즐거움**이라는 표현을 사용하는 것은 패션과 쇼핑을 대하는 그들의 태도를 보여주고, 그것은 다른 플랫폼과 그들을 차별화하는 역할도 수행한다.

호명은 한 언어에 갇힌 개념을 제한하고 규격화한다. 기존의 언어에 고여 있는 오래된 의미들을 흘려보내고 새로운 의미와 가능성으로 다시 채우기 위해서 환기의 언어가 필요한 이유다.

나만의 여행 기록 해시태그를 만들어도 좋고, 애인을 부르는 호칭을 바꿔도 좋다. 반려동물과의 관계를 새로운 언어로 정의해도 좋다. 내게 중요한 것들을 나만의 언어로 바꾸어보면서 새로운 이름을 고민하는 일 자체도 의미 있는 경험이지만, 그 과정에서 대상에 대한 애정과 세상에 대한 관점을 다시 정립하는 일 역시 좋은 경험이다. 새로운 이름 안에 스며 있는 내 생각들을 들여다보면서 작은 우물에 갇혀 있던 사고에 신선한 공기와 뽀송한 햇살을 허락하자.

갓 태어난 아이의
이름을 짓듯이

새로운 이름을 잘 짓는 방법이 따로 있을까? 작명만큼 어려운 게 세상에 없다고 믿는 나는, 이 부분을 제안하기 위해 정말 오랫동안 고민했다. 작명소나 네이밍 전문 회사가 알려주는 '작명의 법칙'이라도 찾아봐야 하나 고민했다.

그런데 계속 생각해보니 최적의 이름을 짓는 일은 결국 **애칭**을 만드는 일이었다. 내가 사랑하는 일기장, 한 기업이 귀중하게 여기는 직원처럼 소중한 것들의 이름을 짓는 일에 대해서 아주 원론적이면서 모두가 공감할 수 있는 질문이 내 안에 있었다. 다음과 같은 세 가지 질문이다.

첫째, 나/우리 조직이 가장 중요하게 생각하는 자질은 무엇인가? 둘째, 나/우리 조직에게 있어 명명 대상이 가진 가장 중요한 자질은 무엇인가? 셋째, 나/우리 조직과 명명 대상의 관계는 어떠한가?

이 세 가지 질문에 대한 답을 하나씩 구하다 보면 가장 본질적인 알맹이가 도출될 것이다. 그 알맹이는 새로운 언어를 만들 재료이다. 그 재료를 어떻게 요리할지는 노벨 문학상 수상자인 소설가 오에 겐자부로大江健三郎의 이야기에서 힌트를 얻을 수 있다. 오에 겐자부로는 《읽는 인간》에서, 아름답고 정확한 문체를 찾기 위한 그의 독특한 작법을 소개했다. 불문학을 전공한 그는 외국어 텍스트를 읽으며 그것을 자신의 모국어로 옮겨 적었고, 그 과정에서 새로운 언어를 만났음을 고백했다. 덧붙여 이렇게 말했다.

> 언어의 왕복, 감수성의 왕복, 지적인 것의 왕복을 끊임없이 맛보는 작업이, 특히 젊은이들에게는 새로운 문체를 가져다준다고 저는 생각합니다.[17]

언어의 왕복은 외국어와 모국어 사이에서만 이루어지는 운행이 아니다. 언어의 왕복은 디지털 언어와 일상 언어 사이에서, 신조어와 문학적 표현 사이에서, 사적 언어와 공적 언어 사이에서 그리고 시대 감수성과 내 고유한 감성 사이에서 이루어진다.

앞의 세 가지 질문을 통해 얻은 알맹이를 언어 주머니에 넣고, 천천히 왕복 작업을 하다 보면 어느새 새로운 언어가 떠오를 것이다. 이렇게 만들어진 새로운 언어는 나와 명명 대상의 관계만이 아니라 더 많은 것을 바꿀 수 있음을 기억하자. '호명의 필요'가 아니라 '애정의 필요'로 생긴 단어는 이 세상에 더

17 오에 겐자부로, 《읽는 인간》, 위즈덤하우스, 2015, 67쪽.

욱 강한 영향력을 미칠 것이다.

　'어떻게 부를까?', '뭐라고 부를까?' 하는 고민의 바탕은 애정이다. 애정이 없다면 시작되지 않을 고민이다. 갓 태어난 아이의 이름을 고민하는 부모의 마음처럼, 평생 함께할 반려동물의 이름을 짓는 주인의 사랑처럼 우리에게 소중한 것들에 고유한 이름을 지어주겠다는 정성스러운 노력을 시작해보자.

　당연하게 부르던 이름들에 '일시 정지' 버튼을 누르고 조금 더 생각해보자. 어휘력은 결코 단어를 '많이 아는 것'만을 의미하지 않는다. 어휘력은 상황과 맥락에 가장 적합한 어휘를 떠올릴 줄 아는 힘이다. 사전에서 어휘를 길어다 쓰는 것도 좋지만, 더 적극적으로 새로운 언어를 찾으려는 시도를 꾸준히 하다 보면 야쿠르트 아줌마나 철가방처럼 무의식중에 잘못 사용하던 언어들을 자연스럽게 정화할 수 있을 것이다.

　더 나은 언어를 찾아서 불편한 언어를 고쳐 부르는 일, 더 많은 사람을 존중하는 언어를 고민하는 일이 우리의 어휘력을 키운다. 내가 부르는 이름이 세상에 따뜻한 빛을 내는 순간, 그 순간이 모두에게 더 자주 찾아오기를 바란다. 칭기즈 칸의 후예인 톤유쿠크Tonyuquq의 비석에는 이런 말이 적혀 있다고 한다. **성을 쌓는 자는 망하고, 길을 뚫는 자는 흥한다.** 언어도 마찬가지다. 익숙함의 성에 갇히지 않고 새로운 언어를 만들어 내는 사람에게 더 넓은 길이 열린다.

어휘력은
상황과 맥락에
가장 적합한 어휘를
떠올릴 줄 아는
힘이다.

세상에 몰라도 되는

이름은 없다

04

덕질은
어휘력에 이롭습니다

오타쿠라는 말에서 **오덕**이 파생되고, 그래서 **덕질**이라는 말까지 만들어진 것은 언어적 축복이다. 열정을 가지고 진심으로 무언가를 좋아한다는 신조어 '덕질'이 그 '덕'에 탄생할 수 있었으니 말이다. 어쩐지 덕德이 넘치는 그 용어 때문일까? 어떤 또렷한 결괏값을 바라지 않고도 열정을 품고 즐길 수 있는 일이 있다는 것만으로 덕질은 아름답다. 보상 없이 보람만으로 마음을 채울 수 있는 일들이 갈수록 희귀해지는 세상, 덕질은 보람이 보상으로 작용하는 몇 안 되는 분야다. 스스로 마음을 채우는 법을 알고 있는 것만큼 호사스러운 행복은 없다고 믿기에 나는 언제나 덕질 엔진을 켜두고 산다.

좋아하는 마음은 많은 것을 견뎌낼 용기와 너그러움을 선사한다. 그렇기에 무언가를 많이 좋아하고 사랑하는 일은 스스로를 위해 마음의 안전장치를 만드는 일과 같다. 좋아하는 것을 많이 만들어두면 더 자주 기쁨을 느끼도록 촉수를 키울 수 있으며, 그렇게 돋아난 촉수는 우리가 일상을 풍요로 채우고 관대한 마음으로 세상을 살아갈 수 있게 도와준다.

좋아하다는, 그래서 동사이면서도 태도의 언어다. 이 태도는 혐오의 시대를 살아가는 우리에게 강력한 무기가 된다. 이는 일상을 즐겁게 만드는 데 머물지 않고 우리의 어휘 생활도 풍부하게 가꾸어준다. 어떤 세계를 열렬히 좋아하는 것, 즉 사랑하는 것은 그 세계가 가진 고유명사를 가슴으로 익히는 일이다.

역사 시간에는 사건 연도와 사람 이름이 그토록 안 외워지더니, 내가 좋아하는 배우의 생일, 그 배우가 맡았던 배역 이름들은 어떻게 외우지 않아도 이토록 자연스럽게 줄줄 떠오를까? 다 사랑 덕분이다. 사랑은 그 세계를 구성하는 수많은 이름을 내 언어로 흡수하게 한다. '외우다'는 불어로 'apprendre par cœur'라고 하는데 심장으로 익힌다는 뜻이다. 시험공부하듯 암기하지 않아도 심장으로 익히는 언어들이 존재하기 마련이다.

꽃을 사랑하는 사람은 계절마다 새로 피는 각기 다른 꽃의 이름을, 테니스를 좋아하는 사람은 테니스 선수의 이름을 줄줄 외운다. 카사블랑카 릴리casablanca lily와 테이블댄스 릴리 tabledance lily를 구분할 수 있는 사람, 안드레이 루블레프와 스테파노스 치치파스가 테니스 선수의 이름임을 아는 사람들이 있다. 그 세계를 사랑하는 사람에게만 선명하게 보이는 어휘가 있는 것이다.

어떤 세계에 대한 사랑은 그 세계를 표현하는 내 어휘력으로 증명할 수 있다. 세밀한 서술어로, 중복 없는 형용사로, 적확한 부사로 그 세계를 묘사할 수 있는 힘은 열렬한 사랑의 능력이다.

언어의 근력 운동이
필요하다

어휘력을 키우려면 언어의 근력을 키워야 한다. 새로운 시대의 감수성을 장착하기 위한 어휘력 운동을 소개한다.

첫째, 고유명사를 외운다. 시험공부를 하듯 암기하라는 것이 아니다. 한 번 더 불러보고 떠올려보며 흘려보내지 않고 기억하는 일이다. 만약 아직 특별히 좋아하는 것이 없는 사람이라면 일상에서 자주 마주하는 것들의 뒷면에 적힌 이름으로 시작해도 좋다. 예술의전당을 설계한 건축가는 김석철, 아라리오 뮤지엄 인 스페이스의 건축가는 김수근, 아모레퍼시픽 본사 건물을 설계한 건축가는 데이비드 치퍼필드David Chipperfield, 여의도 파크원의 건축가는 리처드 로저스Richard Rogers와 같은 식으로 내가 살고 있는 도시의 건축물을 설계한 사람의 이름을 지나치지 않는 것도 좋은 방법이다. 최근 음악 방송의 1위 후보 였던 가수들의 이름을 외울 수도, 좋아하는 드라마의 조연 배 우 이름을 모두 외울 수도 있다.

세상에 몰라도 되는 이름이란 없다. 많은 것의 이름을 알 게 되고, 사물과 사람을 '그거'나 '저기'가 아니라 정확한 이름으 로 부를 때, 우리가 세계와 맺는 관계는 전혀 다른 차원의 것이 된다. 이름을 외우는 것을 습관화하면 대상에 대한 존중과 배 려의 태도를 지니게 되고, 사물과 사람을 더 구체적으로 지각 하게 된다. 모든 스태프의 이름을 외워 미담의 주인공이 된 몇 몇 연예인들의 사례를 떠올려봐도, 이름을 외운다는 것은 배려 의 표현이다.

둘째, 일반명사를 한 단계 더 깊이 파고든다. 우리 집에 있는 원목 가구가 어떤 나무로 만들어졌는지 답할 수 있는가? 만약 모른다면 그 원목의 이름을 알아보는 것에서부터 시작하 자. 너도밤나무인지, 참나무인지, 물푸레나무인지 살펴보자. 만약 장미를 좋아한다면 장미의 다양한 이름을 알아보자. 다마 스크장미, 개장미, 월계화, 미스터링컨, 플로리분다 등 다양한 장미의 종류와 이름을 알아가는 것은 세상의 아름다움을 더 구 체적으로 표현할 수 있는 힘을 갖는 일이다.

한 단계 더 깊이 들어간 세계에서 발견한 구체적인 어휘는 내 '어휘 계좌'에 차곡차곡 쌓여 풍부한 표현력으로 승화된다. 표현력이 풍부하다는 것은 내 세계를 더 정확한 어휘로 '예찬'할 수 있음을 의미한다.

예찬은 더 이상 누군가에 대한 아부나 예술 작품에 대한 감탄을 위한 말에 머물지 않는다. 예찬은 가장 현대적 관점의 마케팅이다. 어떤 대상을 나만의 언어로 예찬하는 것을 요즘 말로 **영업**이라고 한다. "독후감이 '그 책에서 제일 쩔었던 부분이 왜 쩌는지 영업해보시오'라는 문제임을 알았더라면 내 학창 시절이 훨씬 편했을 것 같다"라는 인기 트윗을 보고 오랫동안 멍했다. 맞다. 모든 보고서에 '이게 얼마나 쩌는지 영업하는 마음'이 담기면 누구든 설득할 수 있는 막강한 힘이 생길 것이다.

어휘력이 곧 영업력

전도라고 봐도 무방한 영업의 비밀은 **덕심(덕후의 마음, 즉 무언가를 좋아하는 마음)**에 있다. 덕심에서 비롯한 영업은 이타적 마음의 발로이기도 한데, 이 좋은 걸 나만 앓을 수는 없다는 마음, 더 많은 사람에게 행복을 나눠주고 싶다는 마음으로 표현된다. 그래서 '덕질에 대한 고민은 행복만 늦출 뿐'이라는 말로 신성한 영업을 계속한다.

이 시대의 영업력은 어휘력에서 온다. 고해상도의 언어를 사용할수록 그 세계의 진가와 매력이 더 선명하게 전달되는 것은 당연하다. 일반명사보다 정확한 고유명사를 통해, 모호한 묘사보다 구체적이고 생생한 표현을 통해 그 세계에 대한 내 사랑이 외부로 표출된다. 그리고 그 에너지가 자연스럽게 영업으로 이어진다. 가슴으로 익힌 수많은 이름을 아름다운 언어로 영업하는 자발적 영업 사원, 월급 제로인 자발적 영업글이 세상에 얼마나 많은지 떠올려보라.

목적 없이 열렬히 사랑하는 마음은 유익하다. 좋아하는 대상의 세계를 구성하는 어휘들을 흡수하는 일은 즐거운 '덕질 생활'이다. 그 언어들을 새롭게 조립한 뒤 나라는 필터를 통해 그 세계를 가장 생생하게 표현하는 연습을 계속한다면, 덕질은 우리에게 즐거움을 넘어 더 많은 것을 선사할 것이다.

내가 사랑하는 것으로 내 정체성을 빚는 시대에 애정하는 대상에 대해 나의 언어로 말하는 것은 스스로에 대해 말하는 것과 같다. 나에 대한 설명은 고유해야 하는데, 그 고유함을 구성하는 재료인 어휘력은 사랑으로 획득할 수 있다. 사랑 자체가 이미 풍요인데, 새로운 힘까지 선사한다니 얼마나 멋진 일인가!

우리 사회가 **디테일**에 집착하는 이유는, 그 속에 담긴 정성과 애정이 사람을 끌어당기기 때문이다. 자신이 좋아하는 것을 구석구석 구체적으로 말하는 사람에게 끌리는 것은 자연스러운 일이다. 그러니 사랑하는 것을 표현하는 어휘에 귀를 기울이고 그 대상에 대해서 구체적으로 말할 수 있는 능력을 기르도록 하자.

소설가 미셸 투르니에Michel Tournier는 "우리는 터무니없이 부족하게 시를 외운다"고 말했다. 더 많은 시를 외워야 인간다운 삶을 살 수 있다는 뜻에서 한 말인데 나 역시 여기에 격한 동의를 표한다. 그리고 그의 말에 한 가지 더 첨언하고 싶다. 내가 사랑하는 세계의 가장 구체적인 이름들을 외워보자고. 마음으로 외워지는 세계가 있음을 경험할 때 우리의 언어 생활에도 더 화사한 빛이 스며들 것이다.

좋은 언상을 지니셨군요!

내 마음 밭을
잘 가꾸려면

시어머니가 아직 남이던 시절, 함께 차를 타고 가던 중 차창 밖으로 펼쳐진 초록빛 밭을 본 그녀는 이렇게 읊조렸다. "좋은 밭이네. 일군 사람의 정성이 다 보인다." 그 혼잣말이 내 귀에 유난히 깊숙이 박혔다. 나도 그 밭에 담긴 정성을 알아보고 싶어서 유심히 살폈지만 내 눈에는 잘 보이지 않았다. 밭일에 대해 아는 게 없어서 어떤 밭이 좋은 밭인지 알아볼 안목이 부족했기 때문이다. 그럼에도 그 말을 곱씹을수록 내 마음에는 온기가 돌았다. 드러나지 않는 누군가의 정성을 알아보고 칭찬해주는 사람이 내 가족이 될 수도 있다고 생각하니 든든했다. '정성이 보이는 밭', 이 말은 내 머릿속에 아주 오랫동안 또렷하게 남았다.

　　어느 날 우연히 눈길을 사로잡는 이미지를 발견했다. 시력이 좋아질 것처럼 싱싱한 초록빛 밭 위로 '심전경작'이라고 맑은고딕체에 검은 테두리를 두른 흰 글씨가 화창하게 떠 있는 사진이었다. '이거야말로 정성이 보이는 밭이네!' 하고 들여다

보니 심전경작이라는 말이 생경했다. 심전경작心田耕作, 즉 마음의 밭을 가꾸고 일군다는 뜻이다. '마음 밭'이라는 다소 예스러운 느낌이 마음에 쏙 들어 이후 일상에서 그 말을 자주 사용했다. 희한하게도 마음 밭이라는 말을 쓰면 그냥 '마음'이라고 말할 때보다 훨씬 더 자신을 아껴주고 또 돌봐주고 싶어진다.

누군가의 마음 밭을 들여다보는 가장 쉬운 방법은 그 사람이 사용하는 언어를 살피는 것이다. 그래서 누군가가 내 친구를 상처 주는 말을 하면 "그 인간 마음 밭이 나빠서 그래. 밭이 나쁘니 나오는 말이 나쁠 수밖에!"라고 말하고, 누군가가 내게 예쁜 말로 칭찬하면 "네 마음 밭이 좋아서 그래. 네 마음의 토양이 비옥하니까 내게 그런 말을 해줄 수 있는 거야"라고 말한다.

마르쿠스 아우렐리우스Marcus Aurelius의 《명상록》에는 마음이 혼란스러울 때 떠올리면 참 좋은 문장이 있다.

네 마음은 네가 자주 떠올리는 생각과 같아질 것이다. 혼은 생각에 의해 물들기 때문이다.**18**」

이 문장은 이렇게 적용할 수도 있다. 우리 삶은 우리가

---

18 마르쿠스 아우렐리우스 지음, 천병희 옮김, 《명상록》, 도서출판숲, 2005, 237쪽.

자주 사용하는 어휘와 같아질 것이라고. 사람의 감정이 얼굴에 드러나 인상이 되고 살아온 흔적이 얼굴에 드러나 관상이 된다면, 우리가 쓰는 말의 향기와 온기는 고스란히 '언상'이 된다. 내가 자주 짓는 표정이 내 인상을 만든다면, 내가 자주 쓰는 어휘가 나의 언상을 만든다.

　　한번 굳어진 인상은 주름이 되어 고치기 어렵지만, 언상을 고치는 일은 그보다 쉽다. 내가 바꿔 말하기로 한 몇 개의 어휘가, 내가 하지 않기로 한 몇 가지 말들이 단순히 우리의 언어 습관을 바꾸는 데 머무르지 않고 우리의 생활을 바꾸고 마음 밭을 비옥하게 하기 때문이다. 그런 의미에서 이 책은 결국 우리의 언상을 점검하고 더 나은 언상으로 가꾸어나가자는 긴 제안일지도 모르겠다. 앞으로는 인상보다 언상이 더 중요해질 것이다. 언상은 타고나기보다 노력을 통해 교정하고 가꿀 수 있기 때문이다.

　　좋은 언상은 온기와 향기를 지녀야 하는데, 온기는 상대방을 배려하는 어휘를 선택하는 데서, 향기는 자신만의 개성을 드러내는 데서 나온다. 언상을 가꾸는 법은 밭을 가꾸는 법과 비슷하다. 밭을 잘 가꾸려면 그 지역의 기후와 풍토를 잘 읽어야 하듯, 마음 밭을 잘 가꾸기 위해서는 내가 살아가는 사회의 시류를 읽는 일이 매우 중요하다. 트렌드에 빠삭하거나 신조어를 많이 알아야 한다는 뜻이 아니다. 내가 살아가고 있는 이 시대의 감수성을 읽자는 것이다.

어떤 말을 왜 하면 안 되는지, 대다수가 어떤 말을 줄여 부르는지, 사람들이 자주 사용하는 접두사는 무엇인지 등을 종종 고민해보는 것만으로도 내 밭을 '지금, 여기'의 기후에 알맞게 가꿀 수 있다. "말은 사전이 아닌 정신 속에 살아 있다"는 버지니아 울프Virginia Woolf의 표현처럼, 우리가 사용하는 언어는 사전을 넘어 지금 이 시대를 살아가는 사람들의 정신을 반영한 결과다. '시대정신'이라는 거창한 말 뒤에 숨어 있는 '생활의 감각'을 익혀, 우리의 마음 밭을 새로운 언어로 환기해줘야 한다.

나만의 향기를 지닌 밭을 만들려면 '나'라는 고유한 밭에서 잘 자라날 수 있는 품종을 찾듯 나만의 언어를 발굴해야 한다. 더 세밀하고 참신한 표현을 고민해서 내 감정과 경험에 가장 적합한 언어를 붙이려는 시도는 우리의 언어에 고유한 향을 입힌다.

뢰흐 블루,
새로운 이름을 기다리는 시간

프랑스에는 '뢰흐 블루(l'heure bleue, 영어로 blue hour)'라는 시간이 존재한다. 아라비아 숫자로 세는 시時가 아닌, 색을 통해 감각되는 시이다. 완전히 어둡지도, 그렇다고 밝지도 않은 푸르스름한 빛을 띠는 시간을 뜻하는 뢰흐 블루. 이 시간처럼 이 세상 어딘가에는 '새로운 이름'을 기다리는 영역이 아직 많이 남아 있을 것이다.

낡은 옷을 벗고 새로이 거듭나기를 기다리는 언어도 있다. 모두를 설득하고 더 나아가 감동을 주는 새로운 언어를 찾는 일은 스스로에게도 유익하고 심지어 이타적인 행위이다.

나는 요즘 '독박 육아'보다 더 명확하게 그러나 덜 거칠게 그 상황을 묘사할 수 있는 언어를 구하고 있다. '뒤집어쓰다'라는 뜻이 담긴 '독박'보다는 부드럽되, 이 다면적이고 복합적인 노동을 더 잘 설명해주는 단어를 쓰고 싶다. 독박이라는 말이 아이의 입장을 배려하지 않는 말이 아닐까 하는 우려가 드는 날에는 그런 생각이 유난히 깊어진다. 아직 구체적인 언어로 결실을 이루지는 못했지만, 이런 고민이 쌓여 어느 날 툭 하고 새로운 표현이 나타날 수도 있지 않을까. 부정적 감정에 매몰되는 대신 이 상황에 새로운 돌파구를 열어주는 새로운 언어를 찾을 수 있기를 기대한다.

밭을 잘 일구는 일에는 정성이 필요하다. 친구들을 위로하며 쓴 '네 마음 밭이 좋아서 그래'라는 표현은 그 친구가 자신의 마음을 다스리기 위해 들인 정성에 대한 나만의 예찬이었다. 정성이 가득한 사람에게서 나오는 자연스러운 빛을 보고 칭송

하는 것은 인간의 자연스러운 본능이니까. 좋은 인상과 관상을 갖고자 값비싼 화장품을 바르고 시술을 알아보지 않아도, 좋은 언상을 지니는 것만으로도 충분히 빛날 수 있음을 우리는 이미 알고 있다.

좋은 언상을 가진 사람으로 자라나고 싶다. 나만의 고유한 향기를 풍기는 언상을 지닌 사람으로 자라나고 싶은 욕심도 있다. '자라나다'라는 말을 반복하는 이유는 주의하고 의식하며 정성을 들여 살아가는 것을 인간으로서의 성장이라고 믿고 있기 때문이다.

차창 밖으로 보이던 밭에 깃든 정성은 잘 알아보지 못했지만, 누군가가 일궈낸 마음 밭에 깃든 정성은 꼭 알아보는 사람이 되고 싶다. 누군가가 자연스럽게 내뱉은 어휘가 알고 보면 오랜 시간 숙성된 배려심의 결실임을 알아차리는 사람이 되고 싶다. 그러기 위해서 건강한 민감함으로 시대와 함께 호흡하며, 내가 사용하는 언어를 잘 보살필 수 있도록 계속해서 노력하고자 한다.

만약 독자 여러분이 이 책을 읽고 '내 언상을 가꾸고 싶다'는 생각이 든다면, 그보다 큰 기쁨은 없을 것이다. 아마 그런 분들을 마주친다면 나는 곧장 알아보고 이렇게 말할 것이다.

"좋은 언상을 지니셨군요. 정성스럽게 세상을 바라보고 사려 깊게 언어를 고르는 것이 다 보여요!"

추천의 글

어린 시절, 중학교에 입학하는 누나에게 부모님께서 가장 먼저 챙겨주신 준비물은 습자지처럼 얇은 종이에 세밀한 글씨가 빼곡히 담긴 '영어 사전'이었습니다. 10년 넘게 우리말로만 이루어졌던 세계를 전 지구적 규모로 키우기 위해 새로운 언어를 배우는 출발점에서 '새로운 언어의 지도'가 필요하다고 생각하셨던 것 같습니다.

지금 우리는 또다시 새로운 세계로 진입하고 있습니다. 전 세계 수십억 인구가 연결되고 새로운 지식이 빛의 속도로 전해지는 시대에 정유라 작가는 새로운 언어를 다루는 섬세한 지도를 우리에게 보여줍니다. 저는 이 책 덕분에 이런 문장을 이해할 수 있었습니다. "회차별 럽라 감정선 빌드업도 쩔고 떡밥 회수도 모조리 하고."

박해받던 신도들이 감시의 눈길을 피해 물고기 문양을 암호로 사용했던 것처럼, 같은 취향을 가진 사람들은 그들만의 언어로 효율적인 메시지 전달과 신심의 강화를 동시에 추구합니다. '#내취향'이 곧 정체성이 되는 시대, 우리는 어떤 해시태그로 자신을 설명해야 할까요?

〈응답하라 1988〉 속 존 케이지의 '떡밥'을 바라보노라면 지금껏 인생의 만남들이 복선일지 맥거핀일지 궁금해집니다. 자신에게 다가온 인생의 기회를 지나치지 않도록, 언어를 다루는 섬세한 감각을 원하는 모든 분께 일독을 권합니다.

송길영 | 《그냥 하지 말라》 저자, 바이브컴퍼니 부사장, 마인드 마이너

2012년의 어느 날, 90년생으로 엮인 대학생 친구들과 어울렸던 적이 있다. 2시간 동안의 짧은 대화였지만 나는 그들이 말하는 내용의 10분의 1도 이해하지 못했다. 내가 이때 느꼈던 충격과 신조어에 대한 이질감은 《90년생이 온다》의 출발점이 되었다.

지금도 간혹 외부 행사에서 나를 20대 청년들과 한자리에 앉혀놓고 신조어 테스트를 시키는 일이 있다. (그런 자리를 만든 의도야 뻔히 보이지만) 나는 지금의 청년들처럼 신조어를 많이 알지 못하는 상황을 단 한 번도 부끄럽게 받아들인 적이 없다. 내가 실생활에서 사용하지 않는 단어들을 그들보다 적게 아는 것은 자연스러운 일이기 때문이다. 그리고 '은어隱語'의 본래 뜻이 '자기네 구성원끼리만 이해할 수 있도록 사용하는 말'인 것을 감안했을 때, 내가 '어쩔TV, 저쩔TV'와 같은 말을 어색하게 내뱉는 것이 그들에게도 그리 달갑지 않을 것이다.

그럼에도 불구하고, 난 여전히 그들이 '왜 그러한 언어를 사용하는지'에 대해서는 매우 큰 관심을 가지고 있다. 그들의 '새로운 언어'가 새로운 시대를 가장 잘 반영한다는 사실을 알고 있기 때문이다. 이러한 관점에서 볼 때 《말의 트렌드》는 새로운 시대의 언어를 조망하는 훌륭한 지침서이다. 이 책은 우리가 지금 어떤 언어를 익혀야 하고, 어떠한 표현을 피해야 하는지를 알려준다. 책장을 덮고 난 후에는 우리가 쓰는 언어에도 좋은 모양(언상)이 따로 존재한다는 교훈 또한 받게 될 것이다.

임홍택 | 《90년생이 온다》《그건 부당합니다》 저자, 전빨련(전국빨간차연합회) 회장

뉴스를 진행하면서 가장 많은 시간을 투자하는 일 중 하나는 '알맞은 단어'를 고르는 일이다. 수시로 업데이트되는 '요즘 말'을 어떻게 풀어서 쓸지, 누군가를 상처 주거나 불편하게 하는 말은 아닌지, 혹시 그 속에 혐오나 차별의 의미가 담기진 않았는지 등 단어 하나하나 꼼꼼하게 살피고 점검한다. 평소 대화를 할 때도 마찬가지다. 두 번 세 번 곱씹고 고민한다.

10년 넘게 '말하는 일'을 업으로 삼고 있지만, 여전히 말하는 게 제일 어렵다. 어떻게 하면 더욱 정성스럽고 사려 깊은 언어를 사용할 수 있을까? 어떻게 하면 세상을 밝히는 말을 할 수 있을까? 이 책의 저자는 친절하고 다정하게 그 방법을 알려준다. 매일매일 밭을 일구듯 정성과 성의를 다해 좋은 '언상'을 만드는 길을 안내해준다. 이 책의 마지막 장을 덮으면서 나만의 고유한 향기를 풍기는 좋은 언상을 가진 사람으로 자라나고 싶다는 소망을 가져본다.

이재은 | 《하루를 48시간으로 사는 마법》 저자, MBC 아나운서

'인생은 자전거를 타는 것과 같다. 균형을 유지하려면 계속 움직여야 한다.' 알베르트 아인슈타인은 이런 말을 했다. 편협하게 사고하는 어른이 되지 않기 위해서도 마찬가지다. 끊임없이 배우고 앞으로 나아가야 한다. 그중 하나가 언어다. 새롭게 쏟아지는 트렌디한 신조어들은 새로운 세대를 이해하고 시대의 흐름을 읽는 힌트를 제공한다. 그런 점에서 이 책은 현시대를 읽는 법을 차근차근 안내해주는 가이드북 같기도 하다. 새로운 세대가 두렵고, 그들의 행동이 이해되지 않는다면 이 책을 찬찬히 따라가 보자. 언어뿐 아니라 한 세대를, 시대를 이해하는 눈이 생길 것이다.

희렌최 |《할 말은 합니다》 저자, 유튜버 〈희렌최널〉

말의 트렌드

텐션과 사랑이 넘치는 요즘 말 탐구서

초판 1쇄 2022년 11월 28일
초판 3쇄 2023년 1월 30일

지은이 │ 정유라

발행인 │ 문태진
본부장 │ 서금선
책임편집 │ 이보람   편집 2팀 │ 임은선 원지연
디자인 │ 여만엽   교정 │ 윤홍

기획편집팀 │ 한성수 임선아 허문선 최지인 이준환 송현경 이은지 유진영 장서원
마케팅팀 │ 김동준 이재성 박병국 문무현 김윤희 김혜민 김은지 조용환
디자인팀 │ 김현철 손성규   저작권팀 │ 정선주
경영지원팀 │ 노강희 윤현성 정헌준 조샘 조희연 김기현 이하늘
강연팀 │ 장진항 조은빛 강유정 신유리 김수연

펴낸곳 │ ㈜인플루엔셜
출판신고 │ 2012년 5월 18일 제300-2012-1043호
주소 │ (06619) 서울특별시 서초구 서초대로 398 BnK디지털타워 11층
전화 │ 02)720-1034(기획편집) 02)720-1024(마케팅) 02)720-1042(강연섭외)
팩스 │ 02)720-1043   전자우편 │ books@influential.co.kr
홈페이지 │ www.influential.co.kr

ⓒ 정유라, 2022

ISBN   979-11-6834-065-7 (03800)